连环局

纪玉峰 著

江苏凤凰文艺出版社
JIANGSU PHOENIX LITERATURE AND
ART PUBLISHING

图书在版编目（CIP）数据

连环局 / 纪玉峰著 . -- 南京 : 江苏凤凰文艺出版社 , 2023.3
（读客三道杠知识小说文库）
ISBN 978-7-5594-7403-2

Ⅰ . ①连… Ⅱ . ①纪… Ⅲ . ①长篇小说 - 中国 - 当代
Ⅳ . ① I247.5

中国版本图书馆 CIP 数据核字 (2022) 第 243220 号

连环局

纪玉峰　著

责任编辑	丁小卉
特约编辑	陆雨晴　黄雅慧　鲍　畅
封面设计	刘小梅
责任印制	刘　巍
出版发行	江苏凤凰文艺出版社
	南京市中央路 165 号，邮编：210009
网　址	http://www.jswenyi.com
印　刷	三河市龙大印装有限公司
开　本	680 毫米 ×990 毫米 1/16
印　张	20
字　数	248 千字
版　次	2023 年 3 月第 1 版
印　次	2023 年 3 月第 1 次印刷
标准书号	ISBN 978-7-5594-7403-2
定　价	59.90 元

江苏凤凰文艺版图书凡印刷、装订错误，可向出版社调换，联系电话：010-87681002。

读客®

读客三道杠知识小说文库

读小说　学知识

目　录

楔子		001
第一章	发家史	005
第二章	挖坑	015
第三章	师兄	024
第四章	二十张包装纸	035
第五章	转折	046
第六章	调解	056
第七章	判决书	069
第八章	可怕的坚忍	079

第九章　摘抄　089
第十章　内耗　101
第十一章　非法交易　111
第十二章　心战　120
第十三章　可怕的推测　129
第十四章　5 月 17 日　139
第十五章　人间惨剧的背后　148
第十六章　家变　158
第十七章　夜雨　168
第十八章　隐情　178
第十九章　杀伐决断　188
第二十章　天上掉馅饼？　198

第二十一章	庭审开始	208
第二十二章	反杀	217
第二十三章	忠诚	227
第二十四章	破产	236
第二十五章	东山再起	246
第二十六章	身败名裂	255
第二十七章	背叛	264
第二十八章	彼岸花开	274
第二十九章	一块多米诺骨牌	283
第三十章	排除法	293
第三十一章	轮回	302
尾声		309

本书故事如有雷同，纯属虚构

楔子

纪佳程有些局促不安。

2000年5月，他穿着一件旧西装，背着背包站在写字楼的大厅里，身边的一切都高大豪华，这让他有很大的压力。他今天来这里的目的更加增添了他的心理压力：他是来借生活费的。

来到这座城市已经两个月了，虽然已经找到了接收自己的律师事务所，但是对前途他仍感到有些茫然。办完入职手续后，离发工资还有一个月，身上的钱已经所剩无几，他只好厚着脸皮来找当初在大学里关系比较熟的师兄郝朝晖借一千块钱吃饭。

隔着大厅的玻璃，阳光暖暖地洒在淮海中路两边的树木和花坛上。年轻的姑娘们相互挽着手臂，一边说笑一边前行。年迈的环卫阿姨穿着红色的马甲，一只手拿着扫把和簸箕，另一只手拿着夹子，夹起下水道口附近的废纸和烟蒂，塞到旁边的垃圾桶里去。一个小伙子背着包，沿着人行道跑过去了。车辆来来往往，嘈杂而繁忙。街上一切平和。

这个城市对他而言还很陌生，不知道什么时候才会变成“家”。

郝师兄从楼上下来了。几年不见，他已经完全没有了学校里的那种青春活力，浑身上下都透露着稳重的气息。如今的他已经在破产法领域混得如鱼得水，在电话里听说纪佳程来这个城市发展，他十分高兴。见到纪佳程，他露出笑容，把一千块钱交给纪佳程，还想请纪佳程喝咖啡。纪佳程却有些羞愧：自己毕业好几年了，混成这副模样，实在有些抬不起头。他拿了钱，寒暄几句，就找借口告辞。

“中午一起吃饭吧，老徐说一会儿也要来。”

“不，不了。”纪佳程心虚地说，“我还有事……”

郝师兄也没强留，嘱咐纪佳程万一缺了什么记得找他。纪佳程逃一般地奔出了办公楼大厅。

什么时候，自己也能像郝师兄一样，在这里立足、安家，打拼出一片自己的天下呢？

他带着羞愧，心事重重地走出办公楼。一辆红色的车开过来停在门口，正好挡住了纪佳程的路，他只得从车后面绕过去。本来就一肚子不适宜，这种无礼的行为令他厌恶到了极点。经过车尾时，他斜了一眼，看清楚这是某个日本牌子的车，就在心里骂“省油省钱不省命”。

纪佳程回头望了一眼，驾驶室的车窗开着，开车的是一个穿着蓝色T恤的年轻人，戴着一副雷朋墨镜，无所谓地叼着一支烟。他的目光从镜片侧面流出，和纪佳程的目光相对了一瞬。他扭过脸去。

没教养的年轻人。

身为二十世纪七十年代末的人，纪佳程对比自己年轻的人有一种天然的蔑视。他没有停下脚步，一边走一边暗暗咒骂。

开个破日本车，看把你嚣张的，最好掉块砖头砸扁你这破铁皮。

“砰！”

一声巨响突如其来，把所有人都吓了一跳。纪佳程吓得打了个哆嗦，下意识地缩着脖子向前快步跑几步。

耳边传来了一片惊呼声。他回过头才发现，那辆红色的汽车真的被砸扁了！

地上散落着鸡蛋大的钢化玻璃碎片，头顶的玻璃顶棚开了一个大洞。一个人躺在汽车上面，一动不动。纪佳程抬头望望顶棚，又看看车上躺着的人。他不知所措地盯着被砸变形的车看了半天，才意识到有人跳楼了。被砸破的车窗里有一只血淋淋的手伸出来，还在抽搐，血一滴一滴地从手指滴落到地上。刚才那个穿蓝T恤的年轻人被困在驾驶室里了。

有人在尖叫，没人敢上前，所有人都吓坏了。在这人命关天的时刻，纪佳程张大嘴巴，又抬头望向顶棚，也呆了：这是怎么了？我只是想想而已，怎么真的有东西掉下来——这场景真的不是做梦，这里面的驾驶员……

保安反应得很快，已经跑去试图打开车门。纪佳程站在附近，却不知该干什么，跳楼者的脑袋仰着垂了下来，脸上没有太多伤痕。在纪佳程被保安粗暴地推开之前，他看到了跳楼者的面孔。

那是一个中年人，此刻，他一动不动地躺在车顶上。

纪佳程只觉得一阵眩晕。他踉踉跄跄后退到花坛边，靠在一根柱子上。越来越多的人聚拢在车前面，挡住了跳楼者那张变形的脸。

纪佳程猛地睁开眼睛。

房间里还是黑的，天花板上灯罩的弧形隐约可见。赵敏在他旁边发出均匀的呼吸声，一切都那么安静。被窝里并不热，睡衣却被汗水浸湿了，他的脖子上、额头上都是汗。

又做噩梦了。

纪佳程轻轻坐起来，尽可能不吵醒赵敏。他走下楼梯，从饮水机里接了半杯热水，然后坐到沙发上，长舒了一口气。

也许是压力大，也许是神经衰弱，也许是身体原因，又或者兼而有之。纪佳程最近连续几个晚上都在做梦，而且那些梦出奇地真实，让他醒来的时候回忆得真真切切。他梦到了过世的母亲坐车远去；梦到了在野外被熊追逐；梦到了自己变成穷光蛋，交不起水电费。

但是那些都只是梦而已，梦里的内容都是虚幻的。今天晚上做的虽然也是梦，但内容却是真实的——那一天，那个地方，车窗里伸出来的带血的手，以及跳楼者那张变形的面孔……

二十年了。记忆已经变得模糊，梦反而越发清晰。

第一章
发家史

纪佳程眯起眼睛，嘴角露出一丝淡淡的笑。

“原告这种做法嘛，我相当不认同。每次开庭，他都会突然提交一大堆新证据，这案子没有举证期限吗？不予质证！”

说完，他把这沓证据按到桌子上，似乎懒得打开看一眼。

法官还没开口，原告的中年女律师倒先说话了：“你说不质证就不质证？不质证就算认可了！”

未经法官允许就发言，再配上带有鄙夷的面孔，她的粗鲁无礼尽显无遗。

纪佳程的眉头皱起来了。

这个案子已经开庭三次，每次见到这位女律师，他都感到很不舒服。这位女律师无论是打扮、说话口吻，还是在法庭上的作风，都让他想起了街头吵架的老阿姨。蔑视的眼神，永远撇着的嘴，咋咋呼呼的语气，对纪佳程指指点点的手，当着客户面对纪佳程进行的“指导”，如此种种，不胜枚举，给纪佳程的感觉就是“这女人没数”。

通常律师哪怕在法庭上掐得死去活来，彼此间还是会表现出起码的尊重，在法庭上对同行这么不礼貌的人很少见。纪佳程判断：这种年纪、这副打扮、在法庭上表现出如此做派的律师，极有可能不是科班出身，也就是所谓半路出家的。他不无阴暗地在内心编排着对方风格的形成原因：家庭教养、文化程度、居住环境、婚姻是否亮起红灯、她是否处于更年期……

昨晚做了噩梦，后半夜的睡眠质量也很差，纪佳程本来就有些烦躁，现在他打算给她点苦头吃吃。

“被告律师，如果你需要时间看证据，法庭可以休庭十五分钟。”法官用商量的口气对纪佳程说，“你也知道，现在对举证期限咬得没有那么死，如果证据真的对本案有实质上的影响，法院也还是会接受……”

“那我要求延期审理。”纪佳程两手一摊。

“又延？”法官的眉头皱起来，“这案子的审限就要到了！”

“请书记员把我的话记录在案，”纪佳程皱着眉头，语速故意拖得很慢，“本案自立案至今，已逾两个月，法庭给予之举证期限早已届满。”

坐在旁听席上的林清眼睛眯起来了，他知道，每当纪佳程在法庭上慢悠悠地用“之乎者也”这些助词时，就是要搅庭了。

“原告作为起诉方，本就应该准备好证据后再行起诉；我们作为被告，本就应该有足够之时间审核证据。然，原告律师每每于开庭之时提交新证据，试图在证据上搞突袭，此手段实乃无聊之恶意。基于对案件之谨慎，我们不得不要求延期审理。本案拖延日久，完全系原告蓄意之不当行为、恶意浪费司法资源和大家时间所致，诚所谓也。”

他一连用了几个负面形容词，加上几个“之”“乃”“也”，中年女律师脸色都变了，林清嘴角露出一丝浅笑。

纪佳程一副不耐烦的样子，这副表情是给法官看的，含义是“我现在很不满了，对程序要较真儿了”。火已经点起来了，他继续往上浇油：“故，请法庭示明：第一，法庭是否接受今日原告提交的这些文件作为证据？如果接受，我们必然要求延期；如果不接受，我们方可继续开庭。第二，请法庭要求他们明确解释，为什么每次在开庭的时候才交证据，而且不一次交完。还有多少证据打算提交，打算在多长的时间内、分几次提交完，我们建议法庭等她厘清了思路，搞清楚交什么证据，再安排开庭也不迟。”

这句话比较恶毒，骂人不吐脏字，在挑动法官对原告律师的不满的同时，连带着影射原告律师迟延交证据是因为思路不清、水平太差。原告本人就坐在原告律师旁边，果然，女律师暴跳起来，指着纪佳程嚷道：“你说啥？你才思路不清！”

“原告律师！”法官火了，对女律师吼道，“我让你说话了吗？嗯？我让你说话了吗？”

“不是，他——”

“你是律师吗？知道法庭纪律吗？”法官的一肚子火气真的发到她身上了，“你不懂？对方说话，轮到你了吗？我让你说话了吗？”

女律师脸涨得通红，呼呼喘气，嘴里嘟囔着：“他这个人，胡说八道……”

律师在客户面前，被法官如此训斥，已经够丢脸了，但这还不算完，纪佳程在法官向女律师继续发火之前故意抢话，成心把法官的火气憋一下。根据他的经验，憋一下以后，法官的火会更大，而且照目前状况来看，法官的火肯定会烧到对方那边去。

“第三，我们请求法庭限定一个时间，让这种行为有个头。否则，法官、律师、双方当事人的时间，都将因这种无意义的行为而被浪费。我的发言完毕。”

果然，憋了一下，法官的火气更大了。

“好！由于被告需要核实证据，本案延期审理！”

谁都能听出他是在压着火气。

“今天是证据提交截止日，过了今天，任何证据本庭均不再接受。由于本案案情复杂，不再适用简易程序，我们会转为普通程序，书记员开缴费单给她。至于开庭时间，另行通知！”他砰的一声敲下法槌。

法槌一敲完，他就爆发了：“原告律师，这案子拖到现在都是因为你！你搞什么？你知不知道你在浪费大家的时间？你知不知道你在浪费国家司法资源？你以为法院是什么地方，做案子随意，开庭也这么随意？”

女律师试图向法官争辩和解释，反倒惹得法官的火气更大了。就在这训斥声中，纪佳程一脸淡然，林清一脸偷笑。等纪佳程签了笔录，两人扬长而去。

坐到林清的小车里，两个人简单交换了一下意见。

“你够损的。”

“被她逼的。”

“她会恨你的。纪哥，被女人恨是一件很可怕的事。”

“那我经历的可怕事也太多了。”

“这个案子要拖到下半年了。”

“是啊，法官还是对他们留情了。连续三次当庭提交证据都被接受，有点过分了。”

林清的车排量不大，车内略显逼仄，纪佳程腿长，坐着有点难受。这辆车的后视镜上挂着一个小盒子，纪佳程无须打开就知道，那里面有一张照片、一撮头发。几年前，林清刚入行时，办理了一个遗产继承案子。在那个案子里，一方当事人设了一个局，导致他的女友李金子因为他而被误杀。从此以后，纪佳程很少能见到林清露出笑容。再后来，林清买了辆二手小车，女友的照片和头发就被挂在了后视镜上。

他的那次经历可谓惊心动魄。如今他已经结婚了，太太是何华王纪集团的董事局主席华芳菲。他们二人感情很深，甚至达到了心有灵犀的地步。大部分情况下，一个简单的动作和眼神就能让他们彼此会意。更难能可贵的是，作为当初那个事件的参与者之一，华芳菲对于林清的这段感情经历相当包容。林清的那辆小车后来报废了，她就买了辆新车送给他，继续让他把李金子的照片和头发挂在后视镜上。

对此，纪佳程甚为羡慕。有一天他回到家里，坐在椅子上看书，也想和赵敏“心有灵犀”一下，于是他望了一眼赵敏，又望了望茶杯。赵敏貌美如花，智慧无比，立刻说：“我渴了，你去给我热一杯牛奶——再给我拿一块饼干。起都起来了，不如你现在就去把菜洗了吧！别忘了煮饭。”

心有灵犀不成，反倒给自己招来了一堆家务。

这个案子是何华王纪集团的案子，也就是林清夫人交来的案子，纪佳程对其的重视程度非同一般。本来他对对方律师的态度还是比较客气的，即所谓“同行间的尊重”，没想到对方律师如此粗鲁，二人之间的交锋最终变成了“同行间的互掉”。

“你说这女人这么个路数，益度所你师兄那边知道吗？”

“这个阿拉哪能晓得的啦。”纪佳程苦笑一声，他不是上海人，却说了几个上海话里的词，“我也奇怪了，徐老大那么精明的人，怎么派了这么个二百五来。这个不说了，她今天提交的这些玩意儿，你拿回去核对一下，明天记得复印一套给我。”

“行。”

“啊，还有，”纪佳程从包里拿出一个信封，递给林清，“发个红包给你。”

林清莫名其妙，打开信封看时，却是一封请柬。

“小姜的孩子明天满月，周日办满月酒。”纪佳程说，“那，你看看，下面有特别注意：遵守八项规定，五条禁令，务必不要携带任何伴手礼，务必务必。”

“他怎么谨慎成这样？”

“他不谨慎，怎么当上支队长的？记得带上夫人。小姜就请了几个同事和咱们几个朋友到他家里去吃饭。早点去，帮着张罗下。”

“好。”林清点点头，“我给小孩子买点小衣服、尿片什么的总可以吧。”

“这个自然。”

纪佳程没回律师事务所，而是直接回了家。上楼开门时，电视机里正放着古装剧，赵敏一边坐在沙发上看，一边把桌子上的东西往垃圾桶里丢，有瓜子壳、橘子皮、包装袋。地上的瑜伽毯子还没收，估计她吃东西以后又做了运动以“燃烧卡路里”。

纪佳程换了鞋，到厨房看了看，就夸奖道：“老婆大人今天做家务辛苦了！”

赵敏叹了口气，说：“今天打扫卫生，累死了！”

纪佳程扫了一眼房间，他估计赵敏今天干的唯一的家务就是把厨房的垃圾扔了。中午吃完东西的碗还没洗呢——她怕洗碗伤手。自打她应他的要求离职做了全职太太，她就天天忙碌，唯恐自己变胖。一个多月来，她零食吃了一箩筐，体重却没增加，可见她日常锻炼多么辛苦。相应地，家中的整理就变成了一件“需要一步一步来”的事。

就这样，平时纪宝宝还不忘了溜须拍马说：“哎呀，母上大人好辛苦啊！母上大人是咱们家最最辛苦的人！”赵敏就夸奖纪宝宝“真是一个好女儿”。然后两个人一起望着纪佳程说：“还不洗菜去？”

纪佳程挠挠头，就去换了身家居服，坐到沙发上，把小姜的请柬递给赵敏，说：“周日去小姜家吃满月酒。”

赵敏接过来看了看，“哦”了一声，停了一下，说：“咱们总得买点什么？”

“买袋纸尿裤得了。”

“你不觉得寒碜吗？”

“小姜谨慎得很，换了别人，他连纸尿裤都不一定收。他到了这个职位，盯着他的人太多了。”

“一袋纸尿裤怎么了？”

“他怕别人在纸尿裤的箱子里塞钱。”纪佳程说，“正好老许明天从澳大利亚回来，他在澳大利亚开的公司就是做纸尿裤的，我在微信里跟他说了，叫他带一箱回来。”

“多少钱？”

“成本价人民币一百八十五元。”

“我微信转给你吧。”

纪佳程心里暗暗发笑，其实这箱纸尿裤是老许白送给他的，他却借机从赵敏那里“黑”了一百八十五块。他经常偷偷给纪宝宝买零食和玩具，赵敏给的那点零用钱根本不够用，于是他就从赵敏这里“黑”点小钱填补窟窿。

就在这时，他的电话响了。纪佳程看到电话上显示“徐昕”的名字，微微怔了一下。

徐昕是他的师兄，下午那个女律师就是徐昕的事务所的律师。

纪佳程走到房间里，靠在转椅上，接通电话，拿出一丝热情的口吻，道："喂？师兄啊？"

"老纪！饭吃了没有？"徐昕的声音熟稔而热情，饱含着前辈师兄对小师弟的关爱，"要不要一块儿出来喝个酒？"

"哎？"纪佳程说，"我正在吃呢，吃完了好去接孩子放学……"

其实，每天晚上纪宝宝是由别的家长接回来的，纪佳程需要做的不过是下楼等着。他其实是不愿意和徐昕一起吃饭。

"今天没时间不要紧，"徐昕热情地说，"你周六肯定不会带孩子，对不对？这样，我呢，在日月光的文小馆那里请客，拉几个校友聚一聚，你可不能不来啊。"

这个理由倒是不好拒绝。纪佳程问："师兄，你都叫了谁呀？"

"郝朝晖、魏巍、老柯、令敏、徐萌，还有你我。"徐昕说，"这个馆子是我吃过的味道最好的朝鲜菜馆，绝对有大学时期的味道。咱们大伙儿聚聚，乐和乐和，你可不能不来啊！"

"哦……好。"

"行了，你赶紧吃饭吧，别耽误接孩子。就这么定了啊，周六晚上六点，日月光的文小馆，别迟到啊！"

电话挂断了，纪佳程思忖了一下，料定徐昕找自己喝酒和下午的案子有关。就在几个小时之前，自己在法庭上收拾了他的手下，不知道他会不会又来自己这里"协调"。

徐昕是纪佳程的前辈学长，比纪佳程大五级，名片上印着的是"益度律师事务所全球管理委员会主席"。这个"全球管理委员会"的名字曾经让校友们讪笑了许久，因为他的律师事务所在国内不过只有两个办公室。徐昕跟一个越南的律师事务所签订了一个没什么用的合作协议，就堂而皇之地给自己安了这么个名头。

纪佳程和徐昕的关系不远不近，他在内心深处是比较不喜欢这个学长的。徐昕这个人，以前在学校里当老师，后来出来当律师。魏巍曾经跟纪佳程讲过些徐昕的往事，从这些事很能看出徐昕的人品。

据说徐昕刚开始做律师的时候，缺少案源，于是他做了两件事，第一件事是跑到法院门口去，每当有人经过，他就念叨一句："需要律师吗？"一下午能念叨两千来遍。第二件事是跑到看守所大门附近租了个民房，在路边挂了个大牌子："徐律师，取保候审，刑事辩护，代为会见，代写文书，电话135××××××××。"

本来这已经够丢脸了，可是他后来干的一件事更叫惊世骇俗。某区的拘留所和看守所是挨在一起的，行政拘留十五天以下的人会关在拘留所里。有一天警察抓来一个嫖娼的，刚把那人关进去不久，徐昕跑去向警察打听会怎么处理这个人。警察说："劳教两年。"

过了几天，这个嫖娼的人的家属给拘留所审理队送锦旗来了，上面写了四个大字——"执法如山"。警察们莫名其妙：把你儿子劳教两年，你还给我送锦旗？细问才知道，原来家属找了个叫徐昕的律师，徐律师告诉他们：你儿子要被关五年，我都疏通好了，三万块，一万买一年！家属交了钱，看到儿子果然只劳教两年，感念之下居然送来锦旗，并表示：如能再少一年，情愿再付钱！

警察们气得七窍生烟，告诉家属：没这事儿，劳教就是两年！家属一听，把锦旗一扔，直接就冲回去找徐昕了。据说那次徐昕被打得住了半个月院。

就这样的一个人，却突然打开了市场。据说他接了一个大案子，这一个案子就让他翻了身，有本钱开了自己的律所。他还经常到电视台做嘉宾，评点热点事件，增加曝光量。十几年下来，他手下有了六十多个律师，他的律所也算是个中等所了。

虽然与徐昕不太亲近，纪佳程却很喜欢徐昕的女儿徐婧儿。十年前，还是纪宝宝刚出生的时候，校友们涌到他家里来探望，徐昕和老婆也带着徐婧儿来了。那时候徐婧儿还不到十三岁，活泼而单纯，大人们在客厅说话时，她一直在房间里和纪宝宝玩。纪宝宝在赵敏怀里睁着眼睛看着这个大姐姐，嘴角一咧，笑了。徐婧儿伸出一只手指，纪宝宝胖乎乎的小手握住这根手指，就是不肯放开。

人与人之间的联系就是如此奇妙，也许是因为这一幕，也许是因为徐婧儿身上的单纯、天真和真挚，赵敏和纪佳程都很喜欢徐婧儿。纪宝宝慢慢长大，对徐婧儿也有一种亲近。有时候徐婧儿会在下班路上拐到纪佳程家，还会给纪宝宝一件小礼物。纪佳程曾对着赵敏感叹："徐昕这样的人，怎么能养出这么好的一个女儿呢？"

要不是对徐昕有点看法，他和赵敏可能就要认徐婧儿做干女儿了。

纪佳程坐在转椅上，脑子里紧张地运转着：如果徐昕这次找自己真的是因为今天下午的这次庭审，倒是个好的迹象：说明对方女律师已经感觉大事不妙了，居然想通过师兄弟关系来通个气。

想到这里，他编辑了几行字，在微信上把这个消息通知了林清。接着，他撸起袖子，很有男人气地离开赵敏身边，唱着"大男人不好做，再辛苦也不说"，到厨房洗菜去了。

第二章
挖坑

第二天早上林清到办公室时，纪佳程已经到了，正在喝一小杯浓缩的纯咖啡。面前的水壶冒着热气，水已经烧开了。

纪佳程有一个台子，上面堆满了各种茶叶，柜子里放了七八套不同的茶杯茶壶，有铁观音专用的、红茶专用的、咖啡专用的、绿茶专用的、花茶专用的、大红袍专用的、普洱专用的……自动上水烧水壶、茶夹、茶匙、公道杯一应俱全，令人一见就心生敬意，感觉主人应该是个衣袂飘飘、仙风道骨的茶道高手。结果这个“高手”每天端着的却是买奶茶时送的玻璃缸子。

每天早上，纪佳程都皱着眉头喝一杯纯咖啡，据说是为了防止将来得阿尔茨海默病，然后再烧水泡茶。茶水滚烫时，他端着茶缸子在办公室里溜达一圈，把见到的每一个女同事都夸一遍，他说“前台小叶今天明艳动人”“小熊红光满面”“Cathy你怎么又瘦了”“小雷你这件衣服不错”“小韩你最近好有气质”“张欢这个香奈儿包包和你真的很配”“小赵你家宝宝真是越来越可爱了”“小吴你上次的文件做得真好”……把一圈人夸完了，茶水正好到了可以饮用的温度，他便踱回办公室，砰的一声把办公室的门关上，美美地品一口广东分所刘律师给他寄来的梅州丰顺八乡山特产凤凰单枞，开始干活儿。

林清进来时，纪佳程还处于喝咖啡的阶段，后续的泡茶、夸人阶段尚未开始。昨天晚上他又做了个乱七八糟的噩梦，此刻的精神状态仍然不太好。林清把复印好的一套证据递给纪佳程，纪佳程接过来放在桌子上，问林清：“真实性核实了吗？”

“集团法务部今天上午会核实的。”林清说。

“行啊，让他们慢慢核实，不用急，”纪佳程说，“反正对方提交的证据有百分之八十是些没用的玩意儿。”

“你怎么知道？”

纪佳程把一把茶叶放进茶壶，开始泡茶，说：“昨天在法庭上我翻了翻。一会儿我再看看。”

林清坐在纪佳程对面，从纪佳程的茶台上拿了个杯子，放在自己面前，等着喝茶。其实他经常觉得纪佳程有些过于瞧不起对方，而这毕竟是妻子公司的案子，林清不能不慎重，所以他追问一句：“万一人家有后手呢？”

“你看那女的，像是个会把证据留着当后手的人吗？”纪佳程笑着说，“再说法庭都给她延了这么久了，她有证据早就扔出来了。我昨天翻一翻就知道，她现在脑子里还是一团糨糊，基本的法律关系都没搞清楚呢。”

“你师兄可在她背后呢。”林清说，“他们所毕竟也是几十号人，总有个脑筋清楚的吧。对了，你师兄不是要找你吗？”

“是啊。”纪佳程说，“我也在琢磨他找我的目的是什么。突然搞个同学聚会……”

“你去吗？”

“当然去了，”纪佳程说，“我觉得他可能感到不妙了，所以我得洗洗他的脑子，叫他认为他有机会赢呢。万一他撤诉了，我岂不是前功尽弃了？”

他一边说，一边把茶水斟到林清的杯子里，剩下的茶水倒进自己的玻璃缸子里，两个人都心照不宣地端起了茶杯。

确实，被告盼着原告不要撤诉的情形，实属罕见。

这个案子是何华王纪集团前任董事长造的孽。

当年经济过热的时候，何华王纪集团的前任老总何柏雄以集团下属子公司的名义，投资设立了一个现货交易平台，名字起得高大上，叫作“五洲华夏茶类在线交易中心”，在上面开展网上茶类交易，方式和股票差不多，每天看价格走势，买进卖出赚差价。

看起来没啥问题，问题是任何一种投资交易模式都会被人玩坏。茶类中心成立了几年，不少资金量比较充足的交易会员就开始私下自己做庄，人为拉高价格。投资者一看某种茶叶的价格蛮高，还在升值，于是砸重金买个几十万元甚至上百万元，准备赚钱。不料庄家立刻砸盘，没几天茶叶的价格就大跳水，把投资者亏得鸡飞狗跳。

华芳菲接手何华王纪集团后，认为这样下去绝对有风险，决定逐步关停这个茶类中心。这下子那些亏了钱的投资者不干了——损失还没捞回来，还没转嫁到别人身上，你说不干就不干？这些投资者成立了几个“茶类中心维权群”，互相串联，决定打官司。

徐昕就是这些维权群的群主。

纪佳程不太了解徐昕是怎么嗅到这个案子的商机的，并且又是怎么让这些人相信他的。不管怎么说，徐昕的群里聚集了大量的投资者，纪佳程猜测，按照徐昕的套路，他一定又是向这些客户承诺：“打不赢不收钱！”

问题是他得先打赢啊！

通俗地讲，茶类中心只是个交易平台，本身不承担什么责任。这些投资者要告的话，也应该去告那些坐庄的对家。可是徐昕评估了一下，觉得何华王纪集团最有钱，于是不去告做庄的、卖茶的，还是跑来告交易平台了。他赌的是何华王纪集团受不了这么多人诉讼的压力，会拿点钱出来摆平。于是他首先起诉了四个案子，指派了四个不同的律师。

可惜何华王纪集团这边的律师是纪佳程。

纪佳程看了这几份诉状，坚决反对调解。他说这样的案子如果和对方和解，后面就会有更多的人来起诉；再说这几份诉状写得像垃圾一样，可见律师并不专业。这些投资者的情况完全一致，只要能赢一个案子，拿到一份判决书，其他的基本上都会被吓阻回去，法院也不会再做出其他的判决。

事实也正如纪佳程所说，徐昕的手下连法律关系都不能达成一致，有的说投资者和茶类中心是买卖合同关系，有的说是委托理财，有的说是欺诈，这些都被纪佳程在法庭上一个个驳了回去，每次法庭上都会出现原告律师被纪佳程和法官问得无言以对的场景。不过徐昕也算有点脑子，一看势头不妙，就全部撤了诉。纪佳程连打了三个案子，一份判决书都没有拿到。

拿不到判决书，就没法一锤定音。纪佳程为此伤透了脑筋。

这个案子是第四个。这次的女律师脑洞更加清奇，她说茶类中心是“非法期货交易”，接着说出一大堆专有名词，什么“标准化合约”“T+0”“匿名交易”“集中交易”……极为唬人。纪佳程研究了一下期货交易和现货交易的差异，发现她的这种观点表面上还真有迷惑性，如果法官和律师没有仔细研究，没准儿还真能被她带到沟里去——毕竟并不是谁都会玩这么专业的东西。纪佳程不禁对她胡说八道的程度大为赞赏，不过他还是想搞一份判决书出来，所以不敢一开始就把她撑得太狠。这一来，女律师的气焰就越来越嚣张了。

说白了，纪佳程在这个案子里设了个局，挖了个坑。目前来看，对方极其英勇地跳进了他挖的坑里。

然而昨天在法庭上一撑，女律师就算是傻子，也能体会点味道出来。纪佳程昨天夜里睡觉时脑子转了好久，先是对自己下午在法庭上没控制住有点懊悔，唯恐女律师再撤诉，接着又突然意识到，徐昕找自己，也许是一个机会。

把坑再挖深一点，让师兄也跳一跳。

这是心理一向阳光的中年非油腻男——纪佳程昨天晚上做噩梦后，睁着眼失眠五分钟后做出的决定。

思路有了，如何实施又成了难题，尺度拿捏可能影响到整个案子的走向。第二天一整天，纪佳程都莫名地有些烦躁。他不但没有像往常那样把所有的女同事夸一通，还心绪不宁地向助理沙靓靓发了一通脾气。他让小沙写下一次的开庭预备大纲，却给不出任何具体指示，等下午小沙把开庭预备大纲交过来，纪佳程一脸阴云，大声叫：“沙靓靓！进来！”林清在隔壁溜达过来，一看纪佳程脸色发黑，愣是没进去。

小沙来了，她是去年才加入律所的实习律师，听到纪佳程叫她的口气不善，战战兢兢地走了进去。林清端了个杯子，靠在纪佳程办公室外面，等着听纪佳程骂人，万一骂得狠了，他好进去解劝。

纪佳程说：“你知道我为什么叫你来吗？”

小沙可怜巴巴地问：“是我做的大纲不好吗？”

其实她做的大纲还算不错。纪佳程说：“说句实在话，你这个大纲做得过得去。”

小沙受宠若惊，说：“谢谢纪老师……”

“如果你一辈子只想当助理，这当然过得去。如果你按照合伙人的级别要求自己，这玩意儿完全不合格！”纪佳程说着，把那份大纲给她推了回去，“好好想想，如果是你去开这个庭，你会这么准备吗？”

小沙捡起大纲，可怜巴巴地说：“您没带我去开过庭，我不知道怎么写……要不您教教我……”

纪佳程脸色一沉，他意识到其实自己更多的是在找人撒气，况且沙靓靓说的是实话。林清从外面走进来，看了一眼小沙，笑眯眯地说：“怎么？大纲没做好？来，我给你看看。”

“谢谢林律师……”小沙赶紧拿着大纲，跟在林清身后逃出了纪佳程的办公室。

纪佳程喝着滚烫的茶，听着林清在门外低声教沙靓靓怎么修改，心里琢磨：等这个小妮子实习期满，她十有八九会跑到林清那边请求加入团队——与脸色阴沉的纪大叔相比，帅气多金、总是洋溢着微笑的林清哥哥更受女律师们的欢迎。

林清再进入纪佳程的办公室，关上门，对纪佳程说：“对小姑娘不要太狠。”

“怎么，你心疼？”

林清在纪佳程对面坐下来，给自己倒了一杯茶，然后从自动上水机里接了半壶水烧着。

“其实她那个大纲写得也没那么差，稍微调整一下就可以。”林清说，“只不过她不了解咱们的思路。”

“大纲里面的证据二十和证据十八这两份证据如果提交上去，”纪佳程说，“徐昕就算是傻子，也会知道咱们有了对付他的手段。万一他撤诉，我们这坑就又白挖了。”

“小姑娘不知道嘛。”林清劝解地笑着说，“她还年轻，不知道我们在这个案子里动的是这样的心思。等她把文件做好了，我们把这两份文件抽掉不就得了。”他压低声音，“兄台啊，你看，我有句话不知当讲不当讲？”

“不当讲。”

“你看，我还没说呢。”

“所以你有话直说嘛，”纪佳程无可奈何地说，“你既然这么问，肯定没好话。”

“兄台，带小沙去开开庭吧。”林清严肃地说，“你老让人家做些文字工作，她的水平提高得慢，而且不掌握你开庭的情况，自然会出纰漏。今天这材料的责任不在她，其实在你。”

纪佳程挠了挠头：“你这样数落我，对得起我的这杯茶吗？”

“良药苦口啊，”林清说，“为了答谢我这句良言劝告，你那茯茶给我拿两包……”

“别做梦，这还是我从师兄那里弄来的呢，我自己也不多了。”纪佳程说，“再说你这是什么良言劝告？我这是为了她好，让她多做点文字工作，打好基础，否则……”

“我说句话，你可别不高兴，”林清说，“我看你根本就没打算好好带她。”

“此话何来啊？”纪佳程拖着长调问。

“纪兄啊，”林清说，“你说说你这两年，带哪个助理去开过庭？人家来当律师，为的是多做点案子积累经验，你老让人家写律师函、改合同、做文案，就是不带他们实战，人家能在你这里学到什么啊？你这算是好好带她？”

“我是给他们打好基本功。”纪佳程说。

“拉倒吧。”林清说，“你这是心病。自打当年林曦走了以后，你就没好好带过一个助理。”

纪佳程不说话了。

林曦是他曾经的助理，也是他曾经全力带过的一个徒弟。这个徒弟聪明，有野心，急于证明自己，最终却因他对财富和女色的贪婪而丧了命，尸骨都没有找全。

林清并没有说错，这确实成了他的心病。从那以后，他看每一个助理的目光都带着一丝疑虑，如果这个年轻人工作努力，他反而会更加戒备。他知道，沙靓靓是一个上进的女孩子，但是并不像林曦那样野心勃勃，尽管如此，他还是本能地不愿意带她做实际的案子。

“纪兄啊，你这样会耽误人家孩子的。”林清用长者的口吻说，“学了这么多年，不就是为了当律师吗？你这样子，对她可不公平啊。”

他说完这句话，就把茶杯里的茶一饮而尽，起身告辞。走到门口，他回头看到纪佳程还在发呆，便回到桌子边，翻开纪佳程的茶叶盒，把纪佳程昨天从魏律师那边弄来的两包茯茶揣到自己的口袋里，嬉笑着走了。

纪佳程无可奈何，叹了口气，在那里坐着沉默了一会儿。随后他大声喊道：“沙靓靓！进来！”

小沙战战兢兢地又进来了，站在纪佳程的桌子前面。

“把证据二十、十八抽掉，证据就没问题了。”纪佳程皱着眉头说，“你把这个证据目录重新做好后，一式三份打印好。”

“好。”小沙怯生生地说。

纪佳程叹了口气，说：“把案卷仔细研究一下，下次开庭你跟我去旁听，这个案子的代理词到时候就由你来写。如果写得好的话，我会安排一些案子和你一起代理。”

小沙愣了一下，似乎不敢相信自己的耳朵，小声问：“真……真的？”

纪佳程点点头。他扫了一眼被林清打开的茶叶盒子，说：“还有最后一个考验。”

“纪老师，您说！我一定做到！”小沙终于反应过来了，激动地说。

“到魏律师办公室去，”纪佳程说，“不管用什么手段，把他那宝贝茯茶再给我弄两包来。”

第三章
师兄

徐昕选择的这家文小馆，纪佳程并不陌生。

两年前他和几个校友为外地的师兄接风，就是在这家店。彼时文小馆开在田子坊，顶层有一个露台。如今，校友们都成了法官、律师，吹着傍晚的风，大口喝着啤酒，回忆着在校的岁月，十分惬意。出于这个原因，他对这家店印象好，也向别人推荐过。在赶往文小馆的路上，他心里想：会不会是徐昕听说他推荐过这家店，所以故意选在了这里？

如今的文小馆已经搬离旧址，开在日月光中心的三楼，这里地方太大，纪佳程从地铁站里出来，上楼找了半天才远远看到了文小馆的招牌。门口的女服务员并没有像其他朝鲜族餐馆的服务员那样穿着色彩艳丽的大长裙子，而是一身朴素的黑衣。纪佳程告诉她是一位徐先生订好的位置，便被引到了店内。

店内的左边是一排拉着纸门的榻榻米房间，当右手边第一间的滑门被拉开时，纪佳程看到其他人都已经来了，正在喝着大麦茶说话。

“哎呀，老纪来了。”

“你看你怎么才到？”

纪佳程笑嘻嘻地作起揖来：“师兄好，师兄好，这不坐地铁来的嘛……哎呀，师姐！啧啧啧，跟上次相比，师姐你变年轻了！你逆生长啊！”

魏巍评价道：“这老纪离校十八年，油嘴滑舌的习惯未变，对师姐贼心不死。”

众人哄堂大笑。纪佳程脱去外套，扔到角落里，打量了一下每个人坐的位置，心里便暗暗有数了。

虽然身处“魔都”，但是大家都保留了在北方的习惯，彼此扫了一眼，就明了了自己应坐的位置。徐昕请客，他自然坐在主位上，郝朝晖、魏巍、老柯、令敏都是学长学姐，自然坐上座。纪佳程和徐萌便背对着门坐下。

“哎，老纪老纪，你别坐那儿，你怎么能坐那儿呢？”徐昕一副意外的样子，招着手说，“来来来，到这边来坐。”

“别介，不合规矩。”纪佳程笑嘻嘻地说，“再说我坐这里也好呀，左边是令敏师姐，右边是阿萌，和两大美女挨着，你们羡慕不来的。”

“不是不是，”徐昕说，“你那个位置有人。”

“谁呀？”

哗啦一声，滑门又被拉开了，一个小伙子从外面探进脑袋来，说：“师父，车让他们给洗好了。”

“哦，烨君啊。”

纪佳程认得这是徐昕的助手周烨君，这才明白徐昕为什么说自己不应该坐在这里——有后辈，便向左挪了挪。周烨君见徐昕点了头，便脱鞋爬上了榻榻米。

“烨君啊，你今天晚上就不要喝酒了，专门负责给这些前辈倒倒酒，催催菜，听到没？”徐昕吩咐道。

“哎！”周烨君笑眯眯地答应着，在纪佳程刚才的位置坐下，立刻端起大麦茶的茶桶，给大家的杯子续水，口里还汇报着，“按照师父的吩咐，已经点好了菜。他们家的参鸡汤是招牌，必须提前一天预订，我昨天就订好了；我还点了牛势大章锅、传统烤牛肉、妈妈手饭团，这饭团可是他们的特色呢！还有神仙锅、芝士炒年糕、包肉、拌蜗牛、土豆饼。酒水点了烧酒，给女士点了米汁，师父和诸位前辈看看，还有什么需要加的不？”

“行了行了，已经不少了，”郝朝晖说，“咱们不要浪费，先吃着，不够了再加。”

“再加个辣炒章鱼。”徐昕吩咐道。

“好嘞。”周烨君转身拉开滑门，对服务员说，“加一个辣炒章鱼，顺便帮我们加点水。”

这个小伙子相貌清秀，身材适中，脸上总是带着笑意，似乎有些青涩。纪佳程却知道，周烨君其实是个业务水平不错的律师。纪佳程的同事曾经有案子和周烨君打对门，回来评价说周烨君的庭审表现极为老练。

除了业务水平不错，他的穿着打扮还颇具海派韵味。比如现在大家都穿西装衬衫了，周烨君却总是在里面加一件紧身的西装夹克，让他看起来有点“拿腔拿调”。

这样的律师投入徐昕门下，纪佳程挺惋惜的。据纪佳程所知，徐昕捡到这么个宝，立刻用到了十足，周烨君不但要办案子，为徐昕打理一切，甚至还成了徐昕的专职司机，每天接他上下班。据说连周末周烨君都要跑到徐昕家里去帮着修草坪、洗车。不过徐昕倒也没亏待他，益度所的一应行政事务，已经交由周烨君负责了，更重要的是，徐昕的宝贝女儿——徐婧儿被周烨君吸引，现在已经和周烨君到谈婚论嫁的地步了。

想到这里，纪佳程有了一丝疑虑：如果茶类中心的案子那么重要，徐昕为什么不交给周烨君做，而要交给那个二百五女律师做呢？难道徐昕才是真的在布局，自己反而已经坠入局中？

他在脑子里把案情过了一遍，想不出自己会在哪里有疏漏，但心里终究是不安稳。在他喝着大麦茶走神的时候，菜品已经上来了，一盘盘和一锅锅的饭菜摆满了整张桌子。红色的泡菜，褐色的烤鱼，火锅里冒起的热气，配上精致的餐具，让人一见便生食欲。

“小姑娘，酒呢？”周烨君问。

“来了！”

胖乎乎的黑衣服务员小姑娘拿来一瓶烧酒“真露”，又拿来一小瓶红醋，把七个杯子放在一起。所有的人都不知她拿醋来干什么，目光自然汇聚过去。小姑娘打开烧酒后，把小瓶红醋口对口地倒在酒瓶上面，那红醋居然并未从两个瓶口相接处流出来。透过玻璃，可以看到一缕缕红雾向下进入酒瓶，一股股如烟一般的液体向上面的红醋瓶中流动，煞是好看。不一会儿，酒和红醋就已经充分融合在两个瓶子里。

八个人都瞪大了眼睛，看她要如何分开这两个瓶子，黑衣小姑娘笑着说：“见证奇迹的时刻。”左手拿了一个杯子，右手垂直拎起了倒扣着的红醋瓶。

意外的是酒并没有流出来，直到她把红醋瓶的瓶口对准了杯子，红色的调和酒才从瓶口喷出，一滴不多，一滴不少，正好倒满了一杯。一缕灯光从天花板上射下来，玻璃杯盛着红色的酒液，分外美丽，配合着刚才的酒艺，八个人都发出了惊叹声。

“冲着这酒艺，今天就不虚此行。”魏巍赞叹道。

“来，”徐昕笑着招呼道，“欣赏完酒艺，大家举杯子！”

看了这样的表演，连声称不喝酒的女生都要了一杯端在手里。

“咱们哪，别看都在一个城市，平时都忙，聚到一块儿不太容易——可是不容易也要聚啊！”徐昕举着杯子说，“今天我张罗大家聚聚，大伙儿都在东北读书，朝鲜饭菜是咱们这批人共同的记忆，所以我选了这家文小馆。这家店我吃过几次，味道很地道，咱们啊，今天开怀畅饮，共同回忆当年激情燃烧的岁月！来，干一杯！”

“干！”大伙儿轰然应和，一起举杯喝干。掺了红醋的烧酒口感变得非常温和，配着烧肉、泡菜、火锅，别有一番滋味。两杯酒下肚，大家从这饭菜里回忆起了大学时的日子：当年学校北门有一个饭店，叫铁厂饭店。这些囊中羞涩的穷学生有时凑钱跑到那里去点菜吃，不敢点贵的，点一瓶小烧，配一盘子土豆丝，也吃得兴高采烈。

“那时候真香啊！肚子里缺油水，什么都是香的。”老柯感叹说，“如今大家兜里都有俩钱了，什么好吃的都吃过，可是就吃不出当年那种香味了。”

“老柯这句话有一半是对的，”魏巍说，“为什么说是一半呢？因为别的都对，可是你说大家兜里都有俩钱了，这句话是不对的。老纪的兜里就没钱。”

轰的一声，众人哄堂大笑。这是所有人百谈不厌的一个梗：纪佳程惧内的层次比较高。赵敏家教甚严，以至于他的口袋比他的脸都要干净。

纪佳程脸皮厚，怡然自得地端起茶杯喝了一口，说：“我那是懒得管。”

众人一片哄笑，唯独徐昕在那里慢慢点头，深沉地说道：“你们不要笑，老纪这是有大智慧的人。其实男人最重要的是事业，老纪这是把自己从家事中解脱出来，你们只看到他失去了什么，却没看到他得到了什么……”

纪佳程琢磨着徐昕这几句胡说八道是在调侃还是在说真的，嘴里却跟着起哄：“你要说事业，咱们谁也不能跟徐师兄比呀。最近徐师兄天天上电视当嘉宾，每天和美女主持人打情骂俏的。我们敬徐师兄一杯，叫他介绍一两个给我们也认识认识……”

“这个是需要的。”魏巍严肃地说，“我们一起来干一杯，为了什么呢？”他沉思了一下，“为了徐师兄的美女主持人，干一杯！”

“干！”“干！”大家一起哄笑着，话题一下子转到了徐昕身上。酒一落肚，老柯便问徐昕：“你说你经常和主持人说说笑笑的，嫂夫人就没啥想法？”

“她能有啥想法，”徐昕尬笑着说，“我那是工作。当然了，吃点醋还是必需的，这女人啊，结了婚后，老公可不就是她的天？”

“师兄啊，”纪佳程毫不留情地说，“拉倒吧，在你家里嫂子才是天。”

“那还能不是天？”魏巍说，“听说徐大律师当年追得好辛苦，才把嫂夫人追到手啊，现在嫂夫人在家里说一不二。”他叹了一口气，“这样看来，咱们法学院是有历史传承的，这个传承就是——怕老婆。”

在座的几位都是惧内达人，听了这话并不脸红。“这话错了，”纪佳程耿直地说，“那怎么能叫怕呢？怕是根源于尊重，尊重女同志，正说明咱们学院院风端正，咱们几个人品崇高，实在是男人中的男人。”

“嗯，怕老婆方是真男人。”老柯抽冷子来了一句。

“来来来，为了你们这几个真男人干一杯！”令敏建议，她已经笑得直不起腰来了。几个真男人脸不红心不跳，真的举杯庆祝起自己惧内来。

几杯酒下肚，纪佳程感觉有些晕乎乎的，脸上泛起了潮红，额头上沁出了一层汗。在接下来的一个多小时里，他们又从烧酒换成了啤酒，大家都有些喝高了。谁的杯子空了，周烨君就殷勤地倒酒，他每次给徐昕只倒半杯，给别人却倒得满满的。

"……你别看她在电视上长得多漂亮，那都是靠化妆化的！"徐昕端着酒杯，口沫横飞，"镜头前面灯光这么一打，啊？这叫什么，你们知道不？这叫灯下观美人！我告诉你们，把灯光撤了，那脸上的妆一卸，啊？哎哟——"他一拍桌子，"令敏和徐萌能把她甩八条街！"

"你已婚。"魏巍说，"你这是公然撩师妹。"

"可不是，"纪佳程说，"而且这撩得也太低级了，——我去吐一个先。"说着摇摇晃晃地站起来，拉开纸门，踩着拖鞋向洗手间走去。

等他解完手在洗手池那里洗手时，徐昕摇摇晃晃地进来了，他似乎也喝得很多，满脸通红。纪佳程点点头想走，徐昕却叫住他："老纪，等我一下。"

纪佳程笑着说没问题，醉意却立刻少了三分。徐昕解完手，摇摇晃晃地也过来洗手。纪佳程似乎是喝多了，斜着靠在了墙壁上。

"老纪，你喝多啦？"徐昕哈哈地笑着说。

"没，还能再喝，我现在清楚得很！"纪佳程说。——喝醉的人是不会承认自己醉的，所以他说自己"还能喝"。

"悠着点！"徐昕笑着，有点夸张地拍了拍他的手臂。

"你这……手还是湿的呢。"纪佳程嫌弃地说。

"看你那计较的样儿！"徐昕亲热地说。他扯了张纸把手擦干，似乎不经意地说："你小子，总是给我制造难题啊！"

“谁给你制造难题了？”纪佳程本想借机说“师兄你这次才是给我制造难题了”，脑子一转，却改成了“我这点道行，你这话不是抬举我吗？”。

“四个案子，你给我打回来仨。”徐昕举起三个指头，醉醺醺地摇晃着，“老纪啊，你对我这边太狠啦！”

纪佳程苦笑道：“这没法子，这不各为其主吗？再说我也没打回去啊，你自己撤诉了。”

“不撤诉，等着输啊？”徐昕笑着说，“在你老纪这里，占不到便宜呀。”

纪佳程完全确定徐昕是在和自己一样装醉了，估计徐昕也已经猜出自己是清醒的，但是这种“酒醉状态”有利于两个人之间的沟通，谁也不会点破。纪佳程心里琢磨，嘴上却道：“这个啊，真不是我不给你占便宜，你说前三个选的什么诉由啊，这不是送‘人头’给我吗？我这要是都不接，客户怎么看我？”

“那你在法庭上也留点面子嘛。”徐昕说，“听说前两天你把我们所的女同志又给‘收拾’了，人家年纪也不小了，你至少给我留点面子，对不对？”

“那个娘们儿啊……”纪佳程叹了口气，“师兄啊，不是我说你，你们所怎么什么货色都要啊！是不是？这个案子既然重要，找个靠谱的呗，这个娘——女律师在法庭上胡说八道的，你所里那么多人，怎么就交给了这么个货色？”

“她？”徐昕哼了一声，“水平是差了点，人也彪乎乎的，不过这是朋友介绍来的，我得看着人家面子，对吧？说起来啊，老纪，这个案子你看起来也胸有成竹啊。”

“一般一般，还得看证据。”

徐昕笑眯眯地望着纪佳程，带着醉意说道：“这个案子啊，你哥哥我投入太大。你呀，别太狠了，我这也一大伙子人要养呢。”

纪佳程摇摇头，说：“我也要养你弟妹和你侄女呢，对吧？”

“又扯淡了，”徐昕哈哈地笑着说，“你纪大律师还操心养孩子？”他长舒了一口气，“我才要操心才对……这案子没什么前期费用，客户那边是非胜不可的。你看看，我有多难？老纪，有些事情其实可以谈一谈的，对吧？”

纪佳程的嘴角微微一咧，笑道：“咋谈啊？”

“这个案子，看看差不多就得了，嗯？”

纪佳程长叹了一口气，说：“师兄啊，你是不是想算计我了？”

“这话是怎么说的？”

“案子的事儿啊，什么都好商量，”纪佳程说，“可是你也得对等啊。你让我这边差不多就得了，你那边却一步步下死手。你别忘了我这边也是个大客户啊，是不是？”

“你看你这个老纪，我这边下什么死手了？”徐昕不以为然地说。

“师兄啊，师弟我也算是老律师了，这感觉还是蛮准的，”纪佳程眯起眼睛来，“我看看你这证据，就知道你现在换律师了，要么就是有高手在后面，整理出来的新证据够狠啊。”

“是吗？”徐昕笑眯眯地说，“我都不知道。”

“这个不提了，师兄啊，你今天说谈，是不是你觉得自己风险比较大？”纪佳程耿直地说，“其实咱们师兄弟也没什么不好商量的，要不然——咱们谈谈调解？”

这句话说出口，纪佳程的心里激烈地打起鼓来。

徐昕一进卫生间，纪佳程就在准备了，他估计徐昕是想让自己放放水。

——如果自己拒绝了，徐昕可能把这第四个案子也撤回去。

——如果自己装出一副心虚的样子，向徐昕表示“师兄你的证据占优势，我要输了”，会显得刻意、不真实，徐昕必定会起疑。

这个戏并不好演。

因此，徐昕眼前的纪佳程应该是一个强硬的纪佳程，就算是证据不利也不能示弱的纪佳程。所以，纪佳程先竭力表达出对案子的信心来，然后“警惕”徐昕是否“算计他”，等到了最后，突然以“徐昕这边风险比较大”为由，建议调解。当然，那句“就知道你现在换律师了……新证据够狠啊”也是他刻意为之。

纪佳程煞费苦心，只想给徐昕造成一个感觉：自己对新证据有了顾忌，甚至可能认为新证据改变了案件走向，现在拿腔拿调的，其实色厉内荏，想吓唬徐昕调解。

纪佳程对自己的表演有点心虚，徐昕也是个老律师，自己这样给他挖坑，万一演得过了戏，让他看出来呢！

徐昕拍了拍纪佳程的手臂，脸上带着笑，有点醉意地说：“和解？好事儿！老纪啊，能和解是好事情，绝对是好事情……你看，这两天我们是不是碰一碰，嗯？碰一碰，谈谈怎么处理。啊？”

纪佳程望着徐昕的脸，看不出他是不是在思虑什么，只知道他这“醉意”比较刻意。他本来不确定是不是该继续表达出“心虚”来，徐昕这样的表现倒使他解脱了——他既然酒醉，就不好再谈下去了。

纪佳程扶着徐昕，说：“行，改天再约。今天咱们只喝酒！师兄，你这能行吗？”

“没事，这才哪到哪儿？”

再回到酒桌，纪佳程回味自己刚才的表现，越来越觉得自己似乎失败了，想要补救却又不知如何着手。

“纪老师，我给您倒半杯好不好？”周烨君轻声说。

“啊……”纪佳程愣了一下，意识到自己端着杯子走神了，说，“好，好，别太多。”

红色的酒液倒在晶莹的玻璃杯里，纪佳程用手指在桌子上点了点，脸上又露出了无邪的笑容。

第四章
二十张包装纸

整个周日，纪佳程都在疑神疑鬼，反复回味着昨天晚上和徐昕交流的全过程，琢磨自己说话妥当与否。他带着纪宝宝到商场附近上英语课，纪宝宝在教室里上课，他就坐在隔壁教室里，端着保温杯望着窗外，脑子里激烈地活动着。

自己主动求和，徐昕到底是会认为自己在证据上处于劣势了，还是认为自己在挖坑？想到这里，纪佳程有点恨自己为什么长期以来不装成“忠厚老实”的样子。如果自己表现得傻乎乎的，徐昕应该就会往坑里跳了。

下午他去健身房时，突然想开了：就算徐昕不入坑，只要那些投资者想要挽回损失，徐昕就一定要搞出一个结果，要么这个案子，要么下个案子。自己这样纠结其实是过于想一战速决了。心态放平点，就不用这样纠结了。

想开了这个结，纪佳程觉得心态略微放松了些，便毫无杂念地练了一个小时的划船机，一直练到身上的汗像河水一样流淌下来。晚上去参加小姜为孩子举办的满月酒，他也放开喝了几杯。

尽管如此，做戏还是要做全套，还是得让徐昕感受一下这边想要和解的“急切”。于是周一一早，纪佳程一到办公室，就给徐昕打了个电话。

电话里的徐昕还是那么熟络，彼此寒暄后，纪佳程表示，既然上次师兄说这个案子“差不多就得了”，大家师兄弟一场，这点情面还是要讲的，自己这边愿意和对方谈谈和解的内容，但是和解协议里会有很高的保密要求，不得泄露给任何第三方。

表面上听起来，纪佳程一副“要不是您是我师兄我才不和解”的口吻，实际上大家心里都知道：律师办案子，根本不可能因为对方是师兄而放水。主动提和解的唯一解释就是对案子没有把握。

纪佳程希望徐昕这样认为。而且他还动了点脑筋，着重表现出担心徐昕对外泄露和解一事——意思是害怕更多的人来起诉逼迫和解。

徐昕热情地表示，完全没有问题，他会和当事人好好讨论此事，只要当事人同意，大家马上就可以协商。

电话里两个人都很热情，充满了师兄弟之间的美好情谊。打完这个电话，纪佳程长舒了一口气，觉得自己能做的都做了，至于下一步怎么走，就看徐昕了。

沙靓靓在一边小心翼翼问：“他怎么说？”

“他说会和当事人好好商量。”纪佳程说，“咱们等着吧。”说完这句话，他不由得看了她一眼，突然想：自己这是真的把小沙当成搭档了吗？

晚上纪佳程回到家时，发现徐婧儿正在给纪宝宝辅导功课，不由得苦笑了两声。

赵敏在厨房里忙着做饭，纪宝宝和徐婧儿大姐姐的脑袋凑在一起，亲密得不得了。看到纪佳程回来，徐婧儿笑着打招呼说："纪叔叔。"

"婧儿啊，"纪佳程笑着打招呼说，"快坐快坐，又给她辅导功课？你看看，这真是……"

"我就喜欢婧儿姐姐，"纪宝宝说，"婧儿姐姐一讲我就会了，比你讲得好多了！"

"是吗？"纪佳程呵呵地干笑两声。他其实挺喜欢徐婧儿这姑娘的，只是自己这两天一直在绞尽脑汁算计人家的老爹，终究有点怪怪的。他换了拖鞋，伸头看了看纪宝宝的作业，就溜达到厨房去看赵敏做了什么菜。

赵敏正在炒着锅里的猪耳朵，这是纪宝宝最爱吃的菜。旁边的台面上摆着已经做好的红烧鸡翅、蒜炒芦笋、拌海带丝、白灼芥蓝。纪佳程偷偷斜了一眼赵敏，闪电般地抓起一小根芦笋塞到嘴里去了。

"你洗手了没？"赵敏的脑袋后面似乎长了眼睛，"别用你那狗爪子碰老娘做的菜！"

纪佳程赶紧在水槽边洗了洗手，把嘴巴凑到赵敏耳朵边，小声问："什么时候来的？"

"一个多小时了吧。"赵敏小声说。

"又跟周烨君吵架了？"纪佳程问。

"肯定呗，老样子。"

纪佳程点点头："得嘞，咱们这顿饭又要吃一半儿了。"

这样的场景不是第一次了——徐婧儿和周烨君在谈恋爱，年轻人在一起总会磕磕碰碰，拌嘴吵架。徐婧儿只要和周烨君吵了架，一转身就来找比她小十岁的纪宝宝了。

这看起来有点奇怪。通常来说，女孩子在外面受了委屈，无外乎几条发泄的途径。第一条是回家。女儿在外面受了委屈，最正常不过的方法是回去找父母。可是不知为什么，徐婧儿和她母亲——袁莉的关系却很冷淡。母女俩坐在一起，连话都不愿意说一句，更别说找母亲诉苦了。

第二条是找闺密逛街，或者找个地方大吃一顿、买买买什么的。她老爹是律所主任，她这个人不缺钱也不在乎钱，买点小奢侈品是分分钟的事，眼睛都不带眨一下。

可是不知从什么时候开始，徐婧儿发现了纪佳程家这个风水宝地。只要一吵架，她就往这里跑。纪佳程久而久之看出了奥妙：跑去找闺密或者买买买，周烨君可能会找不到她；现在周烨君知道她的“习惯”——一吵架就会跑到纪佳程家，等周烨君低头了，到纪佳程家接她就可以了。这是一种典型的小女人心思：一边要凸显自己的小地位，一边还怕对方找不到自己。

表面看起来，徐婧儿处于一个强势的地位，每次都是周烨君来低头求和，纪佳程却认为，在这份感情里，徐婧儿才是真正的弱势。连吵架都在考虑如何帮对方找到自己，怕对方找不到自己，这是真的在乎对方，是面子上的高大，内在里的卑微。

爱情中的弱者，永远是更爱对方的那个人。

能够找到徐婧儿这样的姑娘，应该是一种幸运吧。纪佳程对周烨君了解不多，但是曾经听徐昕说过：这小伙子是个孤儿，过得比较苦，后来上了个一般的学校，毕业后通过司法考试后来徐昕这里应聘。徐昕身为“跨国大所”的主任，嫌他不是“五院四系”毕业的，不想要他。可是这小伙子却很有韧劲，连续几次来所里拜访徐昕，说自己是真心崇拜徐昕，想要给徐昕当徒弟，最后甚至表示：只要徐老师给个机会让他打下手，工资多低都行！如果徐老师在工作过程中认为他不行，随时开除！

坦率地讲，所谓“五院四系”也就是块敲门砖，律师的水平高低、发展好坏，最终还是要看能力。一个上进、有斗志的小伙子，终究还是吸引人的，更何况徐昕就喜欢工资低的。于是徐昕就签下了周烨君。

实习律师，律师，再后来，周烨君连司机的活儿都兼下来了。一个工作拼命、生活中谦卑、招之即来的年轻人，几年下来已经成了一个水平不差的律师，并且和老板的女儿有着稳定的感情。在纪佳程看来，周烨君绝对是一个底层年轻人奋斗的标杆。

纪家已经养成了习惯：只要徐婧儿来，桌子上的餐具就要摆五套。饭吃一半儿，门铃就会叮咚叮咚地响起来，纪宝宝跑去开门，门外必定站着一脸窘相的周烨君。

“哎呀，是烨君啊，”纪佳程就会用见怪不怪的口气说，“今天怎么来得这么晚啊？快坐下一块儿吃吧！”

徐婧儿就会说：“哼！你来干什么？”

纪佳程就会说：“哎呀，你看你看，耍什么小孩子脾气啊？快，快进来，饭要凉了！”

于是周烨君就会进来坐下吃饭，等这顿饭吃完了，两个人基本上也就和好如初。随后他们俩就会亲亲热热地牵着手走了。

估计今天的套路也会是一样的。纪佳程看着赵敏摆下五套餐具，招呼徐婧儿过来吃饭。吃饭过程中，赵敏就问周烨君又犯什么错误了，徐婧儿就抱怨起来：这次她和周烨君吵架，居然是因为一本旧书和几张雪糕包装纸。

纪大律师一本正经地坐着吃饭，耳朵竖得高高的听八卦。

原来今天下午她去找周烨君时，周烨君正好被徐昕叫去讨论案子了。徐婧儿本想到徐昕的办公室去，看周烨君的桌子上比较杂乱，中午吃剩下的外卖、包装纸什么的还没丢，就过去把他桌子上的这些垃圾统统丢进了废纸篓里。

东西丢完了，她用湿巾把他的桌子仔仔细细地擦了一遍。桌子上有一些散乱的案卷，她按照原来的顺序一一归拢整齐。她在把案卷对齐的过程中，一不小心把周烨君桌角上的一本旧书碰到了地上。

那是一本《雾都孤儿》，版本已经非常老了，封面上是一个肥胖的、不友善的中年男人恶狠狠地看着一个瘦弱的男孩。现在这个时代的年轻人看快餐网文的多，看这种传统文学名著的相对较少，况且这么旧的版本，在市场上都很难找到。徐婧儿经常看到周烨君坐在办公室里看这本书，而且看得发呆。她曾经讥笑他说："是不是想不做律师，改行去当作家？"

此刻周烨君不在，徐婧儿把这本书捡起来，突然有些好奇。这本书比较残旧，边都已经磨得毛糙了，封面用透明胶带仔细地粘过，翻开看了看，纸张泛黄。她又往后翻了一页，一张红白色的纸掉了下来。

这张纸飘飘荡荡地落在桌子上。原来是一张对折的盐水棒冰的包装纸，这种盐水棒冰是市场上最便宜的冰棒，一元钱一根，几十年口味都没有变过。包装的边缘非常整齐，似乎是很认真地把包装拆开后，才把里面的盐水棒冰吃掉的。徐婧儿又往后翻了翻，发现书里还有一些包装纸。她一张一张地数了一下，一共有二十张。

这个人真是小家小户出来的，书这么旧了还在看，拿冰棍的包装纸做书签。

徐婧儿皱了皱眉头，把那些包装纸都扔到了纸篓里。想了想，把那本书拿在手里打算离开。她打算到网上找找还有没有这个版本的《雾都孤儿》，买一本新的送给他。

就在这时，门一开，周烨君回来了。

他看到徐婧儿，先是一怔，脸上旋即明亮起来，露出了微笑。

"婧儿，来啦。"

他的目光接着落到徐婧儿手里的书上，似乎有一阵寒风掠过，脸上的笑容突然无影无踪。

“你拿我的书干什么？”他问。

徐婧儿因为他的口气和脸色变化愣了一下，没反应过来，回答道：“我看它旧了，想给你买本新的……”

周烨君粗鲁地把书从她手里抓过来，翻了一下，随后他的眼光移到了纸篓里。

“谁让你丢我的东西的？”他莫名地暴怒起来，一边说一边弯腰从纸篓里把那些包装纸一张一张地拣了出来。

“你干吗对我喊？”徐婧儿终于反应过来了，“好心帮你整理整理东西，你对我凶什么？”

“我的东西，你说扔就扔？”

“是啊，你的东西，真是对不起了！”徐婧儿说，“你的房间我也不应该进，对不对？”

“以后少碰我的东西！”周烨君吼道。

自打相识以来，周烨君从没有这样可怕过，徐婧儿认为自己好心帮他，却被他这样吼叫，气得浑身哆嗦。眼前的周烨君不再像以前那个阳光沉稳的男朋友，反而涨红了脸，像个凶神。徐婧儿有点害怕，更多的是委屈和愤怒，眼泪在眼圈里打转。最后她大声说了一句：“行，以后我再也不会进你的房间了！”就转身摔门而出。

然后她一溜烟又奔着纪佳程家来了。

纪佳程竖着耳朵听徐婧儿向赵敏诉苦，觉得这对年轻人实在是太儿戏，为了这么点破事儿就能吵成这样。他低头吃饭，偶尔附和两句，说周烨君“太不懂事了”“怎么能这样呢？”。

“一本破书，十几二十张包装纸，就能对我凶成这样，”徐婧儿委屈地说，“要是动了他什么值钱的东西，还不得杀了我？”

“就是，太不像话了！”纪佳程深恶痛绝地说，“一会儿万一他来了，我好好说说他！”

“谁要他来！”徐婧儿气呼呼地说。

“我看他会来的。”纪佳程说。

纪宝宝说：“这么欺负婧儿姐姐，不给他开门！”

“小孩子掺和什么！”纪佳程说，“你给我闭嘴！”脸一扭，又挤出一副笑脸，说：“年轻人，不成熟，等他来了，我帮你好好训训他！”

“他最好一辈子都别来！”徐婧儿发狠说，“来了我也不理他！”

话虽如此，几个人都等着那习惯性的门铃声。可是今天很奇怪，门铃声迟迟不响。时间一分一秒过去，徐婧儿的脸色越来越难看，越来越沮丧，最后几乎是一粒米一粒米地往嘴里送。谁都知道她在等。

可是这顿饭吃完了，门铃也没有响。徐婧儿突然推开碗，趴在桌子上呜呜地哭了起来。

纪佳程好不尴尬，只得假借洗碗逃去了厨房。过了一会儿，外面徐婧儿的哭声终于没了，等纪佳程洗好碗，擦着手上的水从厨房里出来，徐婧儿已经拿起挎包，准备走了。

“你，把婧儿送回去。”赵敏命令说。

“不用，我开车了。”徐婧儿眼圈红红的，低声说，“我开车回去，不用送。”

“没事儿，送你上车。”

纪佳程接过赵敏递过来的外套，心里也有些奇怪。这周烨君今天是吃熊心豹子胆了吗？要知道，徐婧儿除了是他女朋友，也是他老板的女儿，他这样做，是不是绝了点？不想混了？

也许可以借此机会，把他挖到自己所在的律所来。

纪叔叔脑子里转着这个不良心思，把可怜的徐侄女送到了楼下。

他们向徐婧儿的车走过去，远远看到路灯下有一个身影，在徐婧儿的车边闷闷地抽着烟。

“你看看，”纪佳程说，“我就知道这小子舍不得你，你看他跑来了。”

徐婧儿也看到了，她突然站住不走了，扭开脸就是不肯再向前一步。

两个年轻人相距十几步远，都扭着脸，一动不动。纪佳程无可奈何，只得干笑两声，说：“你看看你们俩，是不是？你！你小子！”

他说着走到周烨君旁边，半真半假地踢了周烨君一脚，成心让徐婧儿看到，嘴里还骂道：“这么好的女朋友，你到哪儿找去？你说你今天发什么神经？”

“师叔，我那是……一时急了。”周烨君嘟囔着。

虽然是嘟囔，声音却不小，让对面的徐婧儿能听得到。

“你有什么急的？”纪佳程批评道，“年轻人有什么事，要好好说，至于那么大吼大叫的吗？婧儿好心帮你收拾房间，不是为了你好吗？嗯？真动了你什么东西，你不能好好说吗？”

“我不是……”周烨君说，“我当时看到婧儿拿那本书，把里面的东西扔了，我一下子没控制住……”

“那是什么宝贝啊？”纪佳程说，“对你有那么重要吗？”后面这句话声音加重。

周烨君沉默了一下，突然直视着徐婧儿，说：“是我不对。可是……那本书是我爸爸留给我的遗物。我爸爸死得早，这本书是他活着的时候常读的，现在，我只有这么一件他的东西了。”

“啊……”纪佳程愣了。他迟疑着看了一眼徐婧儿，发现徐婧儿嘴巴微张，正在看着周烨君。

“里面有二十张包装纸。”周烨君说，灯光下，他的眼里带着一丝哀伤，语气很平静，声音微微发颤，“当年我爸爸走的那天，他给我买了根棒冰……从那以后，每年他的忌日，我都会给自己买根棒冰吃，假装这是我爸爸买给我的。包装纸我一直留着，当个念想儿。我，舍不得扔……”

他说到这里，说不下去了。

徐婧儿向他跑去，抱住了他。周烨君抱住她，低下头，身子微微耸动着。徐婧儿抽泣着问：“你为什么不早告诉我呢？”

纪佳程打圆场说：“每个男人都有一些事情想留在心底嘛。”

周烨君没回答，只是更紧地抱住了她。两个人抱了许久，纪佳程看得有点尴尬，正寻思着偷偷溜走，听到周烨君说：“我不该瞒着你……请你原谅我。”

徐婧儿伸手抹去他眼角的泪水，两个人看了对方一会儿，徐婧儿又突然跳起来，往周烨君的头上打了一拳。

“好啊！你还敢抽烟了！”

“我……我错了……”周烨君躲闪着，“我是……我是太愁了……那个……”

“还敢不敢？还敢不敢？”

“不……不敢了！……哎……哎呀！”

纪佳程舒了口气，转身回家去了。身后，两个人的声音随风飘来：“今天来得这么晚，你死定了！”

“我错了，我错了！”

“你今天自己回家吧，我不载你了！”

“好婧儿，别这样，我没开车，你还是让我上车吧！”

“不！不！”

“那我上车了。”

“下去！下去！……”

纪佳程走回楼道口，回头望了一眼，徐婧儿的车灯已经在向小区大门方向移动了。

女人啊，心终究是柔软的啊。

他收回目光，长舒了一口气，用钥匙打开单元的电子门。等待电梯时，他的手机响了一下，低头看，是周烨君发来的短信。他打开短信，看了一眼，心就沉了下去。

“师叔，谢谢你帮我们和好。私下跟你说一声，茶类中心的案子，师父已经叫撤诉了，恭喜师叔你又赢啦。”

我赢个鬼啊！纪佳程在心里骂起来。

自己以为在给徐昕挖坑，结果却落到了对方挖的坑里。

第五章
转折

纪佳程好不沮丧，第二天到办公室后，不但没有心思夸女同事们，连泡茶都没心情了。

林清来问了情况以后，也坐在对面叹气。虽然明面上这个案子是赢了，但是拿到一份判决书定下乾坤的机会又溜走了。徐昕随时可以找个诉由再打过来，这样的袭扰随时可能再发生。

“没事儿，纪哥，你师兄毕竟是老律师，”林清安慰说，“咱们没蒙住他，可是也没啥损失啊。”

“你真这么认为吗？”纪佳程眯起眼睛，“有些事儿没这么简单的，想想你太太受的压力。何华王纪集团的股东又不止她一个。”

林清沉默了，纪佳程说的正是他担心的。华芳菲虽然是何华王纪集团的CEO（首席执行官），但公司实际上有三个股东。华芳菲把案子委托给自己老公所在的律所，本来就有瓜田李下之嫌，现在律师费一笔一笔付出去，什么结果都拿不到。万一公司里有人不胜其扰，要求“花小钱和对方和解”，华芳菲就会承受很大的压力。

一旦真的和解一个案子，徐昕就会像恶狼嗅到鲜血，率领群狼撕咬而来。

“这老小子，比我想象得聪明。”

“他毕竟也是你们学校毕业的，对吧？”

“他怎么会有这么大的布局能力？”纪佳程皱着眉头说，“他的那些客户就能沉住气让他一个案子一个案子地骚扰咱们？”

“现在看来那些客户就是能沉住气啊。”林清说。

“诉讼时效还有很长时间啊……”纪佳程向后仰着，望着天花板，绞尽脑汁，却无计可施。

“咱们都再想想吧。”林清安慰道。其实他的压力更大。当初他信誓旦旦跟华芳菲保证“纪哥很快能解决这事儿”，如今遇到这样的局面，他都不知道如何回去交代了。

纪佳程陷入了深深的挫败感中，一上午都没有泡茶，而是坐在办公桌前发呆。中午他也没出去吃饭，感觉胸中堵得厉害。

事情在下午一点的时候突然起了变化。

沙靓靓敲门后怯生生地推门，探头进来，小声说：“纪律师，刚才接到个电话。”

“什么电话？直接说。”纪佳程粗鲁地回答。

“是何华王纪集团的财务部打来的，他们的两个账户被法院查封了。”

“嗯？”纪佳程的身子挺直了，“你刚刚说什么？”

“何华王纪集团的两个账户被法院查封了。”

“查封了？什么时候？谁查封的？”

“还不知道。”沙靓靓说，“他们财务人员也是刚接到银行的电话通知。”

纪佳程坐在那里待了几秒钟，突然脑子里闪过一道光。他身子前倾，迅疾地开始下达指令。

“你马上做几件事。”

沙靓靓迅速拿起了笔记本。

“第一，叫何华王纪集团的财务人员联系银行，询问一下法院冻结账号所依据的案号，以及要冻结的金额；第二，查到案号后立刻向法院查询这几个案号的申请人是谁；第三，查到申请人的名字之后，马上与茶类中心投资人名录进行比对，看看在不在里面。——动作要快！”

沙靓靓的笔在本子上哗哗地画着：“是。”她转身要走，纪佳程却又叫住她。

“第一件事应该需要一点时间。在那期间，你通知一下林律师，叫他到我这里来，然后帮我把茶泡了，顺便再帮我点份外卖来，我饿死了。”

“啊，是。”

沙靓靓急忙跑出去打电话了。纪佳程站起来，心神不定地搓着手。何华王纪集团并没有收到什么新的诉状，如果有人查封了他们的账户，那么只有一种可能：他们被诉前财产保全了。

所谓诉前财产保全，通俗讲就是原告在提起诉讼之前，为了避免对方转移资产或者资产灭失，先申请法院把对方财产给查封了。这种做法的好处在于将来利于执行，也可以给对方造成巨大的心理和经济压力。按照规定，要申请诉前财产保全，原告需要向法院提供一定的财产担保，而且要在三十个工作日内提起诉讼。

也就是说，一旦账户被冻结，诉讼必然会发生，而且对方是铆足了劲要搞你了。

是谁摆出这架势要和何华王纪集团大干一场？与茶类中心这件事

有关吗？

纪佳程在狭窄的办公室内踱着步。事务所大了，全球范围内有一千多人，仅“魔都”办公室就有四百多名律师，所以办公空间显得有些拥挤。合伙人们的办公室并不像电视剧里那样大得能放张床。除了办公桌、文件柜、茶台和客椅，他只能在两米长、六十厘米宽的空间里来回踱步。

林清一推门进来，问：“纪哥，听说账户被查封了？”

“嗯，我已经叫小沙去查了。”

沙靓靓推门进来，不言声地帮他们烧水泡茶，纪佳程问：“电话打了？”

“打了。”沙靓靓说，“另外我给您叫了一份照烧鸡肉套餐。”

“有消息立刻告诉我。”纪佳程点点头，坐在茶台前，开始往茶壶里放茶叶。他的手有些迟疑。林清出神地望着烧水壶，也有些心不在焉。

水开了，纪佳程往茶壶里倒水。在他洗茶和温杯的时候，沙靓靓推门进来，说：“银行那边反馈了。”

“怎么说？”

“有三个案号。”

“三个？”林清问。

“有三个案子查封了我们的账户？”纪佳程问，“冻结了多少钱？”

“一个是七十七万元人民币，一个是一百五十万元人民币，还有一个是八十万元人民币。”沙靓靓汇报，“全部足额保全到了。”

“这诉讼标的也不算高啊……”纪佳程再次把沸水慢慢倒入茶壶，“你马上打电话，去查一下这几个案号的申请人是谁。”

沙靓靓出去了。纪佳程端起茶缸子，喝了一口。林清问：“你怎么看？”

“若我所料不错，”纪佳程若有所思地说，“还是茶类中心这件事。金额从几十万元到一百多万元不等，符合那些个人投资者的投资能力。”

“如果是的话，这一次怎么来得这么凶猛？”

“咱们先不猜，”纪佳程说，“等等看，看小沙核实的结果如何。”

二十分钟后，纪佳程的外卖到了，一起到来的是沙靓靓的核实结果：三个案子的申请人名字分别是南溪、何四为、毕英鸷，三个案子申请人的代理人都是——周烨君。

“名单比对过了吗？”纪佳程问。

“比对过了，”沙靓靓说，“这三个人都是茶类中心投资者名单里的。”

纪佳程眼睛里闪过一道光。

“上手这么狠，这次是玩真的了。”纪佳程阴笑着说，“他应该不会再撤回去了。总算是要拿个结果啦。”

事情现在很明显了：之前的四个案子，徐昕选择的都是十几万元到二十万元的小投资人，利用不同的案由进行试探，即便是损失，也不过损失几千元的案件受理费而已（撤诉还能退一半）。

现在他终于找准了攻击方向，动了真格。首先，他这回选择的都是数额相对较大的标的；其次，他一次性就动手了三起；最重要的是，他在动手之前先向法院申请冻结了何华王纪集团的银行账户，这完全是玩儿命的架势。

诉前财产保全是有成本的，要交保全费，还要向法院提供财产担保。这次要是再撤诉，他的这些成本和攻势就会打水漂。

他选择的律师也是稳妥的——周烨君。纪佳程完全可以确定，徐昕这次是下了决心的。接下来的，才是真正的决战。

“徐昕到底还是跳进我们的坑里了！”纪佳程用手指重重地在茶台上敲了三下，露出了如释重负的笑容。

沙靓靓在旁边一直听到现在，这时候也露出欣喜的笑容。她知道，自己又有机会参与重要的案子了。

那天晚上纪佳程兴致很高，晚上八点的时候，他调到文艺频道看法制节目，存心等着某个人出现。

电视屏幕闪动着，画面变来变去，大部分时间都是不同的穿着西装的人义正词严地说话的样子，有的还有挥臂的动作，音乐声慷慨激昂，鼓点声沉重，让人热血沸腾。过了一会儿，屏幕里终于出现了“律政进行时”的字样。

这几个字旋转着退去，一位女主播和两位律师正襟危坐在梯形的主播台后，面向观众。

“时事评点，律政先行，用专业的眼光为您做出精准的分析，普法永远是进行时。大家好，欢迎收看本期直播的《律政进行时》，我是主持人张斯佳。今天我们演播室邀请来的两位嘉宾大家应该很熟悉，一位是我们的老朋友，益度律师事务所主任——徐昕律师！”

“大家好！”纪佳程的那位师兄在电视屏幕里招着手，脸上带着儒雅的微笑。

“另外一位是汇业律师事务所的胡蝶飞律师！”

“大家好！”那位漂亮的女律师向镜头挥着手嫣然一笑。

“你今天怎么回事？怎么看他的节目了？”赵敏在纪佳程旁边好奇地问。

《律政进行时》是电视台每周一播出的直播节目，内容是由两位律师评点最近发生的热点事例，中间还夹杂着律师们讲述的案例。

由于披上了普法的外衣，又能满足人听八卦的欲望，这节目相当受欢迎。

纪佳程不知道徐昕是怎么搞到当嘉宾的机会的，说实话，这样的角色本身并不需要太多技术含量（如果讲得太专业了，老百姓也听不懂），只要能随机应变，讲一些浅显的理论就可以。好多期的结论都是“观众朋友们遇到这种情况，一定要有法律意识，积极维护自己的合法权益”，跟没说一样。

徐昕对这个角色得心应手，特别是如何把握观众的心理。他在电视上经常秀正义，俨然一副老百姓代言人的模样。比如有一期谈打击拐卖女童的，他为那些丢掉孩子的父母“泪洒演播室”，悲愤地呼吁“国家要加大处罚力度，重判那些人贩子，该杀就杀”；又有一期谈到公司辞退生病员工少给了经济补偿金的，徐昕为那位员工当场捐款3000元，然后在演播台上怒骂公司黑心。

认识他的人一眼就能看出他在表演，可是善良市民们不认识啊。久而久之，徐昕大律师的形象甚为“伟光正”，为民请命、正气凛然的形象跃然于荧屏。这样的名声给他带来了多少财富是个谜，纪佳程只知道徐昕是一期都不肯缺席的。

几年前，纪佳程经常会看这个节目，每次看的时候赵敏都会说：“你看看你师哥，看看人家，怎么能有这么好的机会。”看了几期，纪佳程就认定徐昕是个大忽悠。真正让纪佳程放弃这个节目的是副标题为《这城市属于谁》的一期。在那一期里，徐昕为了证明只有勤劳苦干才能真正融入这个城市，又“泪洒演播室”，哽咽着回忆起自己的奋斗经历，说自己多年来坚持操守、不忘初心、敬业诚信、吃苦耐劳，终于赢得了越来越多的客户的信任，成为“跨国大所”的主任……纪佳程嘐的一声，换台了。从那以后，他再也没看过这个节目。

因此，今天他看这个节目，赵敏大为好奇。纪佳程也不解释，眼睛盯着电视上的徐昕。镜头拉近时，他觉得徐昕表现得很轻松。

今天的话题是反家暴。节目首先播了一段短片，内容是一名女子被同居男友长期殴打，随后主持人张斯佳开始询问两位律师看了这段视频有什么感受。徐昕很有风度地请胡蝶飞先发言，胡蝶飞表示：“这段视频让我看得心情沉重。一个年轻的女孩，每天在家里要遭受这样的殴打和虐待，实在是让人难以容忍。从情节来看，我认为这件事可能涉嫌犯罪了。”

“徐律师怎么看呢？”张斯佳问。

“我同意胡律师的观点。”徐昕沉痛地说，“其实我想的不止于此。我们今天这个案件，是因为有偷录的视频，才能有证据追究。但是在更多的家庭里，遭受家暴的女性们却仍然在受苦，得不到帮助，这是让人非常难过的。”

“有一种说法，”主持人张斯佳说，“恋人不是家人，那么恋爱关系中的暴力也属于家庭暴力吗？”

胡蝶飞答道：“很多人认为家庭暴力是指家庭成员之间发生的暴力，比如殴打啊，捆绑啊，限制人身自由啊，以及经常谩骂、恐吓，等等。其实《中华人民共和国反家庭暴力法》中有规定：‘家庭成员以外共同生活的人之间实施的暴力行为，参照本法规定执行。’所以处于恋爱同居关系的对象，实际上也可以成为家暴的实施者和受害者。”

纪佳程点点头。这位胡蝶飞律师每次都是正面回答，而且都在点子上，有理有据，水平是不错的。

徐昕说：“我同意胡律师的看法。在这一点上，我们国家的法律规定得还是很明确的。我国为什么做这样的规定？因为政府也看到了，社会上的家暴行为屡禁不止，另一个社会现象是，年轻人未婚同居的现象已经非常普遍，所以政府立法将共同生活也参照家庭来处理，是非常必要的。”

这位师兄的两次回答都是在捣糨糊。就拿刚刚的回答来说吧，他实际上是把胡蝶飞的观点变着法说了一遍，就这么几句话，还出现了一个疏漏：政府居然可以立“法”。

“那么我再请教两位，”女主持人张斯佳说，“很多观众更关心的是能不能把施暴者送进监狱，徐律师您讲讲？”

纪佳程竖起耳朵，这次徐昕不能顺着胡蝶飞的话往下接了。

“这个要看后果的，”徐昕深思熟虑地说，“像本案这种情况，很有可能已经触犯了刑律，构成了犯罪。其实我认为，现有法律法规对家暴行为的惩戒力度还是不够，应当加大惩戒力度。我们可以看看西方一些法治国家是怎么做的。去年我到美国访问，和一个美国法官吃饭，专门聊到了这个问题。他介绍说，在当地，实施家暴的人可能会被判刑；如果对孩子实施家暴，则会被剥夺监护权。而国内很多地方，大男子主义的思想还比较严重，打老婆、打孩子得不到追究。我们国家啊，对妇女儿童的保护意识还是不够啊。”

纪佳程皱着眉头，觉得徐昕又是屁话连篇，似乎回答了，实际上跟没回答一样。他突然冒出一个念头：这家伙这种水平，当初到底做了什么案子，能攒下资本混得风生水起？

有这样的脑子，难怪会跳进纪佳程和林清挖的坑里。纪佳程想起从昨夜到今晨自己和林清那么焦虑，哑然失笑。

这时候电视里胡蝶飞律师在发言，说：“我国刑法里是没有‘家庭暴力’这个罪名的，但是身体伤害足够严重可能会涉嫌故意伤害罪，如果长期进行家庭暴力还可能构成虐待罪。因此家暴绝对是有后果的，施暴的人士请三思。”

“我同意胡律师的这个观点。”徐昕立刻接下去说，“我继续说一下啊，这个故意伤害罪啊……”

纪佳程没听他说下去就换台了。在他换台的时候，他心里打定了两个主意：

一、要继续坚定徐师兄对这三个案子的信心。

二、改天打听打听，徐昕这家伙当初做了一个什么案子，才一下子走上金光大道的。

第六章
调解

要继续坚定徐师兄对这三个案子的信心，就得做戏做全套。虽然查封何华王纪集团两个账户的几百万元资金对何华王纪集团影响可控，可是第二天早上纪佳程和沙靓靓商量了一下，还是决定给法官打个电话。沙靓靓询问要不要问一下林清的意见，纪佳程摇摇头，答道："这案子是我在办。"

接电话的是保全组的叶法官。纪佳程先介绍自己是何华王纪集团的律师，接着就开始诉苦，说对方反复诉讼，让公司已经承受了很大的压力，现在一下子冻结了公司好几百万元，实在是过分了……

"这个，纪律师啊，"叶法官打断他说，"这事儿你跟我说没用，我只负责保全，别的不管。你还是找立案庭顾法官吧，她收的案子。"

纪佳程刚才酝酿的情绪打了水漂，于是咳嗽一声表示打扰了，便挂断了电话。然后他深吸一口气，重新酝酿感情，给立案庭打电话。

顾法官接电话了，纪佳程再次先介绍自己是何华王纪集团的律师，接着又开始诉苦，说对方反复诉讼已经让公司承受了很大的压力，现在一下子冻结了公司好几百万元，实在是过分了……

“这个，纪律师啊，”顾法官打断他说，“人家是申请保全了，可是还没正式申请立案呢，你跟我说没用啊。”

“他们保全申请书里总得有理由吧。”

“啊，有，说你们搞的是非法期货交易。”

“啊……”纪佳程沉吟了一下，“顾法官，公司确实承受了很大的压力，公司上下那么多人要吃饭，对吧？”纪佳程恳切地说，“你看能不能咱们立案庭协调一下，看双方有没有谈的可能？”

“这个我们怎么协调？”顾法官说。

“您给对方打电话，召集一下，对方肯定来啊。”纪佳程热切地说，“您看，如果双方能调解，后面的诉讼也就不用发生了，对不对？你们也就又结了个案子，对吧？”

被保全的人请求法院协调，最后达成调解的现象并不少见。顾法官没说话，似乎在电话那头思考。过了一会儿，她说：“那我请示一下我们庭长吧。稍晚我给你打电话，你们什么时候有空？”

“今天下午和明天全天！”纪佳程很急切地说，“能快点最好。”

“这么急啊……”

“公司已经受到很大影响啦！”

顾法官说：“那不说了，我现在就找庭长去。”

放下电话，纪佳程露出一丝奸笑。沙靓靓一看纪佳程奸笑，也跟着奸笑起来，笑得让纪佳程觉得这姑娘被自己带坏了。

“非法期货交易，他们真的选择这个诉由了。”

“上次那个撤掉，是为了现在玩儿票大的。”

“法官会同意组织协调吗？”沙靓靓问。

“当然会。而且对方接到法官的电话通知去协调，肯定会认为打到我们的痛处了。”

“咱们还真的要去和对方协调吗？”

“如果对方肯来，当然得协调啦。”纪佳程答道。

“那我们总得有个方案啊。”

“这个，到时候再说，”纪佳程说，“我们会有办法的。”

大约第二天上午十点半的时候，顾法官真的打电话来了，说约了对方下午到法院的第十二调解室一起谈一谈。

纪佳程放下电话，说：“来，咱们现在商量吧。”

离约定的时间还有半小时，纪佳程和沙靓靓便到法院附近的便利店里买饮料。沙靓靓对货架上的咖啡比较挑剔，看了半天，最后拿了一罐炭烧咖啡。等她回头看时，纪佳程手里拎了一瓶农夫山泉，已经在收银台边等她了。

“师父，您不喝点咖啡提提神？”

“我还是喝水。”

纪佳程看了看沙靓靓，心里感慨自己似乎真的不再年轻了。现在年轻人的口味和要求比自己时髦得多。仅从外貌而言，纪佳程连脸上的胡子都没刮干净，头发微微有点乱，沙靓靓却西装套裙贴身笔挺。所以付账的时候，便利店的小伙子眼泛桃花，热心地向沙靓靓推荐最近的积分活动。付完钱走向门口时，纪佳程内心感叹道：“果然颜值即正义啊。”

等自动门打开，他们向外走去。刚走出门口半个身位，纪佳程突然伸手抓住沙靓靓的手臂，一把把沙靓靓拖回便利店里。

“师——师父，你、你、你干吗？”沙靓靓被纪佳程这样突然接触身体，差点叫起来，脸一下子红了。

“过来，转身。”

沙靓靓惊魂未定，但意识到纪佳程这么说必有缘故，便立刻转过身面对着货架。门口的铃声响了，有人走了进来。沙靓靓红着脸，低声问：“师父……怎么了？”

“是沈星文。”

“啊？”

“和周烨君一起来的。”

沙靓靓微微弯腰，从身旁玻璃柜边上的镜子里望去，果然，周烨君正站在门口等着。一个穿着花衬衫的中年男子和一个胖乎乎的寸头胖子正站在柜台前买烟。

“花衬衫”四十多岁，发际线相当往后，头发往后梳起，油光发亮。身上穿了一件碎花衬衫，袖口挽到手肘那里，露出手臂上的文身，手脖子上戴了好几串珠子。下身是一条雪白的裤子，白皮鞋。等他转过身，沙靓靓看到他有一张瘦削的脸，右边的脸颊上有一道伤疤，两眼眯缝着，一脸凶相。他的衬衫最上面的三个扣子都没有系，脖子上有条粗粗的金链子。

大金链子有文身，此人必是社会人。事实上此人还真的是。他是个混混，厮混于各大KTV夜总会，做的生意不详，至少包括放贷生意，因为他时常会招呼几个小流氓跑到人家家里去“讨债”，平时打架斗殴什么的也是常事。

这样一个人，却是徐昕的好朋友。纪佳程不止一次看到他和徐昕在一起，似乎亲密无间。魏巍后来告诉纪佳程，这个沈星文实际上和徐昕还有金钱交易，徐昕的律所年底分红时，总会有他的一份。

至于他身边的胖子，纪佳程倒是认得，是徐昕所里的高级合伙人，叫赵朱平。别看他肥头大耳，面目却特别白净。他下巴留着胡子，打扮总是很利索，只不过……他打扮得太精致了，太干净了。纪佳程是知道的，很多认识赵朱平的同行在背后叫他“赵娘娘”。

因此，纪佳程每次看到他，都会不由自主地想起“变态”二字。这次也不例外，纪佳程瞥到他用两个指头捏着纸巾擦拭额头上的汗水，手形就跟兰花指似的，不禁打了个寒战。

接下来他陷入了迷惑。

看他们和周烨君在一起，来这里十有八九是为了今天的调解。问题是，法官说周烨君是代理人，没听说有赵朱平啊？

纪佳程是知道的，徐昕和赵朱平的关系有些微妙，虽然是一个所的合伙人，但是徐昕是不太喜欢赵朱平的。不过赵朱平既然来到这里，应该也是徐昕安排的吧？难道他这次觉得周烨君太年轻，派出一个高级合伙人压阵？

还有沈星文。今天是调解，沈星文不是律师，也不是当事人，跑来干什么呢？徐昕派个地痞流氓来调解？纪佳程思索着，毕竟是师兄弟，徐昕应该不会故意用这种方式侮辱人的。那么沈星文出现在这里，目的是什么？

这时候沈星文买完东西，已经和赵朱平、周烨君出门走了。纪佳程和沙靓靓商量了一下，又耽搁了一会儿，才出门向法院走去。

十分钟后他们就了解了沈星文来的目的。纪佳程有些意外，走进调解室时，坐在对面桌子后面的居然真的有沈星文。他的左边是周烨君，右边是赵朱平，这个社会人居然还坐了个主位。

这个满脸凶相的社会人戴了副茶色眼镜。他是认识纪佳程的，表面上本应客气，可是纪佳程和他点着头打招呼时，他只是斜了纪佳程一眼，很不友善。赵朱平倒是捂着小嘴一笑，向纪佳程打了个招呼，脸上露出类似嗔怪的表情。对沙靓靓，他只是看了一眼，没说话。周烨君坐在一边，脸上带着小心的笑。

门一推，顾法官来了，身后跟了一个年轻的法官助理。她扫了一眼，说：“双方都来了？好。”接着她走到中间的桌子后面坐下，翻了翻手里的材料。“今天咱们不是正式的调解，毕竟申请人还没有正式起诉，不过既然何华王纪集团这边请求法院主持着谈一谈，那么我们也是本着化解争议、促进解决的思路，给你们双方提供一个场合交流一下。既然过来了，大家都要拿出态度来，该让步就让步，好不好？你们谈，我不说话，在一边听。”

“好的，您辛苦，顾法官。”纪佳程说。

“辛苦顾法官了。”赵朱平笑着说。

纪佳程心里琢磨：赵朱平说话？看来这个案子他也是代理人了？

“纪律师，”顾法官说，“是你们要求的，就从你们这边开始吧。”随后她往后一靠，表现出“不掺和、不偏袒”的态度来。

“对，你们说，”赵朱平抿嘴一笑，说，“我们听一听。”

“好，多谢诸位。”纪佳程诚恳地说，“我们今天来，确实是抱着诚意的。其实这个案子的背景大家都清楚，我们公司也是很无辜的——”

“那些小投资者更无辜！”沈星文晃起一根手指，“钞票被你们骗走了！”

“哎，老沈，话不好这样子讲的，”纪佳程说，“这样，你让我把话说完，听听我的意见嘛。”

“你呀，总是这么着急，”赵朱平推了沈星文一下，“让人家把话说完不行吗？”他转向纪佳程，“别见怪，他是个粗人，你继续。”

“好，你说你说。”沈星文挥挥手。

“……这个……你们看啊，这茶类中心真的只是个平台，我们是平台啊，对吧？你们应该找的是交易对家啊，对吧？”纪佳程恳切地说，“所以之前你们告我们几次，我们很委屈的。好，那些不说了！”他看到沈星文又要插话，马上一句话堵住，“现在因为你们这几个案子把公司的账户查封了，公司做不了生意，员工们要吃饭的啊，对吧？好，那我们领导的意思呢，就是能不能先把冻结解除掉。”

他今天的态度，和他之前在法庭上的强势形成了鲜明的对比，沙靓靓也一脸凝重。

“纪律师，让我们申请解除查封，你总得给个条件吧。”周烨君总算说话了。他再不说话，估计纪佳程和沙靓靓都要忘了他的存在了。

“你看啊，”纪佳程说，“咱们就谈谈思路。你们可以把案子先撤了，然后去起诉那些交易对家嘛，是不是？虽然说我们公司在这个事情上没有责任，但是本着解决问题的意愿，我们可以在证据上提供协助，要不，还可以资助相应的诉讼费……”

这个方案肯定不会被对方接受，但是听起来倒是妥协意味十足。最后两句他是故意的，先说一句证据支持，然后犹豫地说资助诉讼费用。这种主动让步的效果就是俩字儿——心虚。

“纪律师，你这方案有难度啊。”周烨君笑着说道。

“有啥难度就说出来，”纪佳程说，“咱们律师的工作，不就是给客户解决有难度的事儿吗？”

赵朱平抿嘴一笑，脸上浮现出嘲弄的意味。

“哎呀，我就说嘛，啥事还能难得住你纪大律师？”沈星文拉着长调说道。他指着纪佳程，似笑非笑地对着法官说，“顾法官，纪律师老厉害的，在法庭上老不客气的！有他在，何华王纪集团怕什么嘛。”

赵朱平笑眯眯的，完全没有阻止的意思。

“老沈，咱们还是谈谈怎么解决事情。”纪佳程苦笑着说。

“解决方案吗，你们给钱啊。”沈星文不客气地说，“这么大的公司，这点钱毛毛雨一般，不要欺负老百姓嘛。”

“我们没有欺负老百姓啊！”沙靓靓说，“我们就是平台，又不参与交易。这就好比法官提供个平台给咱们调解，万一谁觉得吃亏了，难道账还要算到法院头上吗？道理是一样的啊。”

“听不懂。”沈星文镜片后面白眼一翻，“我没上学啊，小学没毕业就出来混社会，不像你们这些读过书的人，这么多知识。我只知道，这个事儿，何华王纪集团得给钱，给了钱，不就解决了吗？你们搞的什么？现货还是非法期货？你们有资质吗？你们违法了，我告诉你们，不要以为没有事情！”

“老沈，”纪佳程苦笑着，“你知道我们的难处，能不能考虑一下？我们老板说过的，不能给钱。付了一个就有第二个，我们招架不住的。”他转向赵朱平，“老赵，你也是律师，你应该理解，对吧？”

“呦，别问我。”赵朱平眼睛弯弯的，“我今天只是来听的，发表不了什么意见。我理解有什么用啊？再说了，我也不懂。”

“是啊，那还谈啥啦？”沈星文两手一摊，“我们这边就是要钱，你又不肯给钱，那么谈啥啦？浪费时间嘛。”

“我跟你讲啊，”沙靓靓忍不住了，她觉得师父一直在吃亏，满脸涨红地开口，“你未必赢的！到时候损失你要担着的！”

“你别说话！”纪佳程在桌子下面用腿碰了沙靓靓一下，沙靓靓身体晃了一下，脸又是一红。纪佳程转向沈星文，咳嗽一声，说道：“这个，老沈啊，我同事说的也没错，是吧？你看，我们这个方案你是不是考虑考虑。”

“哎哟，小伙子这句话，让我怕怕的。”赵朱平说。

“哦呦，说得我怕死了！”沈星文讥笑，然后转向顾法官说，“法官，我觉得这谈不下去了，鸡同鸭讲嘛！不想出钱，又想叫我们收手，算盘打得啪啪响，浪费我们时间嘛。”说着站起身来。

“老沈，”纪佳程微微起身，“你再考虑考虑……”

“不讲了，好吧？”沈星文一挥手，“你纪大律师厉害嘛，到法庭上再好好教育教育我们嘛。要么给钱，要么吃官司，有什么好谈的！”

他说着就粗鲁地拖开椅子，拎了手包走出去了。赵朱平抿着嘴微笑起身，向所有人挥了挥手，嗔怪地说：“哎，他这个人，没上过学，回去我说说他。”说着也跟出去了。

他这句话让纪佳程产生了一个女人对别人数落自己男人“没上过学，回去我说说他”的错觉。

顾法官和法官助理都张大了嘴，估计她们也没见过在法官面前这么没礼貌的人。周烨君抱歉地笑了笑，开始往包里装文件。

“周律师，今天不是正式开庭，所以开始我也没核对身份，”顾法官说，“这个人是谁啊？好像很难搞的样子。”

“唉，沈星文，沈总，”周烨君抱歉地说，“他这人脾气不好。”

“他今天来是什么身份？代理人吗？”顾法官皱着眉头问。

“不是不是，他不是律师。”周烨君说，“可是现在这件事和解不和解，他说了算。”

“啊？”“他？”法官、纪佳程、沙靓靓一起说。

“一言难尽，”周烨君苦笑着说，“你们多担待，这次财产保全的担保就是他提供的，押了他一套房子呢。现在我们这边是否和解，和解的话是什么条件，都是由他说了算。”

“哦？”纪佳程好奇地问，“怎么老沈在这个案子里还提供担保了啊？”

“哎，不说了。”周烨君说，“顾法官，你看，今天这调解肯定是不行了，咱们再联系联系……”

“你们要是这样的态度，我们也不好居中做什么调解，”顾法官说，“你们还是私下沟通吧。”

她被沈星文的粗鲁行为弄得很不开心，说完勉强向大家点点头，带着法官助理走了。周烨君随之也离开调解室。等他们一离开，纪佳程立刻横了沙靓靓一眼：“以后不要随便开口，知道吗？”

“对不起，师父。”沙靓靓心虚地说。

“不过这次开口的效果还可以。”纪佳程皱起眉头，“他们说什么？那家伙给这几个案子的保全提供了担保？”

“是。”沙靓靓觉得纪佳程在和自己谈论案子细节了，不由得大为振奋。

纪佳程若有所思地说：“这倒是有趣了。这家伙是徐昕的死党，现在押了房子来做保全……”

“这是不是更说明他们下了决心了？”

“肯定的。”纪佳程眯起眼睛，“不过我有点事情搞不明白啊……徐昕想保全何华王纪集团的财产，找担保公司或者保险公司出个保函不就行了？也就万把块钱的成本，为什么是沈星文拿自己的房产做担保呢？这沈星文又是为了什么肯这样呢？这样的混混，一向是无利不起早的……”

“要么是讲义气……”

“义气？”纪佳程哑然失笑，“还有那个赵朱平，说他是代理人吧，他又不发表意见；说他不是代理人吧，他又跑来了。可惜周烨君走得早，否则和他聊聊天，没准儿能再套出点什么呢。得了，咱们也走吧，今天效果不错。他们现在一定觉得我们色厉内荏，其实心里已经慌了。”

“我觉得也是。”沙靓靓赶紧说。

他们离开调解室，走到法院大门口时，纪佳程突然问沙靓靓：“向法院申请解封也需要提供担保。你有没有问过林清，公司打算拿什么提供担保？”

“林律师跟我说了，”沙靓靓说，“那些钱冻着就冻着，目前不影响公司经营。”

“迅速找担保公司出保函，请法院把账户解封。”纪佳程说，“这个时候何华王纪集团应该是急忙想办法解封才对。这么气定神闲的，我们刚才的戏不就白演了吗？而且我担心啊……”

“什么？”沙靓靓伸长脖子。

“只怕接下来几天，徐昕会继续玩这手。”

“师父你的意思是……”

“徐昕手里的投资者，可不止南溪、何四为和毕英鸷这三个啊。”纪佳程说。

沙靓靓恍然大悟，说道：“我回去马上和林律师说。”

沙靓靓心里惦记着这事儿，立刻离开了。纪佳程在法院门口站了一会儿，感觉嗓子有点痒痒的，就又到便利店去买盒润喉糖。刚进便利店，他不禁一怔：周烨君正坐在墙边的吧台那里吃冰棍。

纪佳程扫了一眼，周烨君面前的吧台上放着包装纸，那是“魔都”最传统的盐水棒冰。这让他想起了前两天周烨君和徐婧儿为这种包装纸吵架一事。他买了一盒润喉糖，走过去拍了拍周烨君的肩膀，问：“你怎么没回所啊？”

“啊，师叔啊，”周烨君回头望了一眼，“我休息一下。您也没走？”

纪佳程笑着说：“买盒润喉糖。”停了一下问，“今天怎么回事？怎么沈星文和赵朱平一起来了？”

“沈总在此事里有利益相关，非要来，我也没办法。”周烨君说。

“赵朱平呢？他是代理人吗？”

“他不是，他是自己要来的。”周烨君说。

“徐昕知道这事儿吗？”纪佳程问。

“沈总来这里的事他知道。”周烨君说，“赵主任来这里他倒不知道，赵主任是沈总临时带来的。他非要来，说这么重要的案子，他对我不放心。”

“哦……”纪佳程说，“不放心的话，他可以代理啊。”

“案子是我师父的。”周烨君说。纪佳程一听就明白了，估计赵朱平眼红这个案子，徐昕却不肯放手，所以赵朱平自己跑来了。对周烨君来说，这厮可能是来监视——不，是来挑刺的。

“你师父是不是心也忒大了点，叫沈星文这货来？”纪佳程问。

“沈总要来，我师父有什么办法？”周烨君叹了口气，“人家在这里头有利益啊。”

“提供个担保，也不至于自己跑来吧。”纪佳程说，“他不是当事人，也不是代理人，说他做主，这不对啊？”

“你不知道，他真的有发言权，”周烨君闷闷地说，“人家买断了债权啊——哦。”他“哦”了一声，赶紧收住口。

“买断什么债权？”纪佳程好奇地问。

“没什么。”周烨君说。

纪佳程看了看他，笑了笑，换了个话题。

“这沈星文今天像是有火，”他打开润喉糖，递给周烨君，看周烨君摇头不要，自己倒了一颗扔进嘴里，“他今天连续撑了我两次，好像我得罪他了似的。”

“他是恨您哪，”周烨君苦笑着说，“您上次把我们所那个女律师撑得半死，回去我师父就借口说她水平不行，把她给撤换了。那女律师是他妹妹呢。”

“哦哦……”纪佳程恍然大悟。

周烨君吃完了棒冰，跟店员要了张纸巾，把那张包装纸仔仔细细地擦干净，又从包里拿了个本子，把包装纸夹在本子里，放进公文包。

“师叔，我走啦。”他说着拿起包走出去了。

纪佳程望着他的背影，又倒了一颗润喉糖扔进嘴里。

越来越有趣了。上次被他收拾的那位女律师居然是沈星文的妹妹，难怪他对自己的脸色那么难看。此外，沈星文买断了什么债权？看周烨君欲言又止的样子，这里面好像有故事啊。

他把润喉糖揣进口袋里，看到吧台上有一张用过的纸巾——周烨君刚才擦拭棒冰包装纸的那张。他将其拿起来打算扔进分类垃圾桶里去。正要扔，他突然停了一下，盯着那团纸巾走神了。

第七章
判决书

接下来的一星期，纪佳程都在算账——算律师费。因为在这一星期里，徐昕那边一口气又提起了七个案子的诉前财产保全，标的从六十万元到一百八十万元不等，加上前面的三个案子，总计冻结了何华王纪集团超过一千五百万元的资金。纪佳程让沙靓靓打电话去法院问，这些保全的担保居然都是沈星文提供的。这家伙一共押了一套住宅，一间商铺，外加一部分现金，作为保全的担保。

何华王纪集团这边一次次地寻找担保公司出具保函，申请解冻。纪佳程一副着急的样子，还给徐昕打了两个电话，说想“见面聊聊”。徐昕在电话里热情地寒暄着，但总是由于“事务繁忙”，没时间和纪佳程见面。纪佳程“被迫”在电话里提出这个案子能不能“协商一下”。徐昕唉声叹气，说：“老纪，这事儿是客户说了算啊，对不对？我也没办法啊。这样，我现在有个会要开，稍晚我打给你。”说着就终止了通话。

估计徐大律师放下电话，脸上可能会露出得意的笑：老纪，这下你着急了。

这边纪大律师放下电话，脸上真的露出得意的笑：师兄，这下你进坑了。

那天和周烨君聊完，纪佳程分析了好久，从目前掌握的信息里提炼了几点：

第一，徐昕是个无利不起早的人，而他又搞了这么多维权群，笼络这些投资者“维权”。

第二，徐昕前面四个案子说打就打，说撤就撤，也没听说那些维权群里的人去闹事。

第三，沈星文是徐昕一伙的，在徐昕的律所里还能抽成，现在居然拿自己的财产来给这些人的案件提供担保。

第四，周烨君那天失口说沈星文“买断了债权”。

第五，现在的十个案子，都是以各位投资人的名义提起诉讼的。

几个信息归纳起来，纪佳程反复咀嚼，基本理出了一个脉络：

徐昕和沈星文一定是嗅到了这个集团诉讼的商机，于是组织了所谓的维权群。组织的手段一般是风险代理，也就是事先不收费，打赢了从案款里按比例收律师费。但是从周烨君说沈星文买断了债权来看，他们可能玩得更大：由沈星文出面向投资人承诺会对诉讼结果托底，条件是沈星文可以继续用他们的名义诉讼。

也就是说，不用投资人出一分钱，徐昕免费给他们打官司。打输了，有沈星文的钱托底；打赢了，扣除托底钱，剩余的案款统统是徐昕和沈星文的。这些投资人本来血本无归，哪怕能收回百分之三十都比没有强，现在有人托底，怎么可能会不同意？

这就是为什么沈星文会为这个案子提供担保，并且亲自来监控这个案子——这样的诉讼风险大，要亲自来了解情况。

徐昕还真敢豪赌啊。

纪佳程暗自感叹：也许真的小看了这个师哥，毕竟自己是绝对没有胆量这么做的。别看他水平未必高，这份胆量倒真是在自己之上。人家当年能一个案子翻身，也许靠的就是这份胆识。不知他当年做的是什么案子。是不是也是这种案子？一定要去了解下才行。

还有一点让他疑惑的是徐昕、赵朱平和沈星文的关系。沈星文是徐昕的重要搭档，在本案中和徐昕合作如此紧密，他们应该是一条战壕里的战友才对。可是徐昕却把沈星文的妹妹踢出了本案团队，沈星文把赵朱平带到了法院，而赵朱平又和徐昕一直不对付。

一团乱麻，到底有什么玄机在里面？

他怀着这样的疑虑以及对徐昕的“崇敬之情”，把自己的分析在林清、沙靓靓参加的小会上和盘托出。林清瞠目结舌了足足二十多秒，最后蹦出一句：“大手笔啊！”

“你说我分析得有没有道理吧？”

“绝对有道理！”林清说，“你师哥这种人，富的话能富死，穷的话能穷死，全靠运气。关键是人家敢赌啊。”

“自愧不如。”纪佳程承认。

林清身子前倾：“他这次一下子提起十个案子，算是发动总攻了吧？十个案子，保全费和案件受理费数量不少。”

“从他第一个案子到现在，已近过了大半年了，”纪佳程分析，“他应该也没有理由拖下去了。这次应该是认真的。”

“他的诉由真的就选择非法期货交易了？”林清问，“不会还有后手吧？”

纪佳程沉吟了一下，答道：“他在保全申请书里既然是以此为由的，那么正式的诉状里也会以此为理由的。至于有没有后手，暂时不好说。”

“你这个师哥办案风格是怎样的？”林清问。

“要不是茶类中心这一系列案子，我还真没和他对过呢。”

纪佳程说完这句话，突然愣了一下，林清的话似乎是一道光，从他的脑海中掠过。他之前对徐昕办案水平的了解，是其他学长和同学介绍的（比如徐昕的那些“事迹”），还有他自己在日常交往中产生的徐昕喜欢装腔作势的印象。实际上，纪佳程根本没有和徐昕交过手。

仅凭其他人的介绍和自己的日常印象来判断一个人水平的高低，是不是草率了？这可是重要的案件，这样草率是不行的。万一徐昕的水平并不像传言中那么差，或者徐昕真的另辟蹊径，自己这么大意很可能会陷入被动。

“沙靓靓，”纪佳程抬起头来，“帮我做件事。”

“师父，您说。”沙靓靓立刻打开笔记本。

“查一查徐昕从2000年到现在的裁判文书情况，都查一查。”纪佳程说，“我要的是徐昕作为代理人的案件。能查到的裁判文书，统统打印一份给我。”

“师父，”沙靓靓问，“您要查徐昕？”

纪佳程解释道：“看看他代理案件的思路，判断一下他的实力。”

“哦。”

其实纪佳程还有另外一个念头：他想看看徐昕当年是凭借什么样的案子咸鱼翻身的。

那天下午，纪佳程把案卷翻来覆去看了好几遍，实在想不出徐昕会在“非法期货交易”这个理由的基础上提出什么新的观点来。琢磨到后面，头越发疼了。到了六点左右，他收拾了公文包，出了办公室，看到办公室的人已经走了很多了，沙靓靓还在电脑前装订文件。

“还在忙？不急的话就明天做，下班吧。”

“哦，谢谢师父。”沙靓靓说，“我正在打印徐昕当代理人的裁判文书呢。”

“全部搜出来了？”

“不是全部，”沙靓靓说，“这几年他做案子已经不多了。我搜裁判文书网，只搜到了几份。2014年以前的案子，只能在网上零星搜寻，我请朋友通过大数据手段搜到了一些案子，先打印了出来。他们还在继续帮我找呢。”

“辛苦了！”纪佳程有些出乎意料。这个助理除了自己上网，还能主动发动资源去完成任务。对工作这样积极主动，这让纪佳程看到了她的宝贵之处。

“这个不是一天两天的事，今天先到这里吧。”纪佳程说，“打印多少了，先给我看起来。”

“好的。”沙靓靓拿了一沓打印件递给纪佳程，“这里有三十四份判决书和调解书，从1998年到2019年都有，我已经按照日期顺序装订排列好了。如果发现了新的判决书，我再帮您插进去。”

纪佳程接过来，说了句：“你下班吧。”想了想，又说了一句：“做得很好。”

沙靓靓笑了笑，开始收拾东西。她的脸在灯光的映照下，疲态尽显。纪佳程想起前两天拿她撒气一事，感觉有点后悔，便主动问道：“要我送你一段吗？”

“纪律师，我住在周浦，太远了。”

“那我把你捎到地铁站吧。”

沙靓靓兴冲冲地拿起挎包，跟在纪佳程身后。到了地下车库，她想拉开副驾驶座的车门时，纪佳程却叫了一句：“坐后面吧，后面位置宽敞一点。”

“能行吗？”沙靓靓问。

“前面那个座是我太太的专座。”

沙靓靓赶紧拉开后车门。当车离开地下车库，汇入车灯闪烁的车流时，“魔都”华灯初上。道路如同一条条血管，车流如同血管中流动的血液。

“小沙，你是本市人吗？”

“是。”

纪佳程觉得有些愧疚。从年纪上看，沙靓靓和周烨君年纪相仿，但是周烨君已经开始挑大梁了，沙靓靓却还在做文件工作。这或许是两个人的际遇不同，毕竟周烨君几年前就进了徐昕的律所，并且一直在一线办案，而沙靓靓却一直在企业里当法务，直到去年才到律所工作，现在拿的还是实习律师证。而且这一年，纪佳程确实没有好好带过她。

“你实习快满一年了吧。”

“是，两个月后就要去培训了。”沙靓靓说。

“这一年我带你做的案子很少，派给你的大多是文字性工作，”纪佳程说，“老实讲，你的文字工作做得还是不错的。你考虑过以后的路吗？想做哪方面的律师？”

“我想做诉讼律师，”沙靓靓说，“像您和林律师那样。”

“做诉讼律师很累，”纪佳程说了一句，说罢又觉得自己不应该消磨新人的心气，便立刻改口道，“但是很锻炼人。从现在起，我会带你挂名做一些案子，你要出庭，发言，开始锻炼自己的胆量和反应。你为人细心，这是你的长处，但是胆量差点。另外，听说你从来不和同事们出去吃饭、逛街？这不行的。律师必须善于沟通和交际，你如果真的想做一个诉讼律师，就得改变自己。”

“是，谢谢师父指点。”

“茶类中心现在有十个案子，五个案子我会挂上你的名字，你跟我一起出庭，这样可以给你积累一点案例。你平时要多考虑一下，如果你是这个案子的主办律师，你会如何办这个案子。”

“谢谢师父！”沙靓靓兴奋地说。

“你也看了挺久了，对这案子有什么想法吗？能试着主导一下吗？”

“师父，”沙靓靓在后面说，“我怕出错。”

纪佳程皱了皱眉头，他不太喜欢沙靓靓这种心虚的口吻：“年轻人，不要怕什么出错。你可以放手准备，有我在后面兜着呢。”

“师父，如果我犯了什么错误，你会生气吗？”

纪佳程往后视镜里看了一眼，沙靓靓的脸被窗外的灯光照得阴阳不定。

“会，还会骂你。骂完你成长得更快。”纪佳程说，“我当年也是这样过来的。我跟你说啊，师父骂徒弟，总是为了徒弟好嘛，对吧？”

“谢谢师父。”

“前面有黄线，你在这里下车吧。”

纪佳程把车停到路边，地铁的灯箱在前面不远处发着光。沙靓靓下了车，在关车门前她又大声说了一句“谢谢师父！”。纪佳程打着左闪灯，将车重新汇入车流。他的心里有了一丝“弥补错误”的安然。

吃过晚饭，纪佳程照例做了一些“男人该做的事情”，比如收拾碗筷、擦桌子、洗碗、给孩子辅导功课。等纪宝宝钻进被窝呼呼大睡后，纪佳程才洗了个澡，软软地仰卧在靠枕上。

都十点了。

赵敏在一边看短视频。纪佳程靠着她，先是看了一会儿手机，然后拿过沙靓靓打印的那沓裁判文书看。沙靓靓做事比较仔细，在每一份裁决书上都贴了条，标注了案号和标的金额，看起来一目了然。

最早的一份是1996年的欠款纠纷，徐昕帮人家追讨七万多元的欠款，结果还败诉了，原因是证据不足。1996年到1998年总共有十几个案子，刑事、民事案件都有，案子都不大，没看出任何出奇之处。徐昕基本上是业绩平平，打着灯笼都照不出闪光点来。

1999年底，徐昕办了一个大案子，又是个欠款纠纷，这次是起诉一对夫妻承担夫妻共同债务，总共诉请还款金额人民币两千二百八十万元。

这个案子引起了纪佳程的注意，因为标的金额就算放在今天也是不小的，更别说是在1999年了，估计律师费能收个几十万元到二三百万元。如果徐昕在这个案子里能多收点钱，极有可能翻身。他的目光向下扫去，眉毛不由一抬。

原告——沈星文！

怎么又跟这小子扯上关系了？纪佳程坐起来仔细阅读了下去。判决书主文如下：

原告：沈星文，男，汉族，1969年4月14日出生。住址略。

委托诉讼代理人（特别授权）：徐昕，百类律师事务所律师。

被告：丁龙斌，男，汉族，1960年12月9日出生。工作单位：笛声商贸有限公司。住址略。

被告：舒琳雯，女，汉族，1961年7月10日出生。工作单位：笛声商贸有限公司。住址略。

委托诉讼代理人（特别授权）：李锋，五池律师事务所律师。

原告与被告民间借贷纠纷一案，本院于1999年2月18日立案后，由×××、×××、×××组成合议庭，依法适用普通程序，公开开庭进行了审理。原告的委托诉讼代理人徐昕、被告舒琳雯的委托代理人李锋到庭参加诉讼，被告丁龙斌经人民法院传票传唤无正当理由拒不到庭参加诉讼。本案现已审理终结。

原告向本院提出诉讼请求：一、判决两被告共同偿还原告人民币22 800 000.00元及其利息（利息自起诉之日起按照年息6%计算至判决止）；二、本案诉讼费用由被告承担。事实与理由：1998年10月份，被告丁龙斌以做生意为由向原告借款人民币22 800 000.00元，口头承诺1999年1月底之前还清。同年10月21日原告将款项出借给被告丁龙斌，但借款到期之后原告屡次向被告索要欠款，被告丁龙斌均以种种理由予以拒绝。被告舒琳雯系丁龙斌之妻，对夫妻共同债务应承担共同还款责任。为维护原告的合法权益不受侵害，特向法庭提起诉讼。

被告丁龙斌未做答辩。

被告舒琳雯答辩称：原告所诉之事实属实，丁龙斌确实曾向原告借款，但相关款项并未用于公司经营。其也不知晓钱款去向。

本院经审理认定事实如下：对于当事人各方没有争议的事实，本院予以确认。1998年10月，被告丁龙斌因急需用钱，经案外人介绍向原告借款人民币22 800 000.00元，原告于1998年10月21日通过银行将款项汇付至被告丁龙斌之账户，用途注明为“借款”。被告丁龙斌至今未予偿还。又查，被告舒琳雯系丁龙斌之妻。

上述事实，主要有原告的陈述及其提交的银行卡交易明细清单、被告舒琳雯的陈述等证据证明，本院予以确认并佐证在卷。

本院认为，合法的借贷关系受到法律保护，债务应当清偿。原告向本院提交的银行卡交易明细清单，对借款的原因、借款的交付方式进行了合理说明，并得到被告舒琳雯之佐证，可以确定原、被告之间的借贷法律关系确实存在。原告现要求被告偿还人民币22 800 000.00元借款，对于该请求本院予以支持。对于利息，原、被告并未约定利息及还款期限，故对于原告要求被告给付利息的诉讼请求，本院不予支持。被告丁龙斌经本院合法传唤，无正当理由拒不到庭，视为放弃答辩、举证、质证、辩论的权利，依法可缺席判决。依照《中华人民共和国民法通则》第一百零八条、《中华人民共和国民事诉讼法》第一百四十四条之规定，判决如下：

被告丁龙斌、舒琳雯于本判决生效后十日内偿还原告借款人民币22 800 000.00元。

如果未按本判决指定的期间履行给付金钱义务，应当依照《中华人民共和国民事诉讼法》之规定，加倍支付延迟履行期间的债务利息。

本案案件受理费124 010.00元，由被告负担。

…………

纪佳程抬起头，作为老手，他意识到这份判决书有点幺蛾子。

他想再看一遍，理一下思路，赵敏却已经困了，放下手机在旁边哈欠连天，训斥道：“不要再看了，睡觉！”

太太发话，纪佳程从来不敢违背。他把这份判决书放在文件的最上面，关灯躺下睡觉。在黑暗中他睁着眼睛，虽然已经是十一点半了，他却睡意全无。

第八章
可怕的坚忍

第二天进办公室以后，纪佳程照例喝一杯苦咖啡、烧水泡茶、出门把女同事们夸奖一轮，谁都看出他心情不错。等沙靓靓来了，他就把她叫到自己的办公室里。他已经把那份沈星文起诉丁龙斌夫妇的判决书又复印了一份，现在就推给她看。

“你仔细看看。我本想研究徐昕的业务能力，却有了意外的收获。”

沙靓靓拿过那份十几年之前的判决书，有些懵懂，因为她不知道纪佳程是什么意思。看到原告时她发了一会儿呆，才眉头一皱，说了句“是沈星文？昨天光顾着打印，居然没注意到！”。随后埋头读了起来。等翻完这三页纸，她抬起头来说：“还有这事儿。”

“现在看来，沈星文和徐昕至少在1999年就认识了。”纪佳程说，“这个案子标的不低，我记得徐昕是那两年开始翻身的，不知道跟这个案子有没有关系。这些先不讲，光说判决书，你有没有觉得怪怪的？”

“师父，我看不出。”沙靓靓嘟囔道。

纪佳程摇了摇头，于是开口解释了起来。这个案子的奇怪之处共有三点：

第一，借款金额达到了两千二百八十万元，这么高额的借款，双方之间居然没有签订借款合同，没有约定利息，没有设定抵押，连个借条都没打。两千多万的数额，只出借五个月，就要一次性归还，中途也没有约定按月还款。这种做法对出借一方全无保障，现实中极为罕见。要么沈星文是个脑残，要么沈星文道德情操高尚，在学雷锋做好事。

第二，这么大的标的，被告居然不出庭。从判决书的行文来看，丁龙斌是“经人民法院传票传唤无正当理由拒不到庭”，这句话的意思是：法院已经将传票成功送达了，但是丁龙斌自己不来。

第三，丁龙斌没来，他太太倒是出庭了，他太太的律师还不代理他。这个案子如果是纪佳程来做，一定会辩称实际上是公司借款，目的是减轻个人责任。他太太在法庭上居然照单全收，等同于给原告做证，承认自己和老公个人欠对方钱。

“这当老婆的是想把自己老公给干掉吧。”听完这些分析，沙靓靓下结论道。

纪佳程深有同感。他还提出了另一个问题：沈星文哪来这么多钱借给丁龙斌？要知道那是1999年，两千二百八十万元是什么概念？当时一百多万元就够买两三套市中心一百平方米的房子了。能拿出两千二百八十万元借给别人，简直是富豪级别的了。

可是，沈星文就是个混混啊，过去是，现在也是。他的资金来源是什么？

“魏巍讲过，徐昕就是那两年靠一个案子翻身的，”他说，“看标的很有可能就是这个案子。没想到这案子里居然还有沈星文，这就更有趣了。我想查查这个案子的细节。”

“师父，查这个案子没什么必要吧？跟茶类中心的案子没什么关联。”沙靓靓提醒说。

“是没什么必要，可是我好奇啊。”纪佳程说，“昨天咱们分析徐昕这么敢于下赌注，已经颠覆了我对他的认知。想想也是，怎么说也是‘五院四系’出身，怎么能轻视他呢？一战翻身不是件容易的事，这案子又这么奇怪，我想知道徐昕到底是水平高还是运气好。”

“您这么重视他啊？”沙靓靓问。

“对。”纪佳程说，“我现在不会再轻视他了。小沙，你记一下。”

沙靓靓立刻打开笔记本。

“第一，去查一下丁龙斌和舒琳雯的户籍资料，”纪佳程说，“如果是离婚的状态，查查他们是哪年离婚的。”

“是。”沙靓靓低头记着。

“第二，查一查这个笛什么……”纪佳程低头看了一眼，“笛声商贸有限公司，看看现在是什么状况。”

“是。”

“第三，查查有关这个案子的其他信息。比如这案子后来有没有上诉，怎么执行的。——对了，查一查丁龙斌和舒琳雯现在在不在失信名单里。还有其他任何与这案子有关的信息，都汇总给我。”

“好的。”沙靓靓说。

纪佳程双手交叉，露出一丝微笑：“我继续看其他的文书，看看这位师兄到底有多厉害。如果有其他的案例，照此办理。”

交代完这些事，等到中午吃饭的时候，纪佳程跑去找魏巍了。

魏巍是纪佳程的师兄，比他大一届，两个人在大学时就认识。纪佳程几年前就是在魏巍的介绍下加入这个律所的。有了这层同事加师兄弟的关系，两个人关系甚近。魏巍为人活络，和所有的校友——包括徐昕——都保持着良好的关系，通常谁家有什么事需要帮忙，他能到一定到。

纪佳程去找他时，魏巍正打算下楼，便邀请纪佳程一起吃饭。两个人溜达到楼下，选了个叫“伙房水产”的日料店坐下，点了午市套餐。

“今天中午我请吧。”纪佳程说。

“小金库里又进了钱了？”魏巍问。

“什么小金库，我这是光明正大地请。”

“你小子，”魏巍说，“跑来请我吃饭，是有事找我吧？”

“看你话说的，”纪佳程虚情假意地说，“咱们师兄弟吃个饭不是很正常吗？”

“还不知道你？”魏巍说，“说吧，啥事？”

“没啥事儿，就是想问问徐昕的事。”纪佳程说，“咱们中间就你和他熟，打听打听。”

“你不是现在有案子和他打对门吗？”魏巍说。

“所以才要了解他嘛。”纪佳程说，“我也不瞒你，案子现在搞得比较复杂，又关系到林清他媳妇的公司，我不慎重不行。”

“你想了解点啥？”

这时候套餐端上来了，纪佳程等魏巍吃了一口，才问道：“师兄你觉得徐昕的业务能力如何？”

“这个怎么回答。”魏巍回答道，“见仁见智。他这个人的交际能力还是不差的，值得你学习。”

“我是说办案能力。”

“……这个嘛，我觉得一般。”

纪佳程拿起味噌汤喝了一口，问：“我记得他以前混得挺差的，还记得不，你跟我说他在拘留所外面租房子的事儿。”

“那怎么不记得？”魏巍讪笑着说，“他那时候都穷疯了。”

“他是怎么转运的？”

“嗯……是办了个案子，赚了几百万元律师费。”魏巍回忆着，“一个案子翻身的。”

“几百万元？”纪佳程问，“什么案子？几百万元？”

“是几百万元，”魏巍说，“他自己说的，打了个风险代理，律师费赚了几百万元。”

“师兄你知道那是啥案子吗？”纪佳程问。

“这么久了。”魏巍皱起眉头说，“好像是帮人家追债吧？对了，我想起来了，追债嘛。”

纪佳程低头思索，一个案子收几百万元律师费，这得是多大的案子啊，别说是1999年，放到今天都不常见。这案子和早上讨论的丁龙斌案是一个案子吗？如果是的话，标的两千二百八十万元，律师费就有几百万元，沈星文对律师真够慷慨大方的；如果不是，自己还需要去查查魏巍说的这个案子。

“师兄你还记不记得这是哪年的事？”纪佳程问。

“嗯……1998年、1999年吧。”魏巍说，“这事儿我记得清楚，那年郝朝晖结婚嘛，徐昕一个份子就送了五千元，我们当时都说他发财了，他跟我们说帮人讨债，赢了个大的，律师费挣了几百万元。”

纪佳程暗自思忖：时间上对得起来。

“打个案子，弄几百万元律师费，人家就这么舍得给？”

“谁知道呢？”魏巍说，“他吹嘘说自己水平高，什么运筹帷幄、巧妙布局、让对方入局，如何如何的。”

纪佳程听到徐昕“运筹帷幄、巧妙布局”，不由得心里一颤。他心思重，算计徐昕的同时一直担心自己被徐昕算计。此刻听到徐昕居然能“巧妙布局、让对方入局”，顿时有些不安。

“那个案子的委托人你知道是谁吗？”

“我要是没记错的话是沈星文，你也认识，”魏巍说，“老和徐昕混在一块儿的那个。”

“那个案子的被告是不是姓丁？”纪佳程追问道。

“这个我就不知道了。”魏巍说，“我对他那个案子的详情不了解。”

“这样的经典案例，他难道不讲讲？”

魏巍笑着摇了摇头：“他就是在郝朝晖结婚那天，喝酒以后吹嘘了一下。我们后来聚会时也问过他，毕竟这样的成功经验，谁不想学习下呢？他却什么也不肯说，后来也就没人提了。徐昕不太喜欢别人提那个案子。”

“为啥这么说？”

“几年前我们班的李莺歌来这边出差，你也知道她是我们班的女神啊，大家肯定要聚餐吃饭，就叫了几个校友同学聚了一下。中途老柯提了一下徐昕那事儿，说他的经历很励志。”魏巍说，“李莺歌随口问了一下那是个什么案子，结果徐昕发火了，说老提那事儿干什么，起来就走了。”

“这事儿有什么可发火的？”纪佳程眯起眼睛。

“是呀，”魏巍说，“从那以后，我们都不提这茬了。”

纪佳程说：“这孙子，在女神面前装什么。”心里却在琢磨：干这行的，做了经典案例拿出去宣传才对，徐昕这是个什么路数？低调谦虚？在印象里，徐昕和“低调谦虚”四个字根本不沾边，无论是在电视节目上还是在生活里，徐大律师最喜欢讲的就是自己办了多经典的案子，有什么成绩。

宣传是律师的本能，那些疑难的、巧妙的、标的大的案件最有宣传价值。纪佳程当年也是靠一个案子打开局面：他要求法院将国际公约《联合国国际货物销售合同公约》作为定案依据，而不是《中华人民共和国合同法》。那个案子也作为罕见的“依据国际公约进行判决”的经典案例被各大法律数据库收录。纪佳程对外提交律师介绍时，这个案例是必讲的。

徐昕这个收了几百万元的案子，标的额巨大，他又“运筹帷幄、巧妙布局”，应该好好宣传才是。他居然不许别人提，还发火走人，这就很奇怪了。魏巍这么一讲，纪佳程对丁龙斌案更有兴趣了。

“我知道你想研究徐昕，”魏巍吃了几口，富有深意地望着纪佳程，“他的业务能力是一方面，你别忘了徐昕的另一个特性。”

“什么特性？”

“他这个人，不达目的决不罢休，那份坚持才是最可怕的。”魏巍说，“我就给你讲一件事，你知道他是如何追到袁莉的吗？”

“这个还真不知道。”纪佳程登时精神大振，眼神中流露出八卦的光芒。

袁莉是徐昕的妻子，两个人已经结婚二十多年了。徐昕在外面工作，袁莉在家里做全职太太。她是个非常美丽的女人，虽然年近五十，但是由于保养有术，从外貌看上去也就三十多岁，体形纤细苗条，完全看不出生过孩子。

有这样美丽的太太应该是一件很有面子的事。不过徐昕很少带袁莉参加聚会，据说原因是袁莉不太喜欢抛头露面。偶尔一两次见面，袁莉的打扮都是雍容华贵的，手上拎着爱马仕的手包，腕表是江诗丹顿的——可见徐昕对老婆多么舍得投入。

“听说，听说啊，”魏巍说，他一提起八卦，也精神抖擞，“袁莉以前是咱们法学院的院花，你晓得吧？”

“她的条件，够得上。”纪佳程咂巴着嘴点头认可。

“你看徐昕那个矬样子，要身高没身高，要模样没模样，”魏巍顿了顿，接着说，“要运动细胞没运动细胞，要学习成绩没学习成绩，还穷。你说他怎么有胆子追袁莉？”

“是哦，”纪佳程说，“院花身边应该有大把的追求者才对。”

“可是这小子就真的去追。听说，听说啊，”魏巍说，“这老小子一入学就盯紧了袁莉，然后苦苦追了六年。”

“六年？”

“大学四年，工作后两年。”魏巍伸出两个指头，“大学四年，他天天跑去帮袁莉她们寝室打热水，出游时帮人家全寝室的人拎包。每次放假前，他跑到火车站守一夜去给袁莉买火车票。这里头还有故事呢，袁莉在大学里也交过几个男朋友，你猜徐昕做到了什么地步？”

“啥地步？”纪佳程眼睛里的八卦之火熊熊燃烧。

“他把袁莉男朋友的火车票一起买了，然后继续天天给袁莉寝室打水。”

“这个……”纪佳程啧啧了两声，“这事儿吧，往好了说是高尚，往坏了说……这不是贱吗？”

“谁说不是呢！”魏巍说，“总之，不管袁莉有没有男朋友，他都一个样，就是一副‘我喜欢你，只要你高兴就行’的样子。大学四年，他就这样搞了四年。大学毕业，袁莉到这里工作，徐昕也跑到这里来找工作。听说每到周末，他就跑到袁莉的住处去大扫除。袁莉在这边也谈过男朋友，徐昕估计连个备胎都算不上，可是人家就是不死心，就这么坚持着。你看看现在。”

“厉害。”

“这坚持，这心性，你说一般人有吗？”

“是啊。”纪佳程承认，“可是，不是说他现在和袁莉关系不太好吗？”

“谁家夫妻俩还不闹点别扭？”魏巍讪笑着，“人就是这样，钱多了，事就多了，有得必有失。有时候为了事业，就得牺牲点家庭。”

“你说，”纪佳程身子前倾，“徐昕不会在外头有人了吧？”

“应该不会，”魏巍说，“你别忘了，徐婧儿成天跟着他呢。要是徐昕在外头有事，他女儿总能察觉出一点吧——哎，话题扯远了。”

他说着，转了话锋。

“老纪，咱俩的业务水平不见得在他之下，可是这份坚忍，这份执着，咱们绝对比不上他。跟你讲这事儿，是要说明：徐昕这老小子只要认准了一件事，就会全力去做，绝不会半途而废。你和他打对门，要做好心理准备。”

纪佳程想起这半年多的情况，不禁点了点头。就拿茶类中心系列案来说，徐昕能够一个案子接一个案子地来试探，这样的布局和坚持，确实非常人可及。纪佳程之前轻视徐昕，内心深处有点看不起徐昕，听了魏巍的介绍，对徐昕倒是有些刮目相看，乃至有些忌惮了。

他怀着这样的心思吃完这顿饭，心里更加坚定了摸摸徐昕的底的念头。回到办公室，他把那些裁判文书一份一份地读了一遍，随后叫来了沙靓靓。

“这是我挑出来的五份判决书，除了午饭前我交代你的那些事，你把这五个案子的详细资料也查一查。”

“怎么查？”沙靓靓问。

“查查这个案子里的证据详情，双方的代理词，证人证言什么的。”

“这个怎么查啊？”沙靓靓叫苦道，“我们不是当事人，也不是代理人，没法去法院调档的。”

“你要发挥主观能动性，”纪佳程只好谆谆教导之，“法院调不到档，但是律所也有档案啊，徐昕以前在那个百类律师事务所，你看看有没有师兄、师弟、师姐、师妹、师叔、师伯、师侄、师侄女……”

沙靓靓说：“师父我还年轻……”

“反正看看有没有认识的人在百类所，能不能求他们帮着调调档，”纪佳程说，“反正自己想办法。年轻人不要有畏难情绪，调到了我给你发奖金。快去！”

听到“奖金”二字，沙靓靓登时来了精神。

第九章
摘抄

俗话说“重赏之下必有勇夫”，其实“勇妇”也不乏其人。一听纪佳程说会发奖金，沙靓靓的效率高得惊人。早上八点纪佳程刚进办公室，便惊奇地发现沙靓靓居然已经来了，正在座位上甜言蜜语地打电话。

“师叔啊，我听说你那个前女友的老公现在在百类所当合伙人是吧？你能找找你的前女友吗？能不能——喂？喂——师叔？”

“师兄，你有没有朋友在百类所啊？百类，百类——不是不是，师兄你听错了，我不是在叫你败类，我说的是你朋友是不是败类——不是不是，你朋友在不在百类所……”

“哎呀，小张啊……我和那谁是一个寝室的，你可以叫我师姐……我查到有一个叫范育静的律师在百类所，看毕业年份，是不是你的同学啊？……是？太好了，师姐这次打电话给你呢，是有件小事请你帮帮忙……什么？你和她分手了？那你们的关系……什么？喂？喂？”

纪佳程估计她真的会把她认识的师兄、师弟、师姐、师妹、师叔、师伯、师侄、师侄女……的电话打一个遍的。

到了下午，沙靓靓的校友攻略依然收效甚微，她垂头丧气地出去调档案了。三点多，她从外面急匆匆地赶回办公室，把一个文件夹放到纪佳程面前。

“师父，丁龙斌和舒琳雯的资料调到了。这是我的摘抄，派出所盖章了。”

“你辛苦了。”纪佳程打开文件夹，刚看到上面的“摘抄”二字，沙靓靓已经说下去了。

“他俩都死了好多年了。”

“死了？”纪佳程往下看去。沙靓靓的这份摘抄还算详细，他往下瞄了几行，看到了这样一段记录：丁龙斌“2000年5月20日报死亡”。

算起来，这是那个案子结束后，过了一段时间过世的啊。他的死亡和这个案子有关系吗?

纪佳程一边想，一边认真阅读丁龙斌的资料。

被摘抄人丁龙斌，男，汉族，1960年12月9日出生，本市人。离异。原住址昌平路××弄××号××室，1997年9月21日迁来本址。户籍地址：东方路××弄××号××室。原工作单位：第二棉纺厂；笛声商贸有限公司。2000年5月20日报死亡。

被摘抄人舒琳雯，女，汉族，1961年7月10日出生，本市人。离异。原住址昌平路××弄××号××室，1997年9月21日迁来本址。户籍地址：东方路××弄××号××室。原工作单位：老字号糕点公司；笛声商贸有限公司。2000年11月29日报死亡。

纪佳程挠了挠头，眉头皱起来了。他拿了支荧光笔，在“离异”“2000年5月20日”“2000年11月29日”等处做了标记。

“两个人都是在东方路这个户口里报死亡的？”

“是！”沙靓靓说。

“离异了……”纪佳程嘟囔道，“同一年死亡，这也太巧了点吧。知道怎么死的吗？”

“师父，”沙靓靓说，“这事儿得向您汇报了，档案里没有写明死因，所以我摘抄时问了这事儿，里面管事儿的说不知道。正好一个老警察过来看一眼，说：‘哎，这名字有印象。’我马上叫他爷叔，说：‘侬帮帮忙，能想起什么不？’那个老爷叔说：‘这家人嘛，当初是我师父管辖片区的，男的好像是个老板，生意失败跳楼了。伊老婆看伊变穷光蛋，本来和他闹离婚，后来不知怎么又后悔了，也跑到同一个地方跳楼了。这事情当时蛮大的。’——我就问在哪里跳的楼，老爷叔说好像是在淮海路那里。”

“你说什么？在哪？”听到“淮海路”三个字，纪佳程抬起头来。

“说是淮海路。”沙靓靓说，“具体的老爷叔也记不太清了。不过他说这件事蛮造孽的，说他俩死了，手下的员工蛮可怜的。”说着她居然有点哽咽。

纪佳程奇怪地看了她一眼，发现她眼眶湿润了，觉得这姑娘的感情过于丰富。

“这老爷叔怎么知道那些员工可怜？”

“老爷叔说，当年这事情闹得蛮大，社区民警要走访知情人的。有一个当年的员工在他们管辖的片区，现在在做居委会阿姨，和他还有联系的。”

“他们走访肯定做笔录了，能复印吗？”纪佳程问。

“我也问了，老爷叔说不能对外。”

“你做得很好。”纪佳程说，“去把林清叫来，给他也介绍一下。”

林清被叫来了，知道要听沙靓靓介绍丁龙斌案件调查情况时，脸上立刻露出一副不以为然的神色。他咳嗽一下，委婉地说：“纪哥，调查这个的必要性，似乎可以商榷。”

“嗯，小沙你把刚才的情况再讲一遍。”纪佳程说。

“唉，纪哥，”林清说，“我不是说了，这个，这个，这事儿和咱们的案子没什么关系吗？”

“你先听，”纪佳程说，“稍晚我再跟你说。”说着他把沙靓靓的摘抄推了过去。

林清敷衍地扫了一眼，就推回来，说：“看完了。”

沙靓靓望了纪佳程一眼，便把在派出所打听到的东西又讲了一遍，林清总算是有了些兴趣——他完全当八卦听。等小沙讲完，他啧啧了几声，那神态和旁边沙靓靓的“再度热泪盈眶”形成了鲜明对比。

“够惨的。”他评价道，“这真是一失足成千古恨。后悔有什么用？早知如此，何必当初呢？最后还不是跳楼？”

“林律师，你……太没同理心了。”沙靓靓不高兴地说，“怎么能这样评价别人呢？人家都自杀了。”

“你生什么气啊？”林清看着沙靓靓说，“我只是随便说说……”

纪佳程有点不高兴，一个是因为林清的态度，另一个是觉得沙靓靓情感有点过于丰富。他把摘抄拿在手里，对林清说：“老弟，我现在做的这件事，说和案子有关也可以，说关系不大也可以。本来我只是想看看徐昕的能耐如何，看到小沙今天调出的文件，我反而更要查下去了。原因嘛，现在还不好说，因为我只是猜测。等查出结果来，我会告诉你的。”

“嗯……”林清苦笑了一声。

沙靓靓却被纪佳程这副胸有成竹的样子给迷住了。在她的有限的印象里，纪佳程好像从来不做没有意义的事，他这么坚持一定是有原因的。

“小沙，”纪佳程吩咐，“你明天到市场监督管理局去，把笛声商贸的工商档案全部调出来；然后去市档案馆，查一查丁龙斌和舒琳雯是何时离婚的。”

“是。”沙靓靓记录着。

“继续查一查，看看百类所里有没有朋友能调取到那个案子的案卷。”

“百类所？”林清说，“我有认识的人在里面啊。”

“哦？”纪佳程和沙靓靓的目光一起向林清望去。

“我以前在罗陈李黄律师事务所的同事。”林清说，“罗陈李黄律师事务所解散以后，大伙儿就东零西散啦。我有三个前同事去了百类所，我们还是有联系的。对了，有两个现在已经是百类所的高级合伙人了。”

纪佳程的眉毛立刻变得特别舒展，他的整个脸上都泛起光辉。

“能找你这些老同事帮忙调个案卷吗？”

“私人帮忙应该可以，我打电话问问。”

“好极了！”纪佳程说，“林律师帮忙把百类所的档案搞来。小沙，你除了负责调工商档案和丁龙斌的婚姻档案外，再去做一件事。”

“您说。”沙靓靓望着纪佳程。

“查询一下《新闻早报》和《新闻晚报》网站，把2000年5月1日到当年12月31日期间的所有报纸版面都检查一下，看看有没有关于跳楼的报道。如果网站上已经查不到历史新闻了，就到报社去查过刊，或者在档案馆里查报社的历史报道。”

“师父，这个……工作量好大……”沙靓靓嘟囔道。

“加工资！”纪佳程嚷道。

“师父，”沙靓靓说，“我的意思是，尽管工作量大，但是我还是会完成的！”

“纪哥，你这个……我帮忙没关系，可是你得答应我，”林清说，“到时候得告诉我这么做的原因。折腾我，也得给我说明白吧。”

“一定。”纪佳程说，“如果真被我猜中了，后续可能会做更多的事呢。到时候一定会说个明白。”

“啊？师父，后面还有更多？”沙靓靓撇着嘴。

“加奖金！”纪佳程说。

“师父，”沙靓靓说，“工作再多都没问题，谁让我工作态度端正呢。”

“那么就动起来吧！”纪佳程说，“Go！Go！Go！”

“呸！”林清呸了一口，起身离开，临走他瞥见纪佳程的茶台上放了几包极品正山小种，伸手抓了两包揣进兜里。

“你干吗？”纪佳程叫唤着说，“你又不喝茶，你知道这茶多贵吗？”

林清冷笑一声，说：“不干吗，算你叫我做事儿的报酬吧。”说着推门走了。到事务所门口，他把两包茶叶随手扔到了沙靓靓的桌子上。

纪佳程下午五点多拎包走人时，看到沙靓靓正在一边检索新闻，一边喝自制的奶茶，桌子上放着鲜奶、茶壶、方糖，配合着精致的杯子，甚有小资情调。纪大律师起初赞叹现在的小姑娘真的会生活，等他看见茶壶旁边撕开的包装袋是自己的正山小种时，登时心如刀绞。

几千块一斤的茶叶啊，拿去泡奶茶……

他捂着胸口离开办公室，到停车场取了车，很快便驾车汇入车河。正值下班高峰，车行缓慢，还有几辆车想从直行车道插进左转车道来，导致路口更加拥挤。他停在离红绿灯只有五个车身的地方，无法前进了。

在纪佳程的左侧，马路对面是一个商厦，商厦的四周已经闪烁着彩灯，大幅的广告灯箱在暮色中显得分外亮眼。一个欧美的男模特穿着运动夹克，戴着帽子，在草地上高高跃起。在他身后，一位金发美女笑容满面地奔跑着。

欧美运动休闲风，彰显卓越生活品质，令人憧憬那种世外桃源般的生活。纪佳程在等红灯的时候，先是饶有兴趣地欣赏了一番金发姑娘的美貌，随后便把注意力集中在了男模特的帽子上。

“啧……绿色的。”他嘴角露出一丝讥讽的笑容。

在等了两个红灯后，他终于冲出路口，左转上了高架桥。在车潮中，他完全没有注意到，在那巨型灯箱下面来往的人群中，徐婧儿一袭飘逸长裙，正站在商厦入口处。

“烨君！我在这里！”

华灯初上，各色灯火映照着“魔都”的夜空。徐婧儿在商厦入口前挥了挥手，几十米外，地铁口的人流中出现了周烨君的身影。

他穿着西装，空着手走过来。看到徐婧儿，他也招了招手，脸上露出笑容，加快脚步。快走到商厦入口，还有十几米时，他抬头看了看商厦上悬挂的巨幅灯箱海报：草地上奔跑蹦跳的欧美帅哥美女。

他的目光特别在那顶绿色的帽子上停留了一下。

“快点啊，要到时间了！”

“来了！”周烨君答应了一声，快步奔上台阶，伸手拉住了徐婧儿的手。

徐婧儿皱着眉头埋怨道，“你怎么迟到了这么久？”

“啊，对不起，实在是太忙了啊。”周烨君哄着说。

“有多忙啊！”徐婧儿说，“你忘了我们约好了吗？女孩子等男孩子，多卑微啊！”

“不是，”周烨君无奈地说，“我也想早来，可是……”他欲言又止，最后说，“我下次一定注意。”

他们乘电梯赶到四楼，远远看到一家餐厅，招牌写着“熬家重庆老火锅”。店门口已经坐了几十个人，在凭号等位，可见这家店的生意何等火爆。徐婧儿挤过人群，对引导员说：“我有预订过，徐小姐，手机尾号1314。”

“您再晚来两分钟，这个预订就要被取消了。”

徐婧儿扭头狠狠地白了周烨君一眼，气呼呼地说：“算你今天命好，今天要是吃不到，你就完蛋了！”

“对不起，是我不好，”周烨君叹了口气，“我下次尽量。”

“什么尽量？”徐婧儿皱着眉头说。

周烨君耸耸肩，满脸无奈。两个人随着领位员穿过一张张围满了人、热气腾腾的桌子。等他们点好菜，已经是十几分钟以后了。服务员离开后，两个人似乎都有些无话可说。

徐婧儿垂下长长的眼睫毛，用吸管拨弄着柠檬水里的柠檬片，似乎还有些余怒未消。周烨君苦着脸坐在对面，也不说话。两个人就这么对着沉默了良久，最后徐婧儿先忍不住了，在桌子下面踢了周烨君一脚。

踢的同时，她在内心深处叹了口气。表面上看她很强势，是在欺负周烨君，但是在两个人的对抗中，她输了，而且输得很彻底，因为她首先给出了继续交流的讯号，哪怕是踢对方一脚。

周烨君抬头望了望徐婧儿，带着苦笑，一脸无奈。

“别不开心了，我这不是遇到点事儿吗？”他勉强笑着说。

“什么事？”徐婧儿问。

“已经解决了，你就别问了。”周烨君说。

“不行！”徐婧儿强势地说，“快说！”

“算了，”周烨君说，“我能处理。事情不大。”

“快说！”徐婧儿说，在桌子下面使劲踩周烨君的鞋，“说不说？说不说？不说这顿饭就别吃了！”

“哎，哎……我说还不行吗？”周烨君叫着说，随后闷闷地说，“赵朱平，他找我的麻烦。”

“他为什么找你的麻烦？”徐婧儿的眉头皱起来了，“怎么回事？”

“事务所的公众号今天不是要发我的文章吗？”周烨君说，“都编辑好了，本来四点半要发送了，可是赵朱平在四点二十五叫停了。他来找我，说有的同事反映这篇文章写得不好，观点有问题，容易引起争议，水平不行。”

“哪个观点有问题？什么水平不行？”徐婧儿一下子恼了。

“我问他了，他也不说。”周烨君阴着脸说，“什么‘有的同事’，还不就是他不给我发吗？他根本说不出理由来，就是要硌硬我一下。”

“他凭什么？”徐婧儿勃然大怒。男朋友受的委屈就是她的委屈，她是绝对不能忍受的。

“你不知道，他后面还有话呢。”周烨君说，“他说我连个论文都写不好，说明专业水平不行。不要以为和主任的女儿谈恋爱就能出头，律师这行还是要讲水平的。比如茶类中心这些案子，可不是陪女朋友吃吃饭就能解决的，这关系到事务所的声誉，叫我还是自觉一点的好。”

“什么自觉一点？”徐婧儿咬着嘴唇问。

“这还不明白？”周烨君压着火气说，“叫我退出呗。前两天不是说了吗？调解那次他也跑去了，他盯着这个案子呢。”

徐婧儿柳眉倒竖，差点没拍起桌子来。

“那是我爸爸的案子！”她尖声说，“怎么也轮不到他来做！前两天我爸爸不是已经找他谈过了吗？叫他别掺和。怎么，他不长记性？”

“他和沈总走得近不是？沈总好像也有这意思呢。”周烨君眉头紧锁。

“哼，沈总。”徐婧儿冷笑一声，说，“真不知道我爸爸怎么会和这种人走得这么近，那人根本就是个地痞流氓嘛。”

“说话小心点。”周烨君闪电般地左右瞥了一眼，“这案子师父和他合作分成呢，你不好这样讲的。”

“哼。”徐婧儿又冷笑了一声。

这时候锅底送上来了，她拿起油碟给周烨君调调料，嘴里说：“你别闹心了。我爸爸的案子，怎么也不可能给赵朱平的。赵朱平不是刁难你吗？今晚我就打电话跟我爸爸说这事儿！真是，当我们家好欺负？”

周烨君的脸上露出了笑容：“我们——家？”

“滚！你听错了！”徐婧儿说。

“可是我真的听见了。”周烨君说。

“你幻听！”徐婧儿躲避着他的眼神。

周烨君无可奈何地笑了笑，脸上却洋溢着幸福。过了一会儿他说：“这事儿还是别和师父说了，我自己处理。我不想啥事都靠他，再说告状也不是我的作风。”

“跟你没关系。”徐婧儿气呼呼地说，“我知道你个性独立，可这事儿你就别管了。这个所里，我爸爸是主任，咱不能任人这么欺负。不说了，吃东西。”

他们除了点了火锅，还点了红糖糍粑。徐婧儿夹起一块糍粑就去喂周烨君，周烨君张口吃下，低下头，用力闭了闭眼睛。

“怎么？这个是红糖糍粑，又不辣。”徐婧儿说。

“不是。”周烨君抬起头，“婧儿，你对我太好了。”

“是吗？”徐婧儿假装诧异，“有吗？”

“嗯。”周烨君用力点点头，“很多年没有人对我这么好了。”

“谁对你好了？”徐婧儿低下头，嘴角却带着浅浅的笑。

吃完那顿晚饭已经很晚了，两个人沿着街道慢慢往回走着。徐婧儿大学毕业后就搬出来自己住，周烨君的住处与徐婧儿的住处是两个方向，可他还是耐心地先送徐婧儿回家。

夜风习习，吹拂着两个人的头发和脸庞。因为晚上喝过啤酒，两个人的脸都有些红红的。徐婧儿挽着周烨君的手臂，身子故意往下坠，给周烨君找麻烦。周烨君哭笑不得，只好使劲支撑着徐婧儿。过了一会儿他吃不消了，求饶道：“我撑不住了。”

“不行，我心情不好，没力气走路。”徐婧儿说，接着就开始装电影里的女主角，“快，做点什么事情让姐乐一乐，要不然姐继续没力气。”

“要不这样，我给你唱个歌儿。”周烨君一头黑线地说。

“唱得不好，姐可不打赏啊！”徐婧儿无赖地说。

周烨君咳嗽一声，轻唱道：

西关小姐佢个个娇俏，

你那美态犹如像弯弯月儿，
白襟衣伴长裙飘飘又回眸一笑，
知书识礼佢觉重要，
金山不会折其腰……

在他唱的时候，徐婧儿有些痴迷地看着他。

“你这广东话唱得不错啊。”等他唱完，徐婧儿说。

“上学时学的。”

“这是什么歌？”

“《西关小姐》，东山少爷唱的。”周烨君解释道。

“我要你好好唱一遍，录下来发给我。”徐婧儿发嗲说。

“我这破嗓子……”

“我不，我就要！”徐婧儿跺着脚，“要不然姐就继续没力气！”

他们就这么拉拉扯扯地沿着街走远了，隐隐还能听到周烨君哼着歌儿：

……西关小姐莫怪我轻佻，
看你笑意犹如伴清风送月影摇，
我住东山你住龙津东又门当户对，
奢想今世岁月里，
牵手相对儿女成堆……

第十章
内耗

一大早，徐昕就和赵朱平吵起来了。

事情的起因自然是昨天赵朱平跑去找周烨君的麻烦。一般来说，徐昕对赵朱平还是有三分客气的，不会因为周烨君和自己的合伙人翻脸。问题是这次赵朱平完全是不怀好意，盯上了自己的案子。考虑到赵朱平和沈星文之间有些比较毁三观的风言风语，徐昕觉得，他俩关系甚不一般，所以只怕赵朱平盯上这些案子是和沈星文商量过的。

自己辛辛苦苦筹划布局，现在赵朱平想来摘桃子。徐昕绝不会容忍自己嘴里的肉被别人叼走，哪怕分出去一根肉丝儿都不行。因此今天他警告赵朱平是有用意的，明着是保护自己的徒弟，实际上是告诉赵朱平：老子不好惹，趁早死心。

当然，徐昕不会主动找赵朱平开骂，所以他找到法律编辑，问了些业务上的事。余光中看到赵朱平从大门那边进来了，他立刻脸色一沉，开始责问法律编辑："周烨君这篇文章为什么临时撤稿？这不写得很不错吗？"

“是……是赵主任让撤稿的……”法律编辑没想到主任突然变脸，磕磕巴巴地说。

“是赵副主任。”徐昕假装没看到赵朱平走过来，劈头盖脸地一顿修理，“你是个法律编辑，看不出文章的好赖吗？动不动临时撤稿，当公众号是儿戏？以后再有这种事，第一时间打电话给我，我做决定！什么不着调的人说两句话，你就没了方向，我们还要法律编辑干什么！”

“呦，主任怎么了？一大早就火气很大的样子。”赵朱平在身后说。

“哦，是老赵啊。”徐昕一扭头，装作刚刚看到赵朱平，“这小姑娘工作出了点纰漏，我给她定定方向。你看看，周烨君这么好的一篇新法规分析，说撤稿就撤稿了，时效性都没了。干这事儿的不是浑蛋吗？”

“哎哟，主任，”赵朱平脸色难看起来，“也不用说得这么难听吧？”

“你急什么？”徐昕毫不在意地摆摆手，“又不是你让撤稿的。你忙你的吧。”

当着法律编辑的面，赵朱平没法装，他紧紧抿着嘴唇，脸色阴沉，盯着徐昕说：“主任，这事儿得说一下，是我让撤稿的。”

“你？”徐昕佯装吃了一惊，“为什么？”接着他的脸色也阴沉了，看了看赵朱平，转头向法律编辑说：“记住我刚才说的话，以后再有这种事，第一时间向我汇报。这一次就算了，今天赶紧把周烨君的文章发出去。”说着转身走了。

看上去就像他给赵朱平面子，不再追究，压着怒火离开似的。

这下子赵朱平难受了，毕竟他昨天不让发，今天徐昕下令发，还是当着那么多同事的面下的令，简直是当众打他的脸，还打得啪啪响。他的脸腾地涨红了，红红的嘴唇抿得紧紧的，下巴上的胡茬儿哆嗦着，柳眉倒竖，在原地停了几秒钟。他实在是抹不开面子，向徐昕追过去。徐昕前脚刚进了自己的办公室，赵朱平就推门进去了。

“主任，我觉得咱们得谈谈。”他说，“关于周烨君的这篇文章……”

“行了，老赵，这事儿就过去了，我不会再提。”徐昕说，“下次别这样了。”

“哎哟，”赵朱平说，“别哪样啊？”

“你说别哪样？”徐昕的脸色恰到好处地沉下来了。

“我不知道，所以问你了。”赵朱平竖着柳眉说。

“你做的什么，心里有数。”徐昕阴着脸说，“有话赶紧说，我还有一堆事要和周烨君处理。”他把一摞案卷在桌子上摊开，上面每一个标签都写着“茶类中心”。他一边整理这些案卷，一边“无意”地说着：“老爷们儿家，说话干脆点，别跟个娘们儿似的。”

“姓徐的，你什么意思？”果然，一听到最后一句话，赵朱平像被踩了尾巴一样，一下子爆了。

“什么什么意思？”徐昕眉毛一抬，“我说老赵，你冲到我房间里来鼻子不是鼻子，脸不是脸的，来吵架？”

“我是要来评评理！”赵朱平甩着手拍了一下徐昕的桌子。

这下徐昕逮着理了：“赵朱平，你今早上香水喷多了是吧，把自己熏晕了？你到我的办公室对我拍桌子？”

赵朱平一怔。其实他刚才是一时气急，无意识地甩手拍桌子，倒不是故意拍给徐昕看。但是这一下就让徐昕抓住了把柄。

“行啊，赵朱平，可以啊。”徐昕恶狠狠地笑着，“你还不是主任呢，已经对我这个主任开始拍桌子了，怎么样？够爽吧？你搞小动作我就不跟你计较了，可你大清早闯到我这里来找碴儿，是想怎么着？看上我这把椅子了？”

“你少胡说八道！”赵朱平嚷道，“谁搞小动作？你把话说清楚！”

“这个还用说吗？”徐昕逼问道，“为什么把周烨君的稿子撤了，你心里打的什么算盘，当我不知道？赵朱平，你掂掂自己的斤两！你是什么水平，来指教周烨君？还对他的案子指手画脚，你是谁呀？”

“我就知道，你今早这一切都是有预谋的！”赵朱平脸色煞白，指着徐昕说，“是为了周烨君那事儿，故意挑起来的！”

“再指我，我真要抄东西砸你了。”徐昕说，“另外，别老翘着个兰花指，我看着恶心。”

这句话一出来，赵朱平又炸了。他又是柳眉倒竖，杏眼圆睁，下巴上的胡茬儿哆嗦着，尖着声音吼道：“姓徐的！你欺人太甚！”他吼叫着，就要扑上来抓徐昕。

就在这时候，沈星文闻声赶来了。

赵娘娘在徐昕办公室里声音那么大，外面一听就知道吵起来了，而且吵得很凶，沈星文自然很快就知道。

这个社会人虽然不是律师，却在益度律师事务所里有间办公室，平时在里面抽烟、喝酒、打电话、玩电脑，上的网站还时常不可描述。偶尔他还跟个老板似的出来巡视，训一训下面的律师，甚为悠哉。今天早上他来得早，正在那里算账，听到赵朱平跑去徐昕的办公室吵架，赶紧跑过来。一进门，刚好看到赵朱平扑上去要挠徐昕，他便赶紧从后面抱住赵朱平，把他往后拖。

“搞什么！大清早的！”沈星文吆喝着，“做的啥事体！有话好好讲，做啥要动手？”

“老沈，他欺负人！”赵朱平指着徐昕尖叫道。

“我说了，别用手指我。”徐昕的手在一本厚厚的书上轻轻抚摩着。

“你不要讲话！”沈星文对着赵朱平喝道，随后回头对着门外探头探脑的律师们骂道，“看啥？滚！”接着把门关上，过去安抚徐昕，“这是做啥！”

“你得问问他。”徐昕阴沉沉地说，“大清早跑到我这里来对着我拍桌子。老沈，正好你在这里，可以评评这个理。大家一贯井水不犯河水，赵朱平这两天老是搞小动作，是什么意思？他昨天临时截了周烨君的稿子，还把周烨君骂了一顿。这周烨君什么时候归他管了？还骂周烨君做不好案子，周烨君是我的徒弟，做不做好案子什么时候轮到他来评价了？”

“我那是好心！”赵朱平尖叫道。其实他的口气已经有点虚了，因为他这事儿做得确实上不了台面。

“这个也不是大事，”沈星文干巴巴地劝道，“朱平也是随便说说，关心一下年轻人，指点指点。”

“这个还真是大事。”徐昕毫不留情面地说，“做事要讲规矩。自己做好自己的事，不要把手伸到别人那里去。周烨君办的是我的案子，做得好做得坏我说了算，就算他做不好，还有我呢。我最烦别人对我的案子指手画脚的。再说一遍，我的案子，我说了算。”

“怎么是你的案子呢？”赵朱平尖声说，“星文他可是提供了担保的！”

“老沈提供担保，跟你有什么关系？”徐昕一口撑了回去。他这句话有些不怀好意，眼神中满是嘲弄。

赵朱平果然又爆了，尖叫道：“你！”

沈星文的脸沉了下来。

“我怎么了？”徐昕眼神变得阴狠，“不要训我的人，不要对我的案子伸手。我这是最后一次警告你。”

“姓徐的！”赵朱平咬着牙说，“你——”

“出去！”沈星文突然对他喝道。

赵朱平还没出口的话硬生生被沈星文噎了回去。他似乎噎得难受，两只眼睛都鼓出来，活像蛤蟆；嘴唇紧紧抿着，抿得发白。他站在那里，身子抖着，眼睛里满是怨毒。

“听不见？”沈星文咆哮道，“叫侬出去！听得懂吗？”那场景几乎给了徐昕一个错觉：沈星文在骂自己家的娘们儿。赵朱平恶狠狠地呆立半晌，突然一跺脚，扭头冲出了徐昕的办公室。

办公室里只剩下了徐昕和沈星文，两个人瞠目对视了半晌，脸上都阴沉沉的。过了一会儿，沈星文开口了：“徐昕，今早这火，不只是对着赵朱平发的吧？”

“看好他，叫他别再犯病。”徐昕望着沈星文。在内心深处，他其实挺看不起这个社会流氓的。“谁想伸手到我的案子里，我都会砍了他的狗爪子。”

“这案子不是你一个人的，也不是你一个人说了算。”沈星文眼睛里闪着寒光。

“除了我，谁都做不了这案子。”徐昕嘴角露出一丝冷笑，“如果有人伸手，我立刻全面撤出这批案子的代理。”

这个后果是严重的，徐昕在投资者们中间一直是以大律师的形象出现的，近乎那些“维权”群里的主心骨。他若是完全撒手不管，那些“维权”的投资人只怕立刻就要闹翻天。

赵朱平只想分一块肉，徐昕却在威胁要掀桌子。

沈星文直直地盯着徐昕，几秒钟后，他突然笑了起来，而且笑得阳光灿烂。他伸手在徐昕胸前推了一下，显得熟络而亲热。

“你说你这个人，跟赵朱平有什么好生气的？他那个人，出了名的拎不清，脑子里一团糨糊。之前他找我，我寻思多个人出出主意也好，可是我也说了，这个事情，归根结底要老徐同意！大家讲规矩，讲道理，对吧？”沈星文几句话就把自己摘得一干二净，“哪想到这人脑子……我跟你说，不要跟他生气！这些案子我终归是相信你的，不相信你我做啥要把自己身家压上？我跟你讲噢，其中一个做抵押的房子还是我老娘的房子呢，侬晓得伐？咱们十几二十年的朋友，老徐，我是相信你的！”

“这话是的呀，”徐昕就坡下驴，“这么多年的交情，你说我害过你没有？咱们总归要一道努力，一起把这个案子拿下来！”

“哎——这么讲，我就放心了！”沈星文欣慰地说，“侬放心，我现在就去说一说老赵。大清早的，搞什么搞！他要是不老实，我来批评伊！”

“不要太严厉啊，”徐昕大度地说，“事务所的安定团结还是要维护维护。”两个人打着哈哈，沈星文笑容满面地离开了徐昕的办公室。

当办公室的门关上后，沈星文脸上的笑容全无，眼睛里闪过一道寒光。他扭头望了望那扇门，目光似乎穿透过去，落到徐昕的身上。

当办公室的门关上后，徐昕脸上的笑容全无，眼睛里同样闪过一道寒光。他抬头望了望那扇门，目光似乎穿透过去，落到沈星文的身上。

隔着那扇门，两个人的表情惊人地相似。

益度律师事务所里发生的这一切，纪佳程完全不知道。

徐昕与赵朱平对掐的时候，纪佳程正在办公室里喝茶。小妮子沙靓靓昨天晚上已经把新闻检索给打印出来了，还通过事务所的U盾调出了笛声商贸的工商内档。

这要感谢高科技和政府部门的信息透明度。以往调取某个公司的内档需要跑到当地的市场监督管理局去查档，现在律师事务所里配备了个U盾，在线就能直接查询。因此纪佳程早上到办公室的时候，桌子上已经放了一沓资料。

茶壶是洗干净的，茶杯是亮晶晶的，烧水壶里接满了水，桌子上的一些积灰也不见了。沙靓靓一定是很早就来给纪佳程打扫了办公室。纪佳程没看到她，只看到她留的条子，说她已经跑去档案馆调取丁龙斌的婚姻档案去了。

纪佳程有点受宠若惊：有人这么仔细地帮他洗茶壶、茶杯，连水都帮着接好，这伺候得也太周到了。于是他惬意地开始烧水泡茶，还拿出了一包很好的茯茶，觉得如果不喝点好茶，就对不起这么干净的一个早晨。

在热气腾腾的茶雾中，纪佳程开始翻沙靓靓打印出来的资料。最上面是几份新闻检索，第一张纸是一个标题：《男子××广场坠楼压亡无辜司机》，标题下面的时间是2000年5月18日，摘要里写着，就在报道的前一天，有人在写字楼坠楼身亡，下面附有一张照片。虽然照片里有很多人遮住了现场，但能看出人们围着的是一辆红色的汽车。

纪佳程放下茶杯，直起了身子。一瞬间，他有点失神。

这正是他人生中极其深刻的记忆：

那一天，揣着从郝朝晖那里借来的生活费，他走出那个写字楼，那辆红色的车正好挡住了他的路……

他从车后面绕了过去。驾驶室里，那个穿蓝T恤的年轻人，戴着一副雷朋墨镜……

随着一声巨响，他回过头，那个人从天而降，红色的汽车真的被砸扁了……

无须进一步求证，无须进一步核实，纪佳程知道这篇报道说的就是那天他亲身经历的那一刻，因为他的印象太深刻了：车窗里那只血淋淋的手，跳楼者的脑袋仰着垂下，脸有点变形，一动不动地躺在车顶上……

被摘抄人丁龙斌，男，汉族，1960年12月9日出生，本市人。离异。原住址昌平路××弄××号××室，1997年9月21日迁来本址。户籍地址：东方路××弄××号××室。原工作单位：第二棉纺厂；笛声商贸有限公司。2000年5月20日报死亡。

时间对上了。

丁龙斌。

世事竟然如此无常。那一天，是丁龙斌从楼上坠下，落在了纪佳程身后的车上。

虽然喝过茶水，他却觉得嘴巴干得难受。纪佳程翻着几份报道，发现不同媒体的后续报道内容类似，均表示死者丁某坠楼，排除他杀可能。有几家媒体还查明了死者在坠楼前生意失败，并且与妻子离婚，他们猜测家庭与工作的失意导致了死者坠楼轻生。

接下来的几份是2000年11月30日的报道，说前一天有女士从××广场坠楼身亡。纪佳程熟悉报道中照片所显示的地点。那正是六个月前丁龙斌坠下来的地方。

被摘抄人舒琳雯，女，汉族，1961年7月10日出生，本市人。离异。原住址昌平路××弄××号××室，1997年9月21日迁来本址。户籍地址：东方路××弄××号××室。

原工作单位：老字号糕点公司；笛声商贸有限公司。2000年11月29日报死亡。

11月29日报死亡。是的，报道中提到的跳楼女性是舒琳雯。时隔六个月，她在丁龙斌坠楼的同一个地点跳了下去。

在纪佳程看来，舒琳雯不像是和丁龙斌有多深厚的感情，以至于“随他而去”。她在诉讼中的陈述、与丁龙斌离婚的做法，给纪佳程的感觉反而是“想整死自己的老公”。可是她为什么会跳楼？选择那个地点，是刻意，还是巧合？当她跳楼的时候，她有没有想到丁龙斌？

第十一章
非法交易

纪佳程又开始看笛声商贸的内档。工商内档里的信息不算多，纪佳程很快就看完了。这家公司是1993年成立的，股东是丁龙斌和舒琳雯。至少截至1997年，这家公司年检报告里的财务报表和资产负债表均显示公司是盈利的。然而到了1998年的年检报告，公司的财报就开始显示亏损了。

1998年的年检报告也是最后一次年检，此后再无年检记录。2002年的时候，工商局吊销了笛声商贸的营业执照。

通常是在第二年做前一年度的年检报告，所以1998年度的年检报告是1999年做出的。也就是说，至少在1999年年中，笛声商贸公司还存在。之所以没有1999年度的年检报告，是不是因为2000年时，笛声商贸公司无人处理此事了？可是丁龙斌和舒琳雯在年检时应该还活着呀。

纪佳程突然很想知道笛声商贸公司当时发生了什么，丁龙斌和舒琳雯之间发生了什么。

到了中午，沙靓靓满头大汗地从外面回来了。

她今天运气特别好，因为没有法院的调查令，档案馆的人本来不给她查，她使出“魔都”小姑娘特有的绝招：嗲。几句爷叔叫下来，人家居然真给她查了，只不过不给复印，不给盖章。

对纪佳程来说，这就够了。沙靓靓简单记下来的要点包括：丁龙斌和舒琳雯于2000年3月协议离婚；离婚协议很简单，只对家里的家具、首饰什么的进行了分配，未提到房子和笛声商贸公司如何分割。

“这就是全部？”纪佳程问。

“绝对没有遗漏的！”沙靓靓嘟起了嘴，显得有些委屈。

“好，辛苦，”纪佳程夸奖道，“快去休息休息，吃午饭去吧。”

沙靓靓咬了咬嘴唇，说：“这也太无情了啦！我跑了一上午呢，请我吃个饭也好啊。”

“行，”纪佳程埋头看着材料，说，“今天中午吃饭我报销，快去吧。”

“纪律师，你不去吃饭吗？”沙靓靓问。

“我现在不饿，而且我正在思考呢。”纪佳程说，“你去吧，我得琢磨琢磨。”

沙靓靓有点失望，转身出去了。等办公室的门关上，纪佳程抬起了头，往门口望了望。

“这小妮子今天说话有点嗲啊，”他面无表情地想，“刚才没叫我‘师父’，叫我纪律师。——是我多心了吗？”

随后他又低下头，打算趁着中午的安静时分归纳一下信息的细节。

沙靓靓吃了午饭回来，给纪佳程带了个牛肉汉堡和一瓶无糖雪碧。看到纪佳程还皱着眉头在纸上写写画画，她便不言声地放下食物和饮料出去了。纪佳程把那些文件翻来翻去，用笔在上面画来画去，归纳出几个时间点来。

1999年6月　　丁龙斌、舒琳雯败诉。

1999年底　　笛声商贸倒闭（后来吊销未注销）。

2000年3月　　丁龙斌、舒琳雯离婚。

2000年5月20日　　丁龙斌跳楼。

2000年11月29日　　舒琳雯跳楼。

…………

这几个时间点让纪佳程有了一个猜想，即笛声商贸是因为那个案子倒闭的，夫妻俩是因为那个案子离婚的，也是因为那个案子跳楼的。毕竟一下子欠了两千多万元，足以让人一辈子翻不了身，更何况那是1999年。

案子的详细情况，可能得等林清从百类所那边搞来案卷材料才能知道了。

百类所的案卷材料还没等来，法院的文件倒是先来了，而且一来就是六个案子，后面的案子估计很快也会寄过来。每个案卷都夹在一个文件夹里，纪佳程叫沙靓靓简单归纳了一下，结论是诉状内容类似、证据组织相同，一看就是同一拨律师做的。

这些诉状和证据让纪佳程进入了兴奋和紧张的状态，他兴奋于徐昕终于入坑，也有点如临大敌的感觉。因为他花了那么久的心思，现在总算到了真正亮剑的时刻了，每一个案子都不容有失。

可以说，纪佳程和徐昕都面临全力一搏的境地。

沙靓靓只有兴奋，对她来说，这是要“办大案子”了。于是她急急忙忙把这个消息告诉了林清，林清在电话里也紧张了起来。

“纪哥怎么说？”

“他什么也没说，在认真地看着材料呢。”沙靓靓说，“你要回来看看案卷材料吗？”

“我现在在百类所呢。”林清说，“他不是要我帮着调案卷吗？我在这里找老同事呢，今天是不能回所里了。要不你扫描一套案子的材料发给我吧。”

在他们通电话的时候，纪佳程正锁着眉头研究着一份诉状，他一眼就看出这是周烨君的文笔。相较之前撤诉的几个案子，这份诉状逻辑通顺、表达明确，中心思想是指责茶类中心这个现货交易平台实际上进行的是非法期货交易，所以应当赔偿投资人的全部损失。

这大概就是人性，纪佳程想，如果这个投资人赚钱了，他绝对不会主张这是非法期货交易。人就是这样，亏了钱了，就想从别的地方找回来。

然而周烨君的诉状却让纪佳程有些捉摸不透。周烨君写的诉讼请求包括：一、请求判令原告于茶类中心的开户以及全部交易行为无效；二、请求判令被告赔偿原告损失人民币一百五十万元。当然他还主张了利息。

作为老手，纪佳程一眼就看出这两条诉请是很模糊的。他不知道这是不是周烨君故意为之。

下面的“事实与理由”部分一开始就指责茶类中心“并未与原告就此签订任何有关书面协议或者向原告告知投资产品的交易制度和风险”。暗指茶类中心有欺诈的故意。随后诉状又说“该项买卖具体交易制度为：T＋0交易机制”“原告从多方渠道了解到被告运营的该茶类平台打着投资现货文化产品的名义，实质上违反国家有关禁止从事非法期货的各项法律法规、规章制度，公然从事非法期货业务”。

至此刀出鞘，写得杀气腾腾。“被告存在着各项违规操作行为，包括纵容工作人员诱导欺诈投资者、隐瞒投资风险、诱导下单等以及不与投资者签订相关书面投资协议、隐瞒各项投资产品的交易制度以及交易风险。此外还涉嫌虚假宣传、非法操纵价格等行为。以现货交易为名，实际从事了非法期货的金融业务，并且采取操纵价格、虚拟记账等形式，利用欺骗的手续骗取原告钱款，其行为已构成非法经营，违反了国务院《期货交易管理条例》和商务部、中国人民银行、证券监督管理委员会令2013第3号《商品现货市场交易特别规定（试行）》第七条、第九条的规定，根据国发〔2011〕38号《国务院关于清理整顿各类交易场所切实防范金融风险的决定》和国办发〔2012〕37号《国务院办公厅关于清理整顿各类交易场所的实施意见》及证监会《关于做好商品现货市场非法期货交易活动认定有关工作的通知》中附件《关于认定商品现货市场非法期货交易活动的标准和程序》等法律法规、部门规章……”

从这些条文来看，徐昕和周烨君绝对是下了功夫了。

“综上，被告以虚假宣传、欺诈等手段，诱导原告进行虚拟期货投资。被告组织的非法交易行为已不属于现货贸易流通概念，不具有现货交易功能，是一种金融交易行为，其交易方式、交易规则属于期货性质，在资金账户管理上完全由被告自行操控，被告集交易产品开发设计、规则制定、资金管控、交易收费、行情提供、行情价格设计、清算、资金汇划等众多功能于一身，其行为严重违反了国家有关期货管理等的法律规定，构成开办非法期货交易经营场所进行非法证券业务，侵犯了原告合法的正当投资权益。原告入市后，不到十个月时间先后亏损达一百五十万元。为维护自身权益，根据《中华人民共和国合同法》、国务院《期货交易管理条例》等法律规范，特向人民法院提起诉讼，请求依法审理，判如所请。”

纪佳程放下诉状，翻了翻后面所附证据。出乎他的意料，诉状后附的证据并不多，只有五组，总计二十页。证据内容包括主管部门的告知书、聊天记录、账户交易明细、剩余资金记录、银行流水对账单。

这些证据并不足以呼应诉状里的那些指控。纪佳程敏锐地意识到，徐昕和周烨君肯定会提交第二轮证据。

文件的最后是法院的传票，法院定于七天后进行证据交换。

其他五个案子的诉状和证据基本与第一份类似。纪佳程叫来沙靓靓，把案卷交给她，说："考虑一下，如果你来主办这个案子，你会怎么进行答辩，打算怎样组织证据，你的论点有哪几点。回去好好看看，明天跟我谈谈你的答辩思路，后天把质证意见、整体思路给我拿出来。"

这重要的案子真的交给她做了，沙靓靓十分激动。她把纪佳程一顿恭维，说纪佳程是个好老板，然后兴冲冲地出去了。过了半个小时，她红着脸跑进来，把一杯刚送来的"星巴克"放到纪佳程的桌子上。

对于刚入行的新律师来说，每一次的办案机会都弥足珍贵。

纪佳程把丁龙斌、舒琳雯和笛声商贸的那些材料放进一个牛皮纸袋里，扔进了柜子。现在案子来了，当然要以正事优先，这件事就先放放吧。

第二天早上林清先来了，他把厚厚一沓材料给了纪佳程，说是从百类所复印来的资料。纪佳程接过来，打开柜子，把材料扔进去，砰的一声关上柜门，说现在案子优先，这事儿只好先放一放。林清的表情明显松了口气。关于自己当初亲历丁龙斌坠楼一事，纪佳程自然没提。

两个人谈了一会儿案子，纪佳程把自己的想法和估计跟林清说了说，林清就急急忙忙赶往何华王纪集团去了。他要向公司高层——特别是他太太华芳菲汇报。

下午沙靓靓一进门，纪佳程就捕捉到她眼圈发暗，估计是因为连夜研究案卷。对这种工作积极努力的人，纪律师还是相当客气的，便给她倒了杯茶，嘴里说了一番要注重劳逸结合、注意身体之类的话，接着话锋一转，说："好，现在说说你的答辩思路吧。"

"老大，我的答辩意见有这几点，您看看。"沙靓靓把三页纸递了过来。

纪佳程低头仔细阅读。沙靓靓在对面打了几个哈欠。过了一会儿，纪佳程抬起头来，说："你自己觉得这份答辩怎么样？"

"我，我不太确定。"沙靓靓有点心虚地说。

"从好的角度来看，你绝对是下了功夫的。"纪佳程说，"你把对方的观点和证据看得非常仔细，这一点值得表扬。从另一个角度来看，你已经被对方带到沟里去了。你现在是在被动应对，没有试着去掌控这个案子。"

"我……我不太明白。"沙靓靓磕磕巴巴地说。

"仔细研究对方的诉状后，如果你多思考一下，就会发现对方的诉请很模糊，事实理由部分与证据对应不起来。"纪佳程说，"你有没有意识到对方很可能会补充提交证据？如果对方补充的证据正好解答你提出的抗辩，你在法庭上是不是就蒙了？"

"啊……"沙靓靓的额头冒出汗来。

"所以你的答辩意见不能这么详尽，要简单，留有余地。事实与理由要概括性地说，"纪佳程教导说，"在答辩的时候逐项去回应对方的论点有时候不是好办法，因为这样你就完全跟着对方走了。你要逼着对方把思路亮出来，把牌更多地亮出来，明白吗？"

“我……我不知道怎么……”沙靓靓说。

“他的诉请第一项，”纪佳程提示道，“他要求开户以及全部交易行为无效，对不对？你发现问题没有？”

“哦？”沙靓靓赶紧去看。

“民事行为无效的情形有哪几项？”纪佳程提示道，“本案符合这几种情形吗？他到底是主张行为无效，还是主张合同无效？他有没有确定这个案子是基于什么法律关系？”

这就比较专业了，沙靓靓想了想，摇摇头，说：“他没写明白啊……”

“所以，”纪佳程笑了，“这个案子正确的答辩方式，是不做答辩，先要求对方释明他诉讼请求的真实含义，再根据他的释明要求答辩期，这样我们还能迫使对方交出更多证据来。”

“你……你昨天就看出问题来了，还让我写答辩思路？”沙靓靓叫起来。

“不这样，你怎么加深印象？”纪佳程说，“而且这也没有坏处，至少你对案情更熟悉了。好了，去休息一下吧，明天把质证意见做一做，考虑考虑我们可能面临几种情况，可能会用到哪些证据，收集一下。”

沙靓靓嘟着嘴巴出去了。纪佳程又翻了翻沙靓靓的答辩意见，把它丢在桌子上，随后转身望着窗外发起了呆。

他在沙靓靓面前一副游刃有余的样子，内心深处还是有些紧张的。对徐昕的手段和思路，他毕竟有些不安。律师办案子就是这样，特别是复杂的、标的额巨大的、重要的案子，总担心自己哪里有遗漏、哪里考虑不周，生怕会掉进对方的坑里。

想想看，你费尽心机给对方挖了个大坑，挖完以后抬头一看，人家在坑上面笑眯眯地看着你呢。这会不会很悲催？仅仅是悲催也就罢了，律师的一个不谨慎，带来的可能就是败诉的后果。给客户造成的损失几万元的有，几十万元的也有，几亿元的纪佳程也听说过。

窗外，城市延绵远去，远近的一幢幢高楼在蓝天的映衬下静谧无声。但是视线下降，就会看到高架桥上车流飞驰。纪佳程烦闷地看了一会儿，想起自己似乎有很多年没有悠闲地坐在路边喝一杯茶或者咖啡了。

不知道徐昕和周烨君现在是什么心情。通常原告方的压力会更大一些吧？他们是不是也在为这个案子绞尽脑汁？

纪佳程收回思绪，拿过材料，开始仔细研究起“现货交易”和“期货交易”的区别来。这是本案的关键。他可以利用诉由和证据给徐昕和周烨君制造麻烦，但是这个案子最终不能回避这个问题。

到了下午五点多，纪佳程决定回家。他离开办公室，经过沙靓靓的工位时，发现她趴在桌子上睡着了。

律师助理可以很轻松，也可以很疲惫，这取决于是不是努力想把案子做好。沙靓靓这样的“魔都”小姑娘通常家庭条件不差，肯这样吃苦，在纪佳程看来值得肯定。他没有打扰沙靓靓，而是轻声走过去了。刚过去两步他又走了回来，抬头看了看她头顶的空调出风口，拿起沙靓靓椅背上的外套，轻轻盖在她的后背上，转身走了。

等他走了以后，沙靓靓从桌子上爬起来，拉了拉后背上的外套，歪着脑袋想了想，抿嘴笑了。她裹紧外套，趴在桌子上发了一会儿呆，随后像下定了决心一般，又打开案卷，一边看，一边在电脑上操作。

第十二章 心战

七天说快不快，说慢也不慢。到了第一个案子证据交换那一天，纪佳程和沙靓靓早早就在法院附近碰头了。这几天他们又收到了另外四个案子的诉状和证据材料，不同案子证据交换的日期一直排到了下个月。

案件内容基本雷同，审判的法官也是同一个，所以这个案子的风向将影响到其他案子。纪佳程这边的旁听人员除了林清，连何华王纪集团的法务部部长吴瑛都来了。

至于投资人那边，来得可谓浩浩荡荡，足足十几人，聚拢在徐昕和周烨君两边问东问西。人群中有沈星文，也有赵朱平。赵朱平的出现让纪佳程又在猜疑他是不是会介入本案——他对益度律师事务所之前的内战一无所知。

一下子来了这么多人要求旁听，着实让法院紧张了一把，本来安排的是个小法庭，经过协调，临时调换了一个中等大小的法庭，才让这些人坐下。法庭下边泾渭分明，一边是十几个投资者加上沈星文、赵朱平，有些拥挤；另一边则只有林清和吴部长，孤零零的。

书记员已经就位。沙靓靓开始把案卷排开，填写开庭笔录的时间、地点、案号、案由等事宜。纪佳程则饶有兴趣地看着徐昕那边。徐昕和周烨君已经坐到了原告席上，徐昕笑着和周烨君耳语，笑着和旁听席上的人点头互动，笑着看看案卷，笑着走下去隔着木栏和沈星文小声交谈……

他一直微笑着，一副胸有成竹的样子，俨然一副大律师的风范。这让纪佳程想起了小时候看的电影里的那些在法庭上叱咤风云的香港大律师。

纪佳程一时有点走神，他想起自己当初选择考法学院，就是中了香港电影的毒，结果真的当了律师才发觉现实是骨感的：电影只是电影，和现实脱节严重。办案子是细水长流、润物细无声的，很少有那么慷慨激昂、惊天动地的时候。那些影视里的香港律师似乎都很高大上，现实中却也有很多不靠谱的。纪佳程有一次做一个案子的总控，发现香港事务律师在偷偷增加不必要的程序以便多收律师费后，他暴跳如雷，在电话里问道："你这样做，操守在哪里？你对客户的忠诚度又在哪里？"

他最终没有投诉这位香港律师，虽然法系不同，但是他不想对同行下死手，只是更换了律师。那件事以后，纪佳程就认为，所谓香港律师和内地律师其实差别真的不大。他们显得高大上一点，可能就是因为他们的出庭律师（大律师）穿了件律师袍子吧。

纪佳程收回思绪，抬头望了一眼，嘴里差点说出一句"哎呀我去"。他刚刚还在琢磨香港律师的袍子，就这么一会儿工夫，徐昕和周烨君已经郑重其事地披上律师袍了！

旁听席上响起一阵啧啧声，不少投资人几乎是用敬佩的眼光看着这两位专业味道十足的律师了。与他俩相比，纪佳程和沙靓靓坐在对面，虽然穿着西装和得体的制服，但还是显得单薄了些。

纪佳程不由得苦笑一声，心里说：师兄啊，一个证据交换，又不是开庭，你这也太装了吧……

这就是徐昕的能力，在任何场合他都能迅速抓住在场人士的心。

时间一到，主审法官杨艳辉准时来了，身边跟着法官助理。她进入法庭的时候，看到徐昕和周烨君穿着律师袍，不出意外地愣了一下。

这不是正式开庭，所以不需要那么严格，之前书记员已经核实过出庭人员身份，所以杨艳辉法官简单介绍了一下合议庭组成人员以及法官助理和书记员，询问是否需要回避以后，便直奔主题，表示今天主要听取双方对本案的意见，以及进行证据交换。

“关于何四为诉茶类中心服务合同纠纷一案，双方今天有新的证据提交吗？”杨法官问。

“我们有。”徐昕用稳重、舒缓、温和的声音说，目光坚定而沉稳。他向周烨君点了点头，周烨君便拿了两沓证据，一沓递交给法官，另一沓送到被告这边来。沙靓靓起立双手接过。

不出所料，他真的当庭提交第二轮证据了。纪佳程面无表情地向法官表示“我们今天没有”，随后拿过那沓证据看了起来。

这次的证据共有七组，有工商信息、电信业务查询单、监管信息告知书、证监会通知、监管部门通知、新闻报道，还有一份民事判决书。

纪佳程翻了一下，愣是没看出这些东西想要证明什么来。他抬头看了对方一眼，一脸困惑。这个表情不出所料地落到了徐昕眼里，徐昕微笑着对纪佳程点了点头。

那模样，有点自信，似乎还带有一丝怜悯。两相对比，徐昕那边显然气势十足。林清知道纪佳程的底，脸上还挂得住，吴瑛部长已经有点紧张了。

“你们需要时间看一看吗？”杨艳辉法官问。

“不用，先开吧，我可能今天质证不了。”纪佳程说。

杨艳辉法官点点头。原告的证据是今天才提交的，被告方无法当庭质证也是合理的。她作风比较利落，立刻开始推进：“原告，你的诉讼请求有没有变化？”

在杨艳辉法官询问的时候，书记员开始嗒嗒嗒地打字。

“没有变化。”徐昕表示。

“简要陈述一下诉讼请求以及事实和理由。”杨艳辉法官指示。

“好。”徐昕道骨仙风地说，随后吩咐周烨君，周烨君开始宣读诉状。法官说“简要陈述”，周烨君却抑扬顿挫地把整个诉状一字不漏地读了一遍，语气加得还恰到好处，特别是描述茶类中心如何违法的时候，那口气几乎是在控诉。

杨艳辉法官很明显有些无奈，作为法官她不能打断原告宣读诉状。纪佳程扫了一眼旁听席上众人的表情，心里估计这肯定是徐昕的安排——他不需要多么专业，让当事人听着过瘾就行。

等周烨君磨刀霍霍地念完了，旁听席上有些骚动。沈星文压低声音说：“专业伐？徐律师老灵的。”身边的几个人大点其头。

杨艳辉法官转向纪佳程，询问：“被告，你们这边的答辩意见有没有？”

纪佳程看了一眼沙靓靓，沙靓靓摇摇头，表示自己还是有点胆怯。纪佳程笑了笑，拉过话筒。

“被告方现在无法发表答辩意见。”

这句话音一落，吴瑛部长面如土色，徐昕和周烨君都有些吃惊，旁听席上的投资人们一下子活了起来。

“这是什么意思？”杨艳辉法官问。她以前和纪佳程打过交道，知道纪佳程这样的老手向来对法庭相当尊重，不会做出捣乱和搅庭的事儿来。但是纪佳程这样的答复实在是太令人意外了。

“被告方在答辩之前，希望先厘清本案的案由。”纪佳程说，“一个案件只能有一个案由，案由反映本案的基本法律关系，这是案件审理的基本原则。可是原告的诉讼请求太模糊了，事实陈述中体现出来的法律关系太多了，我们虽然很努力地去划分，但还是不能明白原告想告的是什么。所以我们请求原告对此加以明确，这样我们才能有针对性地准备答辩和准备证据。”

旁听席上的人都有些发蒙，徐昕和周烨君的脸色却凝重起来。

“请仔细解释一下。”杨艳辉法官指示。

“好的。”纪佳程说，“首先我们来说一下他的诉讼请求。原告的第一项诉讼请求是判令原告在茶类中心的开户以及全部交易行为无效，可是这案子里交易已经实际发生，开户行为也已经实际发生，他是基于什么要求行为无效？再说，开户是一种服务合同行为，交易是买卖合同行为，一个案子里面怎么能够审两个合同关系呢？他主张行为无效，那么合同是否也无效？他到底是基于合同无效而主张行为无效，还是单纯主张行为无效而合同有效？”

这一串说起来有点像绕口令，却每一句都抓在了点子上。旁听席上的投资人们有些发蒙，沈星文不明所以，赵朱平却眼睛发亮。原告席上，徐昕和周烨君的脸都阴沉下来。

“这还只是第一条。”纪佳程说，“他第二条要求赔偿又是基于什么法律关系？再看他的事实和理由，把茶类中心写得近乎诈骗或者进行非法期货交易，这应该是刑事案件啊。”

在他说的时候，沙靓靓近乎是崇拜地看着他。

纪佳程望着杨艳辉法官，发现杨法官盯着原告的诉状眉头紧锁，知道她捕捉到了自己想要表达的意思。这也是位庭长级别的资深法官了，纪佳程稍微一提示，她就也发现了问题所在。这时候对面的徐昕和周烨君已经在低声交流了，脸色非常难看。

“原告代理人，”杨艳辉法官转向徐昕说，“被告代理人说的话是有道理的，我刚才看了你的诉状，确实有这个问题。你能说明一下，你认为本案的案由是什么吗？”

“是服务合同纠纷。”周烨君回答道。

“你主张开户行为无效，那么你是否主张合同无效？”杨艳辉法官问。

“……是。”

“交易行为是买卖合同项下的行为，你已经确认和茶类中心是服务合同关系，这是两个不同的合同关系。你在服务合同的案子里主张买卖合同行为无效？”

“我们的意思是这样的，”徐昕不说话，周烨君只好硬着头皮往下说，“开户就是为了进行后续的交易，所以一旦开户行为无效，那么这些交易行为也应该无效。”

“你的买卖合同的对方是谁？”杨艳辉法官问，“是被告吗？”

“不是……”周烨君无奈地说。

“那你起诉被告交易行为无效，有什么意义？”杨艳辉法官直接说，“你这诉讼请求要变更一下吗？在你不明确诉讼请求、不明确案由的情况下，被告代理人的确难以进行实质性的答辩。”

至此，纪佳程只提了两个质疑，连自己的答辩意见都没暴露，就已经把徐昕一方的诉讼节奏和计划打得溃不成军。沙靓靓几乎要变成星星眼了。

徐昕和周烨君商量了一下，申请说：“关于诉请的明确，我们在庭后书面向法院确认，希望法庭许可。”

这要是搁以往，杨艳辉法官直接就给驳回去了：自己的诉请都不能明确，还要回去考虑？可是这次的案子是系列案，影响大，范围广，她不得不慎重，于是她给徐昕三个工作日的时间来明确。随后她征求纪佳程的意见，说：“尽管如此，法庭还是希望被告能够对原告的部分证据进行质证。”

这个面子是一定要给的，纪佳程点头同意，说对之前收到的五组证据同意进行质证，但是自己这边相应的证据，要等原告方明确了诉请和案由后才能准备和提交，希望法庭给予相应的举证时间。

这个要求是合理的，杨艳辉法官立刻予以批准。

纪佳程同意质证，对面的徐昕和周烨君也松了口气。今天一开庭就被纪佳程打得七零八落，如果连质证都不能进行下去，他们在客户面前、在沈星文和赵朱平面前就太丢脸了。这时候，旁听席上的人看徐昕和周烨君的眼神已经有点不对了——就算不是专业人士，谁占上风还是看得出来的。

周烨君举出了立案时的五组证据，包括主管部门的告知书、茶类中心工作人员与投资者的聊天记录、账户交易明细、剩余资金记录、银行流水对账单。他首先说，证据里放入主管部门的告知书目的是证明茶类中心没有期货交易资质。

纪佳程对这份证据的真实性表示认可，但是对于证明目的提出异议。他说茶类中心是现货交易平台，不需要“期货交易资质”，而且本案中也不存在期货交易行为，所以这份证据没有任何意义。

周烨君的第二份证据是QQ聊天记录，证明目的是茶类中心工作人员建立了所谓“喊单群”，在QQ群里指导投资者购买产品，导致了投资者损失。

纪佳程对这份证据的“三性”全部不认可。他表示：其一，这份QQ聊天记录是一份复制下来的打印件，不是原始记录，所以证据形式不符合规定；其二，仅从内容来看，根本看不出里面每个人在现实中是谁，比如某个网名为“水木年华”的发言者，如何把他与现实中的某个人对照起来；其三，整个聊天记录只是一些人在问某老师投资哪种茶比较好，完全没有提到这个某老师是茶类中心的员工；其四，茶类中心在本案中只是个平台，不是交易参与者，没有必要并且事实上也从未设立过任何QQ群对投资者进行引导。

周烨君的第三、第四份证据分别是账户交易明细和剩余资金记录，他以此证明何四为在本平台上一直是亏损的，茶类中心应对何四为的损失负责。

这两份文件是徐昕单方制作的，对这两份证据的质证意见，纪佳程精心考虑过。他可以以“单方制作”为由拒绝认可，但是最终还是要对数据是否真实发表意见的。在此之前，他已经请何华王纪集团的财务人员进行了核实，所以此刻他向法官表示：为了查明事实，自己曾向公司进行核实，所以尽管证据形式不合要求，但是自己认可这份证据中数据的真实性。

这样的做法有助于得到法官的好感，使之认为这边相对尊重事实。

但是与此同时，纪佳程向法官提出：这两份证据恰恰说明所有的开户行为和交易行为是不可能无效的，因为从证据上看，何四为至少与不同的交易对家进行了上千笔交易，交易已经实际发生，资金和货物流转已经完成，并且他还有多次买来后转卖的行为。在一切无法恢复原状、交易牵涉案外人的情况下，怎么能说开户行为和交易行为无效呢?

第五份证据是银行流水对账单，证明目的与之前相同。这里面还出了个小插曲，周烨君手忙脚乱地找了半天都没找到原件，引得徐昕脸色发黑，旁听席上的投资人交头接耳。

纪佳程有些意外，感觉周烨君并不是这么不仔细的人。不过他没多想，说尽管没有原件，对真实性还是表示认可（周烨君感激地笑了笑）。但是对于这份文件所要说明的问题，纪佳程除了前面的意见，又提出了新的两点：

一、从银行流水来看，何四为并不是一直亏的，也有赚的时候。

二、这份银行流水更加证明资金、账号完全是投资人本人在控制。

基于以上两点，纪佳程认为茶类中心没有理由承担投资人的市场风险和交易损失。

原告的第一部分证据就此质证完毕，纪佳程在答辩意见没发表、什么证据都没交的情况下，反而利用对方证据完成了反杀。此时旁听席上已经变得死气沉沉，投资人们失去了开庭前的活力，沈星文脸色阴沉，赵朱平面无表情。林清和吴瑛部长倒是满脸阳光。

双方律师隔着法庭相对，徐昕和周烨君身上的律师袍现在看起来有点讽刺和扎眼。纪佳程脸色也是凝重的，他知道这只是开始。在质证过程中，他没有过于纠结本案是不是“非法期货交易”，只是纠结“是不是投资人自己交易的”，想给徐昕造成“纪佳程回避期货交易这个话题”的印象。

双方真正的较量，应该是正式开庭的时候，而且必定会集中在“非法期货交易”这一点上。

在他旁边，沙靓靓笑得眼睛都眯起来了。

第十三章
可怕的推测

纪佳程对最后一份证据的质证意见显然引起了杨艳辉法官的重视。她询问徐昕，投资人的每一笔交易是不是投资人本人“自主决定、自主操作”的。对此，徐昕表示“回去核实”。

“这个问题难道不是一开始就要向客户了解清楚的吗？”杨艳辉法官皱着眉头问。

“因为对方操作系统很复杂，”徐昕解释说，“所以这个，这个投资人交易啊，嗯，是受到影响的。”

谁都能听出这话莫名其妙。法官显得很困惑，问道：“你没有回答我的问题，而且你说的这些东西我听不明白。交易系统复杂与否和他是不是自主交易有什么关系？你是指那些交易不是投资人自己操作的？是茶类中心代为买卖的？”

“哦，这个倒也不是……”徐昕头上冒出了汗。

“原告代理人，这样吧，”杨艳辉法官说，“你回去录一下视频，从你的客户的操作端打开、登录，到选择交易对象和品种，如何进行交易的全流程，你把这个全流程拍摄下来以后，刻录成光盘提交给法庭。听到没有？法庭的目的是要了解这些交易的细节，这样有助于法庭进行判断。”

“好的。”周烨君在纸上记录着。

“今天证据交换就到这里，”杨艳辉法官说，“下次证据交换的时间另行通知。原告这边尽快明确诉请和案由，明确了以后，被告这边要有效率地进行答辩和举证。一会儿你们核对一下笔录，确认无误后签字。”她一边说一边把案卷整理了一下，交给法官助理，随后扫了一眼旁听席，起身离开了。

虽然不是正式开庭程序，纪佳程仍然站起来目送法官离开。徐昕和周烨君倒是坐在座位上没动。法官刚一离开，那些投资人轰地一下就涌入了审判区，开始围着徐昕和周烨君七嘴八舌。

书记员叫了起来：“不要进入审判区！有话到外面去谈，律师先签笔录！”

纪佳程脸上带着温和的笑，这副笑脸是给别人看的，他的心里却在转着圈儿。他看出那些投资者已经不淡定了。此外，杨艳辉法官要求徐昕提供交易流程视频这件事实在是出乎纪佳程的意料，他必须回去让何华王纪集团的业务人员先去录一遍，做到让自己心里有数。

有些事情就怕追究细节，只有把每个细节都掌握，才能应对突发状况。徐昕今天在法庭上吃瘪，就是因为没有把这案子的细节研究透，以为掌握了大的方向就可以高枕无忧了。经过今天这一场，徐昕必然会慎之又慎，接下来的对抗必然会更加艰苦。

仔细核对完笔录并且签好字，纪佳程、沙靓靓、林清、吴部长从法庭里走出来。沙靓靓兴高采烈，抓着纪佳程的袖子说：“老大，你今天实在是太帅了！”

“是吗？”纪佳程假意谦虚，内心深处却觉得这小姑娘特别识货，说话得体，见识客观。

“真的！”沙靓靓像个小女孩一样跳了一下，一瞬间，她似乎又回到了校园时代，“你没看对方的脸色，老大，你水平真高，这绝对是把对方打得没有招架之力！”

纪佳程谦虚地笑着。林清在后面盯着沙靓靓抓着纪佳程袖子的手，又移开目光。

他们走出法院大门时，发现徐昕被那些投资者围着。很奇怪，就这么一会儿工夫，徐大律师又恢复了气定神闲、胸有成竹、谈笑自若的样子，挺着肚子对投资者们高谈阔论，光看表情，还以为他今天在法庭里面把纪佳程收拾了一顿。

纪佳程没说什么，直接走过去了。他们来到停车场，和林清、吴部长分了手。林清和吴部长去何华王纪集团，纪佳程和沙靓靓回律所。来到车边，纪佳程坐进车里，沙靓靓一拉车门，坐到了副驾驶座上。

纪佳程怔了一下，看到沙靓靓兴冲冲的样子，没有多说什么，发动了车子。

“林律师，看什么呢？”吴部长在后座上问。

林清望着纪佳程的车远去，收回目光，说：“没什么。”

中午的时候，纪佳程带着沙靓靓到办公室附近的港式茶餐厅吃套餐，沙靓靓大失所望。她本以为纪佳程上午在法庭上逞了威风，会带她吃顿大餐，哪想到纪律师是穷鬼一个。

“嫂子平时管你管得这么严啊？”她问纪佳程，“这对你也太不公平了。”

“嗯，你嫂子呢，是管我管得严了点。”纪佳程说，“不过这不也挺好的嘛，是吧？吃你的吧。”

“要是我的话，可不会对自己男人这么抠门。”沙靓靓说。

纪佳程苦笑一声，埋头吃饭。

“老大，你那里够吗？”沙靓靓问，“我饭量小，拨一些米饭和葱油鸡给你吧，我吃不了。”

“不用，我快吃完了。”

吃完饭回办公室的路上，纪佳程满脑子又在琢磨徐昕。今天上午徐昕的表现实在是让他大跌眼镜，这就类似你铆足了劲想大打一场，结果对方只有“青铜段位”。可是徐昕的实力真的就是那样？还有周烨君，真的那么弱？

回到办公室，纪佳程重新看了一会儿案卷，把周烨君今天提交的第二轮证据交给沙靓靓去写质证意见，然后打开了文件柜。

他对徐昕的实力更感兴趣了。

林清调取来的五个案卷还躺在那里，纪佳程把它们“一”字排在桌子上，开始简略地浏览。这几个案子有合同纠纷、继承纠纷，当然，还有丁龙斌的那个借贷纠纷。他扫了一轮，最终还是把目光重点放在了丁龙斌这个案子上。

诉状写得挺简短，1998年10月，被告丁龙斌以做生意为由向原告沈星文借款人民币两千二百八十万元，口头承诺1999年1月底之前还清。同年10月21日，沈星文将款项出借给丁龙斌，但丁龙斌到期不还。

接下来，纪佳程看到了一份舒琳雯的答辩状。

个人被告郑重其事地写一份书面答辩状的情形比较少见，但也不是不可能，真正让纪佳程感到怪异的是这份答辩状的内容。答辩状内容明确：一、确认丁龙斌确实向沈星文借款了，这事儿她知道；二、当初确实约定1999年1月还款，沈星文来要过好几次钱；三、那些钱都是老公丁龙斌说了算，具体怎么用的她不知道；四、关于如何承担责任，尊重法庭判决；五、丁龙斌收到法院的传票和文件了，可是他不肯来。

最后一条足以让法院认定“被告丁龙斌经人民法院传票传唤无正当理由拒不到庭参加诉讼”，然后进行缺席审理。

纪佳程带着疑问，开始翻阅后面的证据。沈星文提供了一份银行卡交易明细，里面清楚地证明，在1998年10月，不断有巨额款项汇入沈星文的账户，最终达到了两千二百八十五万元，沈星文将其中的两千二百八十万元于1998年10月21日汇入了丁龙斌名下的账户。

沈星文真的向丁龙斌汇了两千多万。这个地痞流氓，在1998年时能有两千二百八十万元的身价？

后面的材料就是法院的传票什么的了，看得出法院对这个案子还是很谨慎的，这么少的证据材料，这么简单的案情，法院居然开了三次庭。最终法院还是认为：“上述事实，主要有原告的陈述及其提交的银行卡交易明细清单、被告舒琳雯的陈述等证据证明，本院予以确认并佐证在卷。”“……原告向本院提交的银行卡交易明细清单，对借款的原因、借款的交付方式进行了合理说明，并得到被告舒琳雯之佐证，可以确定原、被告之间的借贷法律关系确实存在。原告现要求被告偿还人民币22 800 000.00元借款，对于该请求本院予以支持。”

换纪佳程去审，基于现有的证据，大概也只能这么判了。

纪佳程又看了一遍舒琳雯的答辩状，心中的疑惑越来越强烈，因为这份答辩状足以把丁龙斌置于死地。纪佳程相信当时审理的法官心里也会暗暗疑问：“你和你老公有仇吧？”

这是两口子之间能做出来的事儿？舒琳雯简直完全是在配合原告。难怪后来离婚了，这样“大义灭亲”的媳妇，不跟丈夫离婚才怪。

等等。纪佳程抓住了脑子刚刚过去的那句话：“简直完全是在配合原告”。他又看了一遍答辩状，细细琢磨了一遍，最终做出了一个推测：

舒琳雯这个女人，难道真的是在配合沈星文和徐昕，置自己的老公于死地？

可是纪佳程立刻又把这个推测给否决了。

他觉得这个推测太可怕、太阴暗，世上怎么会有人这样害自己的老公呢？没有道理啊。再说，那时候《最高人民法院关于适用〈中华人民共和国婚姻法〉若干问题的解释（三）》还没出来，丈夫借的钱是被视为夫妻共同债务的，也就是说妻子也要承担还款责任。舒琳雯是有律师的，她应该知道这样的后果。害自己老公，等同于害自己。

但是，又如何解读舒琳雯的表现呢？

置老公于死地的答辩；自己一并承担还款责任的后果；离婚；跳楼……舒琳雯这矛盾重重的做法，合理性到底在哪？

纪佳程发了半天呆。他本来想通过这个案子一窥徐昕的办案风格，如今却被这个案子的离奇之处套住了。

丁龙斌“从天而降”，砸在身后那辆车上的情景又在他脑中一闪而过。

“砰！”

纪佳程哆嗦了一下，抬头一看，发现是沙靓靓进来给他倒茶，不小心把桌子上的一本书碰到地上去了。纪佳程看了看地上的书，又抬起头来盯着沙靓靓。

沙靓靓眼角的余光发现了纪佳程在看她。她低着头把纪佳程杯子里的冷茶倒掉，又倒了杯热茶。抬起头发现纪佳程还在看她，脸不禁一红，又低下头。

纪佳程把目光从沙靓靓脸上移开，望了望天花板。过了一会儿，他的目光又回到了沙靓靓身上。沙靓靓恰恰又抬起头来，发现纪佳程还在看着她，于是她大胆地迎着纪佳程的目光。

纪佳程没注意到这一点。他看着沙靓靓，脑子里搜索着沙靓靓曾经说的那些信息的碎片。

“……档案里没有写明死因，所以我摘抄时问了这事儿，……正好一个老警察过来看一眼，说：‘哎，这名字有印象。’我马上叫他爷叔，说：‘侬帮帮忙，能想起什么不？’那个老爷叔说：‘这家人嘛，当初是我师父管辖片区的，男的好像是个老板，生意失败跳楼了。伊老婆看伊变穷光蛋，本来和他闹离婚，后来不知怎么又后悔了，也跑到同一个地方跳楼了。这事情当时蛮大的。’——我就问在哪里跳的楼，老爷叔说好像是在淮海路那里……”

“……老爷叔说，当年这事情闹得蛮大，社区民警要走访知情人的。有一个当年的员工在他们管辖的片区，现在在做居委会阿姨，和他还有联系的。……”

…………

纪佳程眉毛一抬，眼睛里一下子有了神采。他望着沙靓靓，那个小姑娘正在与他对视。

“小沙，你还记得你上次去派出所摘抄的事吗？”纪佳程开口问。

“啊？……啊……记——记得。”沙靓靓一怔，连忙回答。

“好。”纪佳程说，“那位派出所老爷叔不是讲，有一个笛声商贸当年的员工在他们片区，现在在居委会做事吗？是位女士？”

“是啊。”沙靓靓回忆着。

“案子目前没有更多需要做的。”纪佳程说，“你这两天专心做一件事：找到这位女士，了解一下笛声商贸当年发生了什么事，怎么倒闭的，特别是有关丁龙斌和舒琳雯的事。”

“哦……”沙靓靓说，“可是这事儿和我们的案子有什么关系吗？”

“这个不用你管，你去做就行了。”纪佳程说，“这两天就去，记住，有关的讯息都记录下来，越详细越好。”

“我……我怕我做不好……”沙靓靓胆怯地说，“我能去打听，可是我不知道该谈什么。万一有遗漏怎么办？”

“那你就去打听一下这位女士的联系方式，”纪佳程皱起眉头，“我去和她谈！”

当纪佳程走进那个叫作松园的居民小区时，小区里正在施工，似乎是要把所有的楼房外墙重新粉刷一遍。道路两侧堆着铁管子和竹条，显得有些杂乱。他向保安打听了一下居委会的位置，就踩着地上斑驳的石灰痕迹向前走去。

这是个老小区，所有的楼房都是六层高的老式楼房，无电梯，每层四户。楼道的窗户没有玻璃，黑洞洞地“看着”来往的路人。

这个小区位于沪江东畔，靠近中心金融区，是当年开发沪东时最早的一片楼盘。随着岁月的流逝，更多高楼和现代化住宅拔地而起，当年整齐划一的老式住宅小区逐渐被淹没在四周的现代化钢筋水泥中，显得低矮破旧，被市民称为“老破小”。打七年前开始，就有拆迁办的人过来谈拆迁，但是这里是市中心，地段好，别看房子破，每平方米价格都在七八万元。拆迁的人谈了一圈后得出结论——“拆不起”，便拍屁股走人了，于是这些陈旧的楼房就继续陈旧下去。

再后来，周围建了一条又一条的地铁线路，政府又派人定期粉刷楼房外观（省得太难看，影响市容），特别是这一片被划进了沪东最好的几所学校的学区，让这里的房价一飞冲天。别看房子又破又小，来买的人却多，有钱还不一定能买得到。

在这个城市，再破的房子也是钱啊。

工作时间，居民小区里来往的人不多，纪佳程走过小区的小广场时，只看到两位老太太坐在长椅上说话，远处几个小朋友在嬉戏。他按照保安的指示，走过小广场。接下来，他只要在前面的楼前右转，走到底，就能到居委会了。

将要穿过小广场时，他突然听到了喊声。回头望去，只见刚才长椅上两位老太太中的一个已经倒在了长椅前的地上。

纪佳程愣了一下，立刻转身狂奔过去。奔到长椅前时，另一位穿着素色汗衫的老太太正拄着拐杖努力弯腰，嘴里带着哭腔叫着："葛家阿姆，侬哪能啦？"

"阿婆你坐下！"纪佳程厉声喊道，随后把背包扔到一边，单膝跪下来。地上的老太太穿着碎花汗衫，白色的头发散乱，双目紧闭。纪佳程本想把她扶起来，突然想到这个老太太刚才摔倒时有可能磕到了头部，擅自移动可能会加重伤势，便立刻打消了移动她身体的念头，拿起电话开始拨打120。

"哎呀，哪能啦，刚才还好好的！"素色汗衫阿婆叫着，"伊心脏有毛病哦！"

这就要命了，心脏病突发需要迅速服药，这就顾不得老太太是不是摔到头部了。纪佳程听了，火速在地上老太太的口袋里摸了摸，又翻了一下长椅上遗留的手袋，却没找到药品。

"居委会小姑娘那里也有的！"素色汗衫阿婆说。

纪佳程撒腿就往居委会方向狂奔，跑得气喘吁吁。撞开居委会的玻璃门时，他看见前面有一张横桌，一位穿着蓝色马甲的女士正在和几位办事的老年人说着什么。

“有老人在小广场上摔倒，可能是心脏病发作！”纪佳程喘着说。

不到半秒钟，那位女士就跳了起来，扯下了墙上的一个袋子，从纪佳程身边撞开另一扇玻璃门飞奔了出去。纪佳程喘了一口，转身跟了过去。在他前方，蓝马甲女士也在飞跑，别看她穿着高跟鞋，纪佳程愣是追不上她。

第十四章
5月17日

老人最终转危为安。

居委会女士拎的那个袋子里有速效救心丸和纯净水，她给老人灌了下去，不久救护车就进入了小区。在此期间，老人的女儿慌慌张张地赶到了。纪佳程帮着她们把那位老人送上了救护车。

救护车闪着灯鸣着笛驶离，纪佳程捡起自己的背包，琢磨刚才那一扔是不是把自己的电脑摔坏了。抬起头来，那位蓝马甲女士抹着额头上的汗水，露出感谢的笑容。

“多谢你啦，”她说，“哎哟，幸好你及时来通知。”

“你这包里还备着药啊？”纪佳程问。

“阿拉小区里厢老年人多来西，”蓝马甲女士说，“子女上班，老人在家里哪能办？终归是阿拉居委会每天去看看，不要出啥事体。这小区的老人家有啥病，阿拉都清清爽爽，一些常用药嘛也备着，要救命的。这些老年人啊，毛病真是耽搁不得的。”

“是吗？”纪佳程感叹道，“这居委会的工作真不好干。”他拍去包上的泥土，问道，“正好您在居委会，能向您打听个人吗？”

“谁啊？”听到纪佳程一直讲普通话，这位女士也说普通话了。

“一位叫周逸馨的女士。”纪佳程说。

“你找我？”这位女士一怔，上下打量了纪佳程一下，问道，“我就是，你寻我做啥？”

“您就是周女士？”纪佳程先是惊讶，然后就露出笑容，“您好，我姓纪，是个律师，这是我的名片。”他抽出一张名片双手递给周逸馨。

周逸馨眉头微微皱着，但是也双手接了过来，这个举动给了纪佳程很好的印象。她看了看名片上的字，又抬头看了看纪佳程，狐疑道：“我没有和别人有啥纠纷吧？”

“不是不是，您别误会。”纪佳程忙说，“我找您是想了解点以前发生的一些事，跟您个人是不搭界的。”

“啥事情？”周逸馨问，“有啥事边走边讲好了，我现在得赶紧回居委会去，那里还有老人家在等着呢。”

纪佳程点点头，跟在她身边，说道：“您以前是在笛声商贸公司工作过吗？”

“哦？你怎么晓得？”周逸馨停住脚步问。

“这事儿说来话长。”纪佳程说，“您看能不能找个地方一起坐一下？我想向您了解点事情。”

“想了解什么？”

“几句话还真说不清楚。”纪佳程诚恳地说，“我这里有事情涉及当年发生的事，所以想了解一下。实在不好意思，可能需要占用一点您的时间。”

周逸馨皱着眉头，有点犹豫。纪佳程想，如果自己遇到一个不认识的人，莫名其妙地向自己打听十几年前的事，自己很大概率会拒绝。或许是刚才救援那位老人给她留下了比较好的印象吧，周逸馨没有直接拒绝，而是说："我这里还有许多事，居委会还有那么多老人家来办事。"

"没关系，我坐在这里等您，"纪佳程热情地说，"等您时间稍微空一点，我们再谈。——我看小区门口有一家咖啡厅，我们可以在那里谈一下，您看行吗？"

"你要了解的事情，对我没啥影响吧？"周逸馨问道。

"我向您保证绝对没有。"纪佳程说，"我只是想了解一些过去的事，解开一些谜团，对您不会有任何影响。"

周逸馨犹豫了一下，最后说："这样吧，你先到咖啡厅里等我，我把这些老人的事情处理掉就过去。阿拉居委会里不能没有人的，我要等其他人办事回来才能出来。"

"没问题！"纪佳程说，"那我去那里等您。"

等周逸馨的背影消失在居委会的门后，纪佳程转身走向小区大门口。他来到那家咖啡厅，找了个靠窗的位置坐下，点了杯榛果拿铁。在咖啡上来之前，他检查了一下电脑以确定它没有被刚才那一下摔坏。

随后他回想了一下刚才对周逸馨的印象，脑子里简要地分析了一下这位女士。从外表来看，周逸馨应该是一个比较讲究的女人，至少她一直竭力做到如此——打扮利索而得体，化着淡妆。从刚才的表现来看，她还有一定的警惕性，和她交流时最好真诚点。如果她觉得你在隐瞒什么，可能就不会继续交流下去了。

他在那里喝了半杯咖啡，望着窗外的街道。大约过了四十分钟，咖啡厅的门被推开，周逸馨走了进来。纪佳程赶忙站起来，再度为占用她的时间表示歉意和感谢。征得她的同意后，纪佳程为她点了一杯锡兰红茶。

做这一切的时候，纪佳程又迅速地观察了一下她，对自己的判断更加确定了一点。

作为一个五十多岁的女人，她无疑还是精致的，头发烫得微微卷曲，化着淡妆，嘴唇上涂着口红，肤色很白。只是她脸上的粉底已经遮不住眼角细细的鱼尾纹，毛衫的领口和袖口也有些粗糙了。她拿着的汤姆伯奇包看起来已经有点旧了。

这是一个有小资情调的女人，或许她的收入并不能支持她这样的情调，但是她仍然竭力在往那个方向靠拢。

纪佳程觉得自己选对了地方。碎花沙发，洁白的桌布，精致的花边白瓷杯里，红茶冒着热气。桌上的花瓶里插着鲜花，咖啡厅里放着轻柔的音乐，周逸馨应该会喜欢这里的。

两个人都坐好以后，纪佳程再次感谢道："多谢您能来。这次找您实在是冒昧，主要是在工作的过程中，我无意中发现了笛声商贸那个案子，所以想向您了解一些情况。"

"过去很多年了，为什么要了解那个案子？"周逸馨问。

"因为那个案子很诡异，我看不懂。"纪佳程说，"而且后面发生了很多事，我想把里面的这些关系理顺。"

"你和这个案子有什么关系吗？"周逸馨问，"你这样上心，难道说你要翻那个案子？"

"翻案子？不是。"纪佳程不由一愣。

"那你了解这件事，有什么意义呢？"周逸馨用探询的目光盯着纪佳程。

纪佳程脑海里转了一下，决定诚实一点，以博取她的信任。于是他诚恳地说："我不瞒您，那个案子里有什么事情，为什么要翻案，我现在真的不清楚。我现在调查的事是否涉及翻案，也还不能确定，这可能要取决于您跟我讲什么。周女士，您以前在笛声商贸工作，想必了解丁龙斌、舒琳雯还有那些员工，会了解一些事情，比如当年发生了什么。我来找您就是因为我想了解那些事。至于我为什么要了解，一个是办案需要，另一个是因为我个人和这件事也有一定的联系。”

“和这件事有联系？什么联系？”周逸馨问。

“丁先生是坠楼而死的，对吧？”纪佳程说，“那一天我就在现场。他坠落在我的身后。”

周逸馨一愣，睁大眼睛盯着纪佳程。她看到的是一张坦诚的脸。二人陷入了沉默。周逸馨把脸扭向窗外，望了好久，纪佳程看到她的眼眶似乎红了。

“老板是个好人啊。”周逸馨低声说，“他不该是这个下场的。”

纪佳程没说话。半晌，周逸馨轻声问：“你想了解什么？”

“关于笛声商贸、丁龙斌、舒琳雯的一切。”纪佳程说，“要不先讲讲丁老板，他是怎样的一个人呢？”

“你要是不嫌长，我就讲给你听。”周逸馨长长地叹了口气，“十几年了，如果不是今天你来问，我还以为这件事、这些人再也没有人会提起了。”

纪佳程取出录音笔，用探询的眼光望了望周逸馨，见她没有什么反对的意思，就按了一下按钮，等蓝灯亮起来，把它放到了桌子上。

“这个要从头讲了。”周逸馨放下茶杯，纪佳程立刻端起茶壶，往她的杯里加了点热的红茶。周逸馨舀了一勺砂糖放在红茶里，用银匙轻轻搅动着。

“阿拉笛声商贸的老板就是丁龙斌，老板娘叫舒琳雯，笛声商贸就是他们俩创办的。丁老板这个人有良心，对我们这些员工老厚道的，还带我们到外地去旅游。吃吃住住的，都是丁老板花钱。那些年经济好，丁老板这个人会做生意，能拉来好多订单，木材、服装、机电，什么都出口，公司赚钱赚得不得了。”

“那后来怎么会倒闭呢？”纪佳程问，“亏损了吗？”

“哪里亏损了？”周逸馨说，“被老板娘祸害掉了！别看这公司是他们夫妻两个创办的，其实只有丁老板一个人在打理，老板娘很少来的，偶尔来看看就走了。我们背后都说啊，老板娘的命好，嫁了个好老公，身上穿的手上戴的，全是名牌。老板对老板娘完全是宠着来的，要什么给什么，赚多少钱都要给老婆花的。”

纪佳程点点头。

“本来这样下去蛮好的，可是不知为什么，老板娘就不安分了，在外面轧了个姘头，你晓得吧，就是找‘小狼狗’。找了这个‘小狼狗’以后啊，老板娘就开始和老板闹着离婚了。”

她望了纪佳程一眼：“哎，那个‘小狼狗’，也是个律师呢。”

纪佳程苦笑一声，这句“也是个律师”的参照物显然是自己。这让他有些无奈，但他知道周逸馨没有恶意，便说道：“是吗？”

“是呀。这个‘小狼狗’真的没起好作用。后来好多事情都是他搞的。”

“哦？”

“老板娘和老板谈不拢，就到法院打离婚官司，这个‘小狼狗’就是老板娘的律师。结果‘小狼狗’和老板娘串通，把所有财产都撬走了，还让老板背了两千多万元的债，笛声商贸就破产了。”

纪佳程的眉头微微皱起来。作为律师，他觉得周逸馨这番话信息量颇大。

第一，离婚分割财产原则上来说是一人一半。所以从基本盘上来说，丁龙斌无论如何也不应该是财产全无，还背了两千多万元的债务。这对外的欠债让他想起了沈星文的那两千二百八十万元。

第二，丁龙斌假如借这么多钱，一定是用于经营。如果这是公司债务，就不应该和个人财产挂钩。假如是个人债务，笛声商贸就不应该破产。当然，纪佳程知道在现实中债主根本不管那一套，管你是公司还是个人欠钱，债主直接就上门找个人要钱。

纪佳程追问道："您怎么会知道这些详情呢？"

周逸馨叹了口气："这件事，我还真的知道。老板死前那两天，曾经见过我，跟我说了一些话。"

纪佳程问："他说了什么？"

周逸馨端起茶杯抿了一口，脸色黯然。

"公司倒了以后，债主一天到晚追着老板要钱，老板只好东躲西藏。我们这些老员工没有遣散费，生活都没有了着落。大概过了一个月，有一天老板突然给我打电话，当时电话里他的声音又沙又哑。我听到他的声音，赶紧向他要遣散费。他当时向我打听大家的近况，我就跟他讲，黄春玲两口子和陈橙家里目前最困难，大人都生了毛病，老板一定要想办法帮帮他们，他们小孩子还小哦。还有，我们大家都没了工作，老板你要给大家一个交代。老板说他不能露面，那些债主都在找他，他叫我到通北路那边的一个老小区里和他见面。我惦记着遣散费，就赶过去了。

"见到老板时，我吓了一跳。只见老板身上的衣服脏兮兮的。他胡子拉碴，头发乱蓬蓬的，不知道多潦倒。见了我的面他就哭了，他跟我说，老板娘串通了那个'小狼狗'，已经提前把财产转移得干干净净，一点都不剩，还伪造了一笔几千万元的借款，说这是夫妻共同债务。那个'小狼狗'找了外面的人，做了一套材料，银行转账记录什么的都有，老板娘再证明确有其事，法院就判决还钱。就这么莫名其妙的，老板的财产全没了，还背了几千万元的债，现在只能东躲西藏地过日子。

"可是就这样子，他还在惦记我们这些员工。他说一个朋友答应借给他二十万块钱，他打算拿来给我们这些老员工，叫我两天后到淮海路那边等他。他从朋友那里拿了钱就立刻给我，叫我给大家分一分。他特别强调了一句，既然黄春玲生病了没钱治，要给她多分一点。当时我也掉眼泪，说老板这么好的人，到了这步田地还在挂念我们。这世道对他哪能这么不公平。”

纪佳程忍不住问：“这么好？”

“是啊。”周逸馨说，“老板真的老好的。你知道我们公司这些员工里有多少家庭困难的吗？有一些还就是老板看他们生活太困难了才招进来的。”

这一点出乎纪佳程的意料。在他的印象里，商人都是逐利的，为别人考虑到这种地步的老板还没见过。如果所述属实，丁龙斌真的是一个不折不扣的好人，自己已经落难了，还惦记着曾经手下的员工。

“我跟你举个例子来说吧，”周逸馨说，“就说陈橙，她一个女人家独自抚养不到两岁的女儿，身体又不好，辛苦得不得了，每天都要把孩子交给邻居阿婆帮忙照料。老板看她一个女人带病养女儿不容易，平时照顾她，每天让她晚上班一个小时，早下班一个小时，工资也不少给她。这个够意思吧？”

“绝对够。”纪佳程点头说。

“还有黄春玲两口子，”周逸馨说，“人嘛老本分的。黄春玲是我以前在羊毛衫厂的小姐妹，后来羊毛衫厂倒闭了，我们都下了岗。厂子给每个人发了几十箱子羊毛衫，他们夫妻俩就在街边卖，人又老实，不会做生意，眼看就没有活路。正好我被人介绍进了笛声商贸，丁老板这里还缺人，我就介绍他们两口子也来这里上班。这一干就是好几年。我是销售，她负责做报表。她老公叫周天航，也在我们公司，负责仓库的进出货。”

“她先生您也认识。”

“是啊。”周逸馨说，“都姓周，我们开玩笑认了亲戚。”

“那么后来呢？”纪佳程问。

“我回去后就通知了黄春玲两口子、陈橙，还有几个老员工。大家听了都很高兴，说老板这么好的人，现在还在为我们考虑。到了那一天，嗯，5月17日，我们就按照老板说的，到淮海路的街边去等老板，左等不来，右等不来，有人就怀疑老板在骗我们。我对他们讲，你们要有良心哦，老板要是不想给我们钱，当初就不会给我打电话。他一定是有事情耽搁了，我们应该继续等。”

纪佳程没有插话，后面的事他有了一点预感。

“等来等去，一直到了中午，突然听见警笛响，远处聚了好多人，说有人跳楼了。我们过去看，跳楼的，是，是……”

周逸馨低下头，扯了张纸巾，擦拭着眼角涌出的泪水。

“后来我们有人从警察那里打听了才晓得，老板借了钱，打算来找我们，不知为什么债主突然就出现了，把他手里的钱抢去了。可能老板觉得没脸见我们，就跳楼了。”

“债主怎么知道的呢？”纪佳程问。

“这个我们也不晓得。”周逸馨摇了摇头，“总之，老板就这么死了。作孽啊，这么好的人，老天爷真是不公道的！”

“那个债主是谁？”纪佳程问。

“这个不认识，听说姓沈。”周逸馨擦拭着眼泪。

第十五章
人间惨剧的背后

纪佳程也沉默了，过了半晌，他叹息道：“钱拿不到，这些员工可惨了。”

“是啊，”周逸馨点点头，“下场都很惨的。没有了收入，事情又难找，有的人托人找了别的工作，有的人去当打扫卫生的阿姨，还有的……唉！”

“现在他们还在吗？”纪佳程心里记着前面几个名字，想着打听一下他们的下落，这样可以多找几个人了解情况。

“有的死了，有的跑了。剩下的我已经没有联系方式了。”周逸馨望着窗外远处，“陈橙没了收入，有一天早上像往常一样把孩子放到邻居阿婆家，偷偷往桌子上放了两百块钱，就再也没回来。”

“孩子都不要了？”纪佳程的心不由一抖。当了父母的人听到这样的消息，都会莫名地心痛。

“是啊，那个孩子小名叫静静，当时两岁不到，可怜啊。”

“后来那孩子怎样了？”纪佳程问。他感觉不问的话，自己会难以心安。

“阿婆带了半个月，实在养不了，后来街道的人给送到福利院去了，”周逸馨说，“知道的人都骂陈橙心狠，再苦再难，那是自己的骨肉啊，哪能做出这样的事来！这个人不配当妈啊！”

纪佳程默然。但是听到那个孩子由福利院抚养，他的心里莫名好受了点。

“还有黄春玲，”周逸馨说，“公司倒闭不久，黄春玲夫妻俩就都死了。”

纪佳程问道：“他们是怎么过世的？”

周逸馨的睫毛垂了下来：“黄春玲病死了。公司倒了，连工资都没了，她没有钱治病。身子本来就不好，要长期吃药的，没有收入了，她就从药费上节省，结果病越来越重，家里能卖的都卖了。后来，她就死了。”

虽然早就知道这个结果，但是这句话说出来，还是让纪佳程的胸中微微堵着。他自己也曾经很穷，深知人贫穷时的窘迫。他端起杯子喝了一口已经凉了的咖啡，平复了一下心情，问道：“黄春玲的老公呢？”

“周师傅没几天也死了。”周逸馨苦涩地说。

“怎么死的？”

“撞死的。”周逸馨说。

纪佳程不知说什么好了。过了许久，他问道：“他们的孩子后来怎么样了？”

“不知道，听说后来被远房亲戚收养了，到南方去了，具体我也不清楚。”

纪佳程随口问：“那个孩子叫什么名字？”

“小名叫毛毛，大名不记得了。”

“其他老员工，您还有能联系上的吗？”纪佳程问，“我也想去拜访。”

“真的没有联系了。”周逸馨说，“现在啊已经很难找了，这么多年，手机号都换掉了。”

纪佳程感觉有些遗憾。过了一会儿他问：“那个老板娘和什么‘小狼狗’呢？”

其实他知道舒琳雯的下场，但是他对舒琳雯和情人之间后来发生了什么比较感兴趣。

周逸馨的嘴角露出一丝笑容，任谁都能看出她的笑容带着恨意：“老板娘后来也自杀了，跳了楼。”

纪佳程问：“她为什么会自杀，您了解吗？”

“我也是听说的，听杜海燕说的。”周逸馨说，“杜海燕是我们以前的财务员。她跟我讲，那个女人和老板离了婚，卷走了全部家产，害得我们这些老员工生不如死，结果那个‘小狼狗’和外面的人勾结，把她的钱也全黑掉了。她落得个一无所有，没几个月，也自杀了！”

“杜海燕怎么知道这事儿的？”纪佳程追问。

“据杜海燕讲，那个女人找了她，问她笛声商贸的资产还有没有剩下的，公司账面还有没有应收的账款。”周逸馨用轻蔑的、带着恨意的口气说，“那时候舒琳雯已经很潦倒了。杜海燕一开始还忍着，跟她说公司账上应该还有一些应收的账款，可是公司成了这样，已经没有人去催收了，而且谁还会还钱给公司啊？另外，公司倒了，公司的账目都在办公室里，自己已经不管这些事了。杜海燕又问她，不是和老板离婚了吗，听说财产都归她了，为什么成了这副样子。那个女人就哭，说她被‘小狼狗’骗了，所有的钱都被‘小狼狗’卷走了，而且他翻脸不认人，还要她也承担一半的欠债，有一千来万元。现在她已经被‘小狼狗’赶出来了，人家还说会申请法院执行她。”

纪佳程听到这里，居然有点解气，有一种“天道有循环，报应终不爽”的感觉。

“杜海燕听了以后，控制不住情绪，狠狠地扇了她几个耳光，骂她说：公司被她弄垮了，所有人都被她害死了，自己男人都被害得跳了楼，她现在想着的还是自己，一点抱歉的意思都没有。她有今天，都是咎由自取。这些年她为公司做过什么？还有脸来惦记公司账上有没有能收的钱？杜海燕一边骂一边打，把那个女人打得抱着头跑掉了。”

“这样子啊。”纪佳程思忖着，这大概是舒琳雯后来跳楼的原因？穷困潦倒，走投无路。

果然，周逸馨接下来说的就是：“没过几天，那个女人就跳楼死了。”

她望着纪佳程：“我知道的，就这么多了。”

纪佳程没说话，默默地在脑子里理着思路，心里的一些疑问似乎解开了。过了一会儿，他问：“您还能联系到杜海燕吗？”

“死了，两年前得宫颈癌死的。”周逸馨说，“至于其他老同事，我刚才说了，一个都联系不到了。”

“关于那个什么‘小狼狗’，你还知道什么吗？”纪佳程问，“比如他后来怎样了？是也遭了什么报应，还是就那么逍遥法外了？”

“人家现在活得好着呢，经常上电视，跟成功人士似的。”周逸馨冷笑一声说，“这世道不公，老板那么好的人，落得什么下场？黄春玲两口子造了什么孽，要这样子家破人亡？那个‘小狼狗’啊，真是坏到了骨头里，把别人害成这样子，倒活得好好的，钱花起来心安啊，有名有利的。”

纪佳程“咦”了一声，问：“经常上电视？什么节目？这个‘小狼狗’叫什么名字，你知道吗？”

周逸馨皱起眉头：“好像叫什么‘法律进行时’还是‘律师进行时’……”

纪佳程：“《律政进行时》？”

周逸馨：“对，好像就是这个。”

纪佳程暗吃一惊，继续问道：“他的名字……？”

“好像叫徐什么新？也不知道是‘新旧’的‘新’，还是‘三金鑫’，反正就是这个名字。”

纪佳程脸色凝重。虽然他已隐约猜到了，但是周逸馨的话还是给了他很大冲击。

徐昕。

他在心里暗暗叫道。

债主姓沈——沈星文。

“小狼狗”姓徐——徐昕。

似乎有一根线，把纪佳程脑海里那些点串起来了。

那天下午回来，他把和周逸馨的谈话录音导进电脑里，仔仔细细重听了两遍。他一边听，一边拿笔记着自己从中捕捉到的每一条线索。

沙靓靓来找他的时候，纪佳程已经在本子上写得密密麻麻。看到她，他就让她把这录音听了一遍。

沙靓靓听得那叫一个义愤填膺、痛心疾首，听到一半，便抽张纸巾开始擦眼泪了。到了最后听周逸馨说那个“小狼狗”叫“徐什么新”的时候，沙靓靓一下子反应过来了。

“徐昕？他是那个‘小狼狗’？”

“你也这么认为，对吧？”纪佳程问。他皱起眉头，拨弄着茶杯，沉思着说：“二十年前……二十年前……说起来，徐昕也就是那个时候突然变得有钱的。校友聚会时，当时去的人有他，有魏巍，还有好几个人，后来徐昕很快就开了自己的律所。”

他抬头望着天花板，努力思索着：“当时我请教他，希望他作为师兄介绍一下经验，他说什么‘要厚积薄发，等待机遇’。我问魏巍，魏巍说徐昕接到了一个大案子，收了很大一笔律师费，是个离婚案。我当时还感叹离婚案能收很多律师费吗，一下子就让他翻了身……”

“师父，”沙靓靓说，“虽然只是猜测，可是我觉得这就是他。”

“我也这么认为。”纪佳程说，“他是舒琳雯的情夫，利用自己的专业知识给丁龙斌下了套，害得人家家破人亡，借着这个挖掘了第一桶金。随后他再甩掉舒琳雯，拿那个钱开律所，现在做得这么大。”

“这也太……”

“这也就解释了为什么沈星文这种地痞能在他们所里有一间办公室。”纪佳程说，“他俩二十年前是同谋啊……”

“丁龙斌和舒琳雯的离婚诉讼是不是也是他们参与的？”沙靓靓问，“他们夫妻俩的财产和债务如何分配的，我也挺感兴趣的。”

“这个不好查。”纪佳程说，“二十年前的诉讼，判决书在裁判文书网上找不到，而且离婚案子肯定不上网的。再说了，我对那个离婚案没什么兴趣，无论他俩内部怎么约定，沈星文都有权利找他俩要钱。舒琳雯当初配合沈星文的时候可能没想到，他们逼死丁龙斌后会真的翻脸找她要另外一半钱，徐昕应该正是利用这一点害了她。”

纪佳程把录音往回倒，再次点击时，正好听到里面周逸馨清清楚楚地说：“……到了那一天，嗯，5月17日，我们就按照老板说的，到淮海路的街边去等老板，左等不来，右等不来，有人就怀疑老板在骗我们。我对他们讲，你们要有良心哦，老板要是不想给我们钱，当初就不会给我打电话。他一定是有事情耽搁了，我们应该继续等。……等来等去，一直到了中午，突然听见警笛响，远处聚了好多人，说有人跳楼了。我们过去看，跳楼的，是，是……”

“小沙，”他干巴巴地说，“我说了你可能不信。——那天，我也在场。”

“啊？”

“就是5月17日，二十年前，淮海路。那天我亲眼看见有人跳楼，就落在我身后。”纪佳程说，“当时我去找郝朝晖借生活费，出来的时候，身后一个人从楼上落下来，砸扁了一辆车，连车里的司机都被砸死了。”

沙靓靓张大嘴巴，望着纪佳程：“不会吧？”

“就是这么巧。”纪佳程点点头，“林律师一直觉得我查这个案子多此一举，其实真不是。我本来只想查查徐昕的水平如何，可是听到你上次说丁龙斌跳楼，而且时间就是那一天，我就感觉是我遇到的那一次。那是我这辈子第一次看到人摔死，那日子我记得清清楚楚。事实证明，我看到的就是丁龙斌跳楼。”

“这……这也太巧了。”

纪佳程努力回忆着，一些碎片般的记忆从脑海深处慢慢浮现出来，变得如此清晰。

周逸馨说债主出现抢走了丁龙斌筹到的钱。

那一天他找到郝朝晖借生活费，郝朝晖是在楼下大堂把一千元钱交给他的。当时郝朝晖想留他吃午饭，说：“中午一起吃饭吧，老徐说一会儿也要来。”

“老徐也要来”。老徐——徐昕。也就是说，徐昕告诉郝朝晖说自己中午来。

丁龙斌在那里，徐昕也要到那里，这个是巧合吗？

纪佳程心里涌起了一个不好的想法，但是他并没有和沙靓靓讲，而是把这个想法埋在了心底。他让沙靓靓出去做事，自己坐在办公椅上，转身望着窗外。

窗外的天阴沉沉的，云层很厚，他的目光似乎穿透了钢筋水泥，穿透了时间和空间，落到了二十年前淮海路的那座办公楼前。

——他看见年轻的自己揣着借来的一千元生活费从办公楼里出来，脸上带着稚嫩、自卑、迷惘。他低头走着路，担心自己能否在这个陌生的城市立足。

——他看见那辆红色的车停在门口，正好挡住自己的路。他嘴里嘟囔着从车后面绕了过去。

——“砰！”丁龙斌从天而降，砸扁了那辆红车。

纪佳程的目光向上移去。在那栋楼的深处，那个夺走丁龙斌筹来的钱——给员工的救命钱——的“债主”，那一刻是否在冷笑？纪佳程不知道他在哪里，不知道他是谁。但是在他的脑海中，这个隐秘的身影越来越近，转过身来，露出了徐昕的脸。

他知道这是自己的猜测，可是他却无法阻止自己这样猜测：那一天，是徐昕赶到了那里，代表“债主”夺走了丁龙斌筹到的最后一点钱。他在夺走了黄春玲等人生存机会的同时，也摧毁了丁龙斌继续活下去的意志。

徐师兄，真的是你吗？

那天晚上，纪佳程又去看了《律政进行时》。

电视屏幕上闪动着画面，音乐声还是那么慷慨激昂，“律政进行时”的字样再度出现在屏幕上。一位女主播和两位律师正襟危坐在梯形的主播台后：主持人张斯佳，律师徐昕和胡蝶飞。

“时事评点，律政先行，用专业的眼光为您做出精准的分析，普法永远是进行时。大家好，欢迎收看本期直播的《律政进行时》，我是主持人张斯佳。今天我们演播室邀请来的嘉宾还是益度律师事务所主任——徐昕律师！另一位是汇业律师事务所的胡蝶飞律师！”

“大家好！”徐昕脸上还是那副儒雅的微笑。

纪佳程瞪着眼睛望着屏幕上的这位师兄。以往看这个节目，他总带着嘲弄的心情，把徐昕当成一个笑话。今天看到徐昕衣冠楚楚地坐在主播台后面时，纪佳程的感觉完全不一样了。这个有着温和笑容的人，当年曾经用卑鄙的手段搞垮了一家公司，逼死了一对夫妇，将他们的资产占为己有，从而使自己的事业逐步走向了成功。

徐昕正在说话。在纪佳程的眼里，这个人有点可怕。

他又想起了《这城市属于谁》那一期，想起了徐昕流泪回忆起自己的奋斗经历——他是那样的坚持操守、不忘初心、敬业诚信、吃苦耐劳，终于赢得了越来越多的客户的信任，成为“跨国大所”的主任……

他在说这些话的时候，内心深处可有不安？

纪佳程收回思绪，把注意力放到节目内容上。徐昕还在发言。这一期的话题是“如何找一个靠谱的律师”，徐昕的发言充满了高光。

“许多市民朋友可能不知道怎么找律师，有时候随便找一个律师，就被他们唬得一愣一愣的。我跟大家讲，找律师是有讲究的。首先啊，这个律师要能很快地把你的问题解答出来，告诉你能不能做。我一直告诉自己事务所的律师，如果跟客户谈事情，五分钟内不能把案情分析清楚的，不能给客户一个思路的，这样的律师我绝对开除！我们益度所对律师的要求是很高的！”

不仅是电视屏幕前的纪佳程，连徐昕旁边的胡蝶飞律师都一脸蒙。

这样的标准简直是胡说八道。不管是自吹自擂，还是给律所打广告，徐昕这样都太不要脸了。不同的律师和客户谈案子的方式千差万别，哪有从“五分钟内是否能给出思路”来判断律师水平高低的？

这还不算完，徐昕接下来的话更加“正能量”。

“其次啊，这个律师啊，要绝对忠诚于客户，要有操守。你的一切行动的最高指导方针，就是维护客户的利益。我常给同事举一个例子：一边是维护客户利益，但是你可能得不到任何好处；另一边是一座金山银山。那么你该怎么办呢？到我们益度所来，就要舍弃那座金山银山，一门心思为客户考虑！”

这样的效果可能是节目需要的。徐昕把自己的道德标准立得高高的，实际上却给其他律所挖了坑。纪佳程一言不发地看着屏幕，望着徐昕的每个表情和动作，望着他在那里表演。

二十多年前，他是否也在舒琳雯面前这样表演？也许更卖力，因为他除了要扮演一名好律师，还要扮演一个好情人的角色。这样，他才能让那位老板娘与他串通起来，将那位可怜的、可敬的丈夫送上绝路。

这是一个卑鄙的人，一个无耻的人。

一个执着的人，一个不择手段的人。

他也是一个敢于投入、敢于冒险的人。

纪佳程在内心深处生出一丝冲动。他不会再轻看徐昕，他要竭尽全力击溃徐昕，为了今天听到的那个悲惨的故事。

——还有二十年前从天而降的那个身影。

第十六章
家变

第二天早上，云层更厚了，天空有些昏暗。

天气预报说有一个十六级台风正沿着东海北上，将一路奔向东北方向的邻国，风力一路加强。今天台风外围将扫过本市，带来大风和强降雨。

一大早，周烨君照例开车赶到徐昕家去接他。徐昕正在吃早餐。他的心里并不痛快，因为昨天夜里袁莉又辱骂了他一番。

最近袁莉对他越来越冷淡，而且经常无缘无故地在家里发脾气，连家里的用人都受不了，辞工走了。今天早上起来，袁莉自顾自地敷着面膜，甚至懒得理他。徐昕堂堂一个大主任，连早饭都没着落，他只能拿两片面包，就着从冰箱里拿出来的冰牛奶对付着吃。

看到周烨君来了，他丢下手里的面包，阴沉着脸从门口的衣帽间里找了一件西服，把昨晚那件还散发着酒气的西服里的东西一股脑儿塞进这件要穿的西服。

“走！”

“师父，您的公文包没拿。”

徐昕喘了口粗气，他不喜欢在徒弟面前这么不着调。他走出衣帽间，从客厅的沙发上找到自己的公文包，转过身。周烨君正从衣帽间走出来，殷勤地从师父手里接过公文包。

“师父，没啥需要拿的了吧？”

“没了没了，走走走。”

两个人走出门，周烨君为徐昕拉开车门，徐昕坐到了车后座上。后座小桌板边的杯座里放着保温杯，徐昕知道，周烨君已经在里面泡好了红枣枸杞水。他取过保温杯，按开盖子，喝了一口，水温微烫，正好适合饮用——这个未来的女婿对自己比袁莉对自己好多了。他突然觉得，女儿找了这样一个男朋友也不是件坏事。

至少他将来会孝顺自己。

周烨君开车离开小区，不久就汇入了车流，五分钟后走匝道上了高架桥。早高峰的高架上车行缓慢，他从后视镜望了徐昕一眼，小心翼翼地说：“师父，其实您没必要每天走这么早的。有什么事交给我们来办，您可以多休息一会儿，而且也不用这么早赶上堵车。”

徐昕“嗯”了一声。如果家里有点温度，他何必每天这么早去办公室呢？他真的不想见到袁莉那张“东方赫本”脸。但这些话是不能跟周烨君讲的，况且今天上午他还真的有事。他想到办公室里好好研究一下茶类中心这个案子，特别是仔细看一下昨天录下的视频。

通常这种案件他是不愿意亲自动手的，然而今时不同往日。之前一连四个案子撤诉，“维权群”里的客户们已经有些骚动，这次开庭被纪佳程一通撸，投资人们更是慌了，唯恐沈星文那边改变主意，便开始催逼沈星文把剩余的钱付了；沈星文压力大了，就来催逼他。

在徐昕看来，这些投资人都是一帮鼠目寸光的小市民，他们根本不了解这个案子有多复杂。徐昕是老律师，基本的法律素养是有的。

这帮投资人如果去告交易对手，基本上没希望拿回钱来，而且交易对手遍布全国，告得过来吗？

但是要告茶类中心，告何华王纪集团，就一定要一击必中。这类案件涉及的法律关系多，交易流程复杂，不同地区法院的裁判观点也没有形成一致。在此情况下，徐昕精心筹划，运筹帷幄，采取了用不同的案由进行试探的方式。他为此付出的心血，这帮鼠辈岂能理解？

沈星文，不过是一条附身的蛆虫，这个案子最终要看的还是他徐昕自己。

如今他已经找到了胜利的方向，并且重拳出击，这十个案子绝对不容有失。徐昕必须亲自盯着这个案子。但是这些人也要安抚，于是他昨天让周烨君给一些投资人录视频，让他们演示开户流程和交易过程，想找一下茶类中心平台在这个过程中的漏洞，顺便让他们感觉“一切都在有条不紊地推进”。晚上他和沈星文还有几位“投资人”碰头，说了很多话，喝了很多酒，喊了无数声兄弟，直到深夜周烨君才把醉醺醺的他送回家。

然后就是袁莉的辱骂。

徐昕抚摩着额头，忍受着宿醉的头痛和心里的郁闷，努力把思路挪到案子上来。

“昨天开户流程和交易流程的视频都录好了吧？”

“全部都录好了。”周烨君说。

“带来了是吧？”

“师父，不是在您那里吗？”

“在我这里？”徐昕眉头一皱，“什么时候在我这里了？”

“师父，昨天喝酒的时候，您拿过去的。”周烨君有点委屈，“您说您晚上要看，拿过去就放到西装口袋里了。”

“是吗？”徐昕想了想，昨天晚上酒喝多了，一时也回忆不起来，下意识地伸手摸了摸口袋，“没有啊。”

“师父您别吓我。”周烨君迅速回头看了一眼，“好好找找，就在您的口袋里。”

“没有。”徐昕犹豫地说，他想起自己刚才换了西服，当时是一把把口袋里的东西抓出来，囫囵塞进了现在这件西服的口袋里。当时他并没有注意里面都有什么。

“是不是还在原来那件西服里？”周烨君问。

徐昕轻轻敲了敲自己的额头，拧着眉头想了想，说：“回去，我去找找。”

“要不明天看呗。”

“做案子怎么能这么拖拖拉拉的呢？”徐昕突然间发怒了，他自己也不知道为什么会莫名地咆哮一句。周烨君不敢再说，开车变了车道。五分钟后，他开车从匝道下了高架桥，开始兜个圈子往回开。

十五分钟后，车子又开进小区，停在了二十二号别墅外。徐昕从车上下来，没好气地把车门一关，往门里走去。他的脸色估计很难看，一个迎面走来的穿着黄色卫衣的年轻人望到他，居然躲开他的眼光，低着头走过去了。

徐昕推开院门，走到房门前打开大门，哗啦一声拉开。在他换鞋的时候，防盗门在他身后咣的一声自动关上了。

“怎么这么大声？不能轻一点吗？”袁莉柔和的声音传来。

她已经消气了？可是徐昕的郁闷还没散去，他不想理她，默默换了拖鞋，径直走向衣帽间，在里面找到了自己昨晚穿的那件西服。手伸进口袋一摸，果然摸出了一个U盘。

在这里就好。

他把U盘塞进口袋，转过身来。袁莉穿着睡袍，靠在衣帽间门口，抱着手臂，冷冷地看着他。

“关门声音那么大，你是在关给我看吗？向我示威？”

她的声音恢复了冷漠。徐昕懒得跟她吵，他把昨晚那件西服一扔，从她面前走过去，在门口穿上鞋，推门而出。这一次，他还真的用了力气，门关得震天响。

走出院子，坐到车后面，说：“走，去办公室。”

周烨君点头答应，却没发动车。徐昕皱了皱眉头，说：“走。”

“哎，哎。”周烨君哎哎了两声，发动了汽车。徐昕见他眼睛瞅着别处，问道：“你在看什么？”

“没什么。”周烨君敷衍地应了两声。过了一会儿，他问道：“师父，那人您认识吗？”

“谁？”

“那边那个穿黄色衣服的人。”周烨君说。

这时候车正好从这个人身边驶过。徐昕往车外看了一眼，看到他刚才遇到的那个穿着黄色卫衣的年轻人从车边掠过，他回头从车后窗看了一下，只看到了他的背影。

“不认识。你问他干什么？”

“老是见到他，我还以为是您的邻居。”

“哦。”

徐昕未置可否地“哦”了一声，闭上眼睛养神。周烨君赔着笑说：“这两个月我每天早上来接您，十次有九次能在您门口附近看到他。”

“你注意他干什么？”

“他老是在您家门口晃悠啊，我怕他对婧儿有企图。”

“扯什么淡？”徐昕骂道，骂完又觉得未来女婿吃这个干醋也是件不错的事，起码他心里紧张自己的女儿，“婧儿一个月才回来几次？天天跟你在一起，你还担心什么？”

周烨君干笑两声，不言语了。徐昕觉得周烨君有点大惊小怪。这是个别墅小区，闲杂人等是进不来的。外来的人要想进入小区，保安会联系业主，得到业主的许可才会让人进来。如果这个人多次被周烨君看见，那很有可能是小区的住户。他闭着眼睛，想要养一会儿神。昨天晚上他睡得一点都不好，神思困倦，可是他不知为什么就是静不下心来。似乎有什么事情憋在心里。和袁莉的关系，案子的不顺，证据需要审核，沈星文最近和赵朱平走得过近，难搞的投资人们，狡猾的纪佳程，事务所的管理……一桩桩事在他的脑海里进进出出，似乎还有别的什么事，他却一时没有头绪。

徐昕突然惊醒，才发现自己不知何时睡着了。车已经停在了办公楼前，周烨君正在叫他。他拿起保温杯和公文包，周烨君已经下车拉开车门。徐昕下车走进写字楼，立刻汇入了等电梯的长队。周烨君则照例开着车去地库停车了。

由于刚刚睡醒，徐昕有点头晕。他慢慢地在队伍里挪动脚步。到了二十二楼益度所的办公室，前台秘书向他打招呼，他垂着眼睛点点头，说："给我倒杯咖啡，要清咖，浓一点。"

"好的。"

倒在宽大松软的老板椅里，徐昕把头仰靠在椅背上，闭了闭眼睛，随后打开电脑，从口袋里掏出U盘，插到USB适配器上去。电脑屏幕闪着荧光，徐昕的目光却盯在屏幕上方，呆滞了——

他突然意识到自己觉得不对劲的事情是什么了：袁莉。

当他进门寻找U盘时，袁莉穿着睡袍，靠在衣帽间门口。徐昕突然回想起来，她穿的是一件粉红色的丝质睡袍，然而今天早上他吃早饭时，她穿着的明明是雪青色的睡衣和睡裤。她为什么在家里要换这么一身空荡荡的睡袍呢?

一些画面似乎慢慢地清晰了。

袁莉靠在衣帽间门口时，她睡袍的衣领是半敞开的，里面隐隐露出红色的蕾丝边；睡袍下面露出来的腿上穿着的是黑色的网袜。——还有头发，早上出门时，她的头发是扎在脑后的；然而二十多分钟后，当她靠在衣帽间门口时，她的头发是披散的、蓬松的。

似乎还描了眉毛，涂了点口红。

徐昕竭力回忆着：当他进门时，门咣的一声被关掉，袁莉在房间里面问："怎么这么大声？不能轻一点吗？"现在想来，她的声音那么柔媚，似乎还带有一丝嗔怪和撒娇的口气。这是对自己说的吗？她这个口气，与后来在衣帽间对自己的态度能对起来吗？

徐昕的心沉了下去。他感觉浑身发热，身体被一种愤怒、痛苦、恐惧的情绪充满了。他突然想到周烨君说每天早上都能看到那个年轻人在自己家附近。周烨君是个谨慎的人，如果人家只是偶尔经过，他绝不会说什么；如果周烨君注意到了那个人，一定是发现了那个人在自己家附近出现的次数太多了。

看到自己时，那个人避开自己的眼光，低下头走开了。

徐昕对周围邻居太熟悉了，那个年轻人肯定不是邻居。他天天出现在自己家附近不可能是去等徐婧儿，难道——

徐昕的头发一根根地竖了起来。他猛地站起，大步冲出办公室，将门口端咖啡来的前台秘书撞倒在地，咖啡洒了她一身。但他什么也顾不上，只是大步向事务所外奔出。在门口他看到了周烨君，周烨君看到徐昕，挤出笑脸。

"师父，车停好了——"

"把车钥匙给我！"

"啊？师父你要出去啊？"

"少啰唆！给我！！"徐昕有些失态地大喝一声，周烨君不知所措地交出车钥匙。徐昕大步奔向电梯，正好一部向下的电梯刚打开门，徐昕立即冲了进去，猛按关门键。五分钟后，他驾驶着奔驰越野车直冲出地库，飞快地并入了路上的车流。

天越来越阴沉了。往常这个时候，一切都是明亮的，今天的清晨却如同黄昏，厚厚的云层预示着一场大雨即将到来。

大约半个小时后，徐昕开到了小区附近。他没有开进小区，而是停在了路边。他有些疑神疑鬼，觉得如果袁莉在家里干什么坏事，她或许会听到车开回来的声音。徐昕下车徒步奔进了小区，风越来越大，吹拂着他的头发和衣摆，衣领的冷汗让他感到一丝寒意。

他沿着车道奔过一幢幢联排别墅和高层楼房。等他转过路口，奔到自己家门外时，小区街道上静悄悄的，空荡荡的，仿佛这个世界只剩下了他一人。

他轻手轻脚地打开院子的铁门，穿过几米远的草坪小路，用钥匙轻轻地、近乎做贼地旋转着防盗门的锁孔。门被打开了，他拉开一条缝，小心地挤进去，无声地把门掩上，转过身来。他看到了让他心头一堵的东西。

在换鞋凳边，倒着一双男人的运动鞋。

徐昕整个身体都颤抖了。他的目光向前，门廊的地板上扔着一件黄色的卫衣。

徐昕感觉自己的内心被重击了一下，几乎跌倒。他支撑着再往里走几步，进入一楼客厅，客厅的沙发上杂乱不堪。袁莉早上穿的那件粉红色睡袍搭在电视机上，似乎是扔过去的；沙发后面有一条黑色的男人裤子，是那种裆很大的收脚裤。徐昕的牙齿咬得嘎吱嘎吱响，他无声地站在楼梯下，听到喘息声和说话声从楼上传来。

楼上的翻腾声，床铺的吱呀声，不绝于耳的喘息和呻吟声，如同一记记耳光，暴风骤雨一般地扇着他的脸，打着他的头。徐昕站在客厅中央，身体完全虚脱，他的世界崩塌了。

他本该冲上楼去，将那对狗男女抓个现行，可是他站在客厅，两条腿如同筛糠一般发着抖，没有勇气挪出一步。楼上不堪入耳的言语声声入耳，刺透了他的心，毁灭了他的自尊。二十多年的夫妻，虽然最近感情出了些问题，但他无论如何也想不到，有一天，一顶绿帽子会扣在自己的头上。

她是自己的妻子，她是自己的一切，自己曾经为了她卑躬屈膝，为了她甚至甘当“接盘侠”。自己对她百依百顺，为了让她过上好的生活，甚至做了一些自己不愿提起的往事。

如今，她却和别的男人在楼上纵欲。她在自己面前高贵、不可一世，在别的男人那里却娇媚、温柔，激情四射……

徐昕的双目可怕地睁着，头发竖着，脸上肌肉抽搐，不知是哭还是在笑。

突然一声雷响，室外的天色暗了下来，白昼如夜。暴雨倾盆而下，如同豆子一般密集地打在窗上。

他不能做什么，也许一旦他冲上去，他和袁莉将彻底分崩离析，这个家将彻底不复存在。他也许会沦为笑柄，也许会被分走一大笔财产，包括他的律所。

他做好与她分开的准备了吗？他做好财产分割的准备了吗？

徐昕微微仰起头，脸上突然露出一丝狞笑。他的眼睛里射出了瘆人的光芒。

“好……好……好好好……”

他踉踉跄跄地离开，居然还小声地关上了大门。徐昕瞬间被暴雨淋得浑身湿透，他浑然不觉，走到别墅前，回头望着楼上窗户。那里黑乎乎的，隐隐能看到窗帘拉着。在他浑身湿透冰冷地站在雨中时，袁莉和那个男人可能仍在干燥温暖的大床上缠绵。

徐昕沿着车道一路走向小区门口，眼中的光芒如同魔鬼。雷声和雨声掩盖住了他的狂笑声。

“哈哈哈哈哈……哈哈哈哈哈哈……”

他没有发现，在那漆黑窗户玻璃后面，窗帘边缘掀起了一条小缝。窗帘缝后面，是袁莉睁大的眼睛以及失去血色的脸。

第十七章
夜雨

这一场大雨来得实在是汹涌狂暴。

纪佳程送完孩子上学，一进家门，身后就暴雨倾盆。他原计划换件衣服去办公室工作，一看这漆黑的天、呼啸的风和瓢泼的雨，便换上睡衣，决定在家里待着。

他在赵敏的指挥下打扫了一番卫生，歪在沙发上看了一会儿电视，在电脑上处理了一些文件，一上午就这么过去了。吃了午饭，赵敏躺在床上看电视，纪佳程靠在她身边打算睡午觉。他其实很享受这样的家庭生活：平淡，琐碎。

“……台风‘美莎克’在菲律宾以东海面生成，中心风力十五级，正在向偏北方向移动，风力还在不断增强。预计台风‘美莎克’将于两天后在韩国登陆，风力减弱后，进入我国东北地区。在此期间，本市受台风外围影响，也会出现短时雷雨大风天气。市防汛指挥部发出通知……”

“又来一个台风，”赵敏叹着气说，“这两天别想晾衣服了。”

“知足吧，”纪佳程懒洋洋地说，“一连两个台风都擦着边过去了，运气够好了。”

一觉睡到下午四点，他出门接纪宝宝回家。虽然打着伞，可进门时两个人都湿透了，衣服湿漉漉地贴在身上，地面上流了一大摊水。

赵敏在准备晚餐，纪佳程和纪宝宝都换上了干燥松软的家居服，一个写作业，一个坐在旁边监督孩子写作业。这个老爸具体的监督方式是跷着二郎腿玩手机游戏，不时地往纪宝宝的作业本上斜一眼。还别说，这样时不时地扫两眼，真让他抓到了几道错题。

“这道题怎么能这样算呢？”纪佳程斥责着，“脑子溜到哪里去啦？”

纪宝宝很生气，说这个不能怪她，要怪就怪爸爸在一旁玩手机，干扰了她学习的气氛。

纪佳程板起脸来，打算和纪宝宝吵架。他感觉现在的气氛有点像电影《九品芝麻官》里方唐镜和包龙星吵架——遇到克星了。他平常在外面口若悬河，和纪宝宝吵架时，却每每被她的神来之语噎得不知该说什么。

就在这时，手机响了。纪佳程扫了一眼屏幕，看到上面显示“徐昕”，眉毛微微抬了一下。在接电话前，他恶狠狠地瞪了纪宝宝一眼，以凸显父亲的威严；敲了敲作业本，以凸显父亲的权威；哼了一声，以凸显父亲的气势。

纪宝宝撇着嘴，继续写作业。

“喂？师兄啊！”纪佳程热情地说。

“老纪，有没有空？陪我喝喝酒。”

徐昕的声音疲惫、低沉。纪佳程本以为他打电话找自己是谈案子，没想到是找自己喝酒，他的脑子立即飞速转了起来：他找自己喝酒干什么？跟案子有没有关系？他这语气是怎么回事？

纪佳程跟徐昕的关系不是最近的。在他看来，徐昕要找他喝酒休闲的可能性不大，借喝酒谈案子的可能性倒是有百分之九十。他扫了一眼窗外：虽然还没到六点，可是一片漆黑，还在下暴雨，出去喝什么酒？

“师兄，下暴雨呢，这天气出去干什么？”他接着就找借口，“再说我还得辅导你侄女学习呢。”说这话的时候，他眼一斜，看到纪宝宝又做错了一道类似的题，于是伸手指在纪宝宝的脑袋上敲了一下。纪宝宝狠狠地瞪了他一眼。

“哦……也是。”徐昕说。

“就是啊，”纪佳程说，“这天气，就该猫在家里，享受家庭温暖嘛，对吧？喝酒可以在家里喝呀，跟嫂子一起，点根蜡烛，浓情蜜意的多好啊！等台风过去了，咱们再约，叫上魏巍和老柯——”

可是徐昕已经挂断了。纪佳程放下手机，在心里骂徐昕一点礼貌都没有，而且找人喝酒也不考虑一下天气，分明是脑子坏掉了。

他一边想着，一边把纪宝宝训斥了一顿，说她做题不专心，同样的错误犯了两次，实在是欠揍至极，当年如果爸爸犯了这样的错误，早就被奶奶揍了。纪宝宝很生气，说这个不能怪她，要怪就怪爸爸在一旁接电话，打扰了她聚精会神地思考、思路清晰地分析、全神贯注地计算、一丝不苟地检查。

被她这么一噎，纪佳程居然没想出词来撑回去。天晓得这小丫头怎么会有这么多成语，而且张口就来。他觉得如果此刻不把纪宝宝骂一顿，恐怕以后就治不了她了，于是拿出大佬的气势，打算开骂。

就在这时，赵敏冲进来了。她先是对纪宝宝的反抗进行了压制，命令她把错了的题抄五遍，然后对纪佳程追责，说他给孩子辅导功课都这么多事，还不给老娘滚到厨房里洗菜去。

纪佳程好不郁闷，觉得徐昕真是个丧门星，下着雨还要发神经出去喝酒，给自己惹事。

晚饭后，窗外的雨下得越发大了。晚上十点多，赵敏安排纪宝宝睡觉后回到卧室，纪佳程靠在床头，微微打着哈欠。

“睡吧睡吧，你就像一辈子没睡过觉一样。”

纪佳程得此圣旨，如聆天籁之音，身子往下一滑，就钻进了被子。就在这时，手机又响了，他看到屏幕上显示的是魏巍的名字，便接通了。

“喂，师兄啊。”

“老纪，睡了没？”魏巍说。纪佳程能听到听筒那边哗哗的雨声，魏巍似乎在室外。

“正要睡呢。”纪佳程对魏巍这个电话倒是没有那么多不适。他知道魏巍的为人，如果不是真的有事，是不会这么晚打电话的。不过魏巍那边传来的声音让他心生疑虑，所以他问了一句：“师兄你在哪儿呢？听声音你在室外呢。”

“我在老外街这边呢，这里有个叫‘蕴道’的餐馆。”魏巍说，“这么晚叫你实在不好意思，可是我现在实在搬不动徐昕了，只好看你能不能来帮个忙。这大风大雨的，我也是没办法。”

“什么？搬不动谁？”纪佳程问。

“徐昕。”魏巍无奈地说，“这孙子喝多了，在这里撒酒疯。我也喝酒了，有点撑不住他。这鬼天气出租车叫不到，代驾也叫不到，你看看方不方便来帮个忙，开车过来一下。”

“叫谁——孙子呢？”话筒里传来大舌头的声音，“魏巍！你又骂我了……也就是俺们哥们儿，才敢这么骂我，哈哈哈……你给谁打电话？”

魏巍：“你消停点！……老纪，你能来不？”

“好好好，我马上来。”纪佳程放下电话，叹了口气。他可以不管徐昕，却不能不给魏巍面子。看到他换衣服要出去，赵敏脸色一沉。

“这么大的雨，你干吗？”

“徐昕喝醉了，魏巍喊我去帮忙。”纪佳程说。

“喝醉了叫你去干吗？再说帮什么忙？当司机？”赵敏脸色更难看了，“徐昕自己家里的人不能叫？他有老婆、孩子的，还有周烨君呢，叫你干什么？”

“不知道。既然魏巍叫我，我总得去看看。”

话虽如此，纪佳程却在心里大骂徐昕。等他开车出了地下车库，倾盆的暴雨猛烈冲击着他的车窗。他把雨刮器开到了最快，也只能勉强看到前面很短的道路。

路上没什么车，这个城市似乎一下子变得空旷了。纪佳程慢慢开车上了高架桥，向老外街的方向开去。因为能见度不高，往常半个小时的路程，他足足开了五十分钟，快到老外街时，他打通魏巍的电话：“师兄，我再过一个路口就到了。老外街是步行街，我开不进去，你带他到路边来呗。”

“行，我现在架着他出来。”

老外街附近的灯光很亮，能见度相对好点。纪佳程抬头看了看红绿灯，勉强能看清红灯下面的数字。四十秒后，红灯变成了绿灯，他开车慢慢前行，最终停在了老外街的入口处。在他的右边，老外街的灯光延伸过去，在暴雨中有些朦胧。

几个人影出现在这朦胧中，纪佳程叹了口气，拿伞下车去接一下他们。刚一下车，他的裤子和鞋就湿透了，就像是被水泼在上面一样。在这样的狂风暴雨中，雨伞形同虚设，不过四五秒钟，他就里外透心凉。

地上的水已经没过脚踝，他费力地蹚着水迎了过去，手里象征性地举着伞。走近那几个人影时，他发现魏巍正吃力地架着徐昕，身后有一个蕴道的伙计给他们打伞，三个人都蹚着水，湿得像水人一样。

他在水中跳跃着赶过去，从另外一边架住了徐昕。在他去架的过程中，雨伞歪到了一边，暴雨猛烈浇下来，那感觉就像置身于瀑布中一般。纪佳程骂了一句，声音在暴雨中连他自己都听不到。

他们近乎一路扭打，因为徐昕老是想回去继续喝酒。好不容易把他拖到车边，纪佳程刚打开车门，徐昕却哇的一声，扶着车狂吐起来。纪佳程一咧嘴：幸好他没有吐在车上。

好不容易把他拖上车，魏巍也挤到后座，纪佳程坐到驾驶座上，把雨伞湿淋淋地扔到副驾驶座位下面，浑身都在流水。纪佳程抓了一把纸巾胡乱地擦了一下头发和脸，便发动车子，驶上公路。

“送他回家？”他问。

“送他回家。”魏巍疲倦地说。

“怎么喝成这样子？”纪佳程在后视镜里看了看徐昕，“这么大的雨，你还出来陪他。”

“谁知道？”魏巍说，“他给我打电话，拉我出来喝酒。我本来说不来，他就在电话里哭，我怕他出事，只好来了。”

“他还哭了？”纪佳程皱着眉头说，“这得喝了多少啊？”

“反正我来的时候，已经喝了不少了。”魏巍说，“我陪他喝了一会儿，打袁莉的电话，没人接；打徐婧儿和周烨君的电话也都关机了。最后实在没法子，只好找你了。——赵敏会不高兴吧？”

“没事。”纪佳程心里很郁闷，赵敏是绝对会“不高兴”的。她不高兴了，绝对会找碴儿收拾他。

就在这时候，徐昕又开始折腾起来了。

“老……纪啊！哎，你来啦？……兄弟啊！亲兄弟啊！”徐昕大着舌头说，“我跟你说，今天你……你不来……我可就……不走了啊！……过来……陪哥……说说话，哥难受……”

他说话还带着哭腔。纪佳程一阵厌恶，嘴里却敷衍着：“这不来了吗？”

“你就该早来！”徐昕大喝一声，“……在家里陪娘们儿……是人干的事吗？是人干的事吗？”

“不是不是。”魏巍顺着他说。

“男人，要事业！要兄弟！不要老婆！……是不是！”

“是是是！”纪佳程说。

“做兄弟……不能这样呀……”徐昕哭起来，“哥快家破人亡了……找你们喝个酒都难啊！找老柯，老柯不出来……找老纪，老纪也不出来……”

纪佳程心里生出一丝疑惑：什么叫家破人亡？

“他好像和袁莉吵架了。”魏巍向纪佳程解释道，接着又劝起徐昕来，“没那么严重，两口子吵架，没多大事。回去睡一觉，什么事都没了。”

原来如此。纪佳程一边开车，一边嘴里跟了一句：“是呀，师兄你可是我们的榜样啊，别动不动说什么家破人亡的。”

“榜样？我是榜样？”徐昕呼的一声蹿起来，往车的前座扑，魏巍竭力把他往回拖，“我是什么榜样？……戴绿帽子的榜样？当王八的榜样？”

戴绿帽子？纪佳程和魏巍这对史上最有节操师兄弟的眼里光芒闪动，四只耳朵都竖起来了。

“胡说什么？”魏巍斥责道，“不要说这样的屁话！”

“老魏，老纪，”徐昕哭了，“我真的当了王八了……你们不知道，我今天这是捉奸在床啊……”

抓奸在床？纪佳程和魏巍这对史上最有节操师兄弟的眼里光芒四

射，四只耳朵都快变大了。

“你在讲什么？”魏巍说，“快别说了！”

喝了酒的人，你越不让他说，他越要说。徐昕痛哭起来：“我在外面辛辛苦苦赚钱，都是为了谁？……我给她的都是最好的！她花多少钱，我从来不管。你说我这样的男人不好吗？……可是我在外面辛辛苦苦赚钱，她在家里找小白脸……兄弟呀，哥心里啊，哥心里难受……”

“你是不是看错了？”

“看错个屁啊！”徐昕号叫起来，接着用力捶打着前面的座椅，“今天我就在门外！亲眼看着！亲耳听着！她在里面和奸夫搞得昏天黑地的！……”

“啊？”虽然在开车，纪佳程还是震惊地回头和魏巍对视了一眼。

“什么情况？”魏巍惊骇地问徐昕，“后来怎么了？你冲进去打起来了？”

徐昕没回答，却发出了一声狼嚎似的哭声，使劲捶着胸口。那模样活像电影里寻死觅活的丑角：“哎嗨嗨呀——”

纪佳程心里好不腻歪，他最烦的就是别人哭哭啼啼的，更别说徐昕是个中年油腻老爷们儿，哭出来的声音就像马嘶驴叫。可是他对徐昕身上发生了什么更加感兴趣，于是一边开车，一边耐着性子等着。

徐昕号了半晌，似乎快要爆掉了。

“兄弟们哪！我没敢进去啊！”他号叫道，“……我就在门外站着！……听人家在里面办事！……我不敢进去啊！呜呜呜……”

纪佳程和魏巍同时低声喷出一句粗话。

“不能进去啊……”徐昕哭道，“进去就真的没了……我当年追她多么辛苦啊，啊？……多不容易啊，啊？……当孙子，当备胎，好不容易才有这个家啊！……袁莉就是我的命！我不能没有她啊！……

我要是进去了，我就真的什么都没啦！……”

纪佳程呸了一口。从朴素的情感角度，任何人对出轨都是有负面看法的，袁莉的形象在纪佳程的脑海里一下子变差了。他一直管袁莉叫“师姐”，这位师姐每次出现都是雍容华贵的，打扮精致，但神情冷冷的，甚至和自己的女儿都关系不好。据纪佳程所知，徐婧儿从小到大，大部分时间都是徐昕在花心思，从没见过袁莉带过孩子。也许从这一点来看，这位师姐是个极其自私的人。

现在还开始偷汉子了。拿着老公挣来的钱，和“小狼狗”偷情……

他心里一动，回头看了徐昕一眼，眼神复杂。

“小狼狗”——从周逸馨的陈述来看，这位师兄似乎也是当过“小狼狗”的……

徐昕哭号的声音渐渐低沉，最后他歪在后座上，睡过去了。纪佳程和魏巍都没说话，车内只能听到暴雨敲击车体的声音和徐昕的呼噜声。在这沉默中，徐昕居住的别墅小区到了，门口的保安披着雨衣，费力地伸脖子看到后座上的徐昕，于是打开门栏，让车子进入小区。

车子停在二十二号别墅前面，纪佳程打伞下车，蹚着水到另外一边，打算接徐昕下车。徐昕一下车就跪坐在水里，垂着脑袋，跟死了一样。纪佳程跟魏巍费了好大的力气才把他架到别墅的门檐下。面前是金属质地的大门，在昏暗的廊灯下，魏巍翻着徐昕的口袋，想找钥匙。

身上没有。魏巍拎起徐昕的包，还没打开，就听纪佳程说：“咦？这门没关啊。”纪佳程抓住雕着花瓣的门把手，缓缓拉开了沉重的防盗门。

“这还给留着门儿呢。”

“还行，看来袁莉在等着他回来。”

他们一起把徐昕架进去，别墅里漆黑一片，显然袁莉已经睡下了。不过既然袁莉给徐昕留了门，也许她很快就会开灯出来吧。

啪嗒一声，门口的灯亮了，原来魏巍摸到了开关。他们气喘吁吁地把徐昕放到木地板上，纪佳程就喊了一声："师姐睡了吗？我们把师兄送回来了！"

声音未落，魏巍突然"咦"了一声，说："不对劲！"

"怎么了？"

"那边的凳子怎么是翻倒的？"

纪佳程眯着眼望去，隐隐看到了地上的影子。这时候，魏巍已经大步走进去，摸索着打开了更多的灯。随着灯光亮起，纪佳程和魏巍都吃惊地瞪大眼睛：进门几米右转就是客厅，可是客厅里现在一片杂乱，沙发上和地上扔着很多衣服。

"出事了！"魏巍惊叹道。

第十八章
隐情

师兄弟两个立刻分头查看起来，纪佳程直奔厨房和衣帽间，魏巍则向楼上奔去。

厨房里乱糟糟的，还有没洗的红酒杯和半瓶洋酒。衣帽间里最为混乱，所有的衣橱都被打开，至少有四分之三空了——还有一些散落在地板上和客厅里。看起来是有人匆匆忙忙把所有衣服都拿走了一般。纪佳程注意到衣帽间的一些抽屉是打开的，里面空空如也。这样的小抽屉通常是用来装一些内衣什么的，里面的东西被拿空，可见这不会是被贼偷了。

当纪佳程和魏巍重聚在客厅时，两个人的脸上都是一副不敢相信的表情。徐昕还歪在地板上沉睡，师兄弟两个对视了一会儿，纪佳程终于说了出来。

“离家出走了？”

“不止，”魏巍说，“楼上有保险箱开着，里面东西都没了，这是卷款走了。”

两个人又对视了一会儿，脑子里都闪过了“私奔”这两个字。

“要报警吗？”纪佳程问。

“要不要报警，得由徐昕决定。”魏巍说，“咱们什么也别碰了，再打打电话，看看能不能把徐婧儿或者周烨君叫来。”

可是徐婧儿和周烨君的电话还是关机的。两个人简单商量了一下，决定给徐婧儿和周烨君在微信上和短信上分别留言。随后他们把徐昕拖到楼上卧室，为他把湿衣服脱掉，让他躺在床上，盖好被子。徐昕一直在昏睡，甚至打着呼噜。

他们从徐昕的房子里出来的时候，心情都很沉重。不知道明天早上徐昕醒来，看到一片狼藉的房子、空了的衣橱，会作何感想。纪佳程突然想起了丁龙斌和舒琳雯，当年舒琳雯拿着老公挣来的钱和情夫偷情，最后把财产全卷走了。二十年后，当年的情夫的太太——袁莉拿着老公挣来的钱和自己的情夫偷情，最后带着数目不详的财产走了。

这也太巧了，巧得匪夷所思。老天爷在这件事情上似乎在玩幽默——这算是报应吗？

雨还在下，两个人打着伞走到车边。魏巍点了支烟，问纪佳程：“你难得出来，要不要也找个地方喝两杯再回去？”

“喝了酒就不能开车啦。”

“倒也是。”魏巍说，“那抽完这支烟，我也回去了。”

“他这么一个人在家里，没事吧？”纪佳程问。

“我们不可能在这里守他一夜。再说明天他醒过来看到这一切，未必希望我们看到他的反应。”

他们走到道路对面的一个景观廊里躲雨，好让魏巍能安稳地抽烟。对面徐昕家的别墅门窗都像深邃的黑洞，似乎这房子是只怪兽，把徐昕吞到里面去了一般。

“应该不会有什么事。”魏巍说，“肯定会受点打击，至于能不能受得了，就得看他自己了。”

“电视上见了不少，老婆跑了这事儿，生活中我还是第一次见到。”

“其实吧，也没那么不可理解。”魏巍说，“徐昕吧，有点事情，我以前就感觉他们迟早要出事。”

纪佳程扭头看向魏巍。这位学长的脸在阴影中，眉头隐隐皱着。纪佳程琢磨了一下魏巍话里的因果关系，问道：“徐昕有点什么事？为啥他们就要出事呢？”

“老纪，有些事你可能不知道，”魏巍说，“本来这事儿涉及他的隐私，我不当讲，不过接下来你也要面对这家伙，总得了解一下背景。咱们私下说一句：徐婧儿不是徐昕和袁莉生的孩子。”

“啊？”

纪佳程很惊讶，问：“师兄，你说的这……”

“意外吧？”魏巍问，“这事儿大家都不知道，我也是碰巧看到的。”

“这……你看到什么了？”

“诊断报告。”魏巍压低声音说，“徐昕有无精症，他没有生育能力的。”

“啊？”纪佳程张大嘴，半晌问道，“你怎么会看到的？”

“前两年，他约我去他办公室，”魏巍深深地吸了一口烟，“想挖我到他那边去。你想，我肯定没兴趣，对吧？在他那里闲扯了老久，我死活不点头。后来他手下叫他出去有事情讲，我觉得他那办公室风景不错，就坐到他的老板椅里看窗外风景。眼睛一斜，旁边放了个体检报告。”

纪佳程眼睛一闪，说：“师兄你自然是打开看了。”

魏巍点点头，说：“当时手一贱，就拿起来打开了。徐昕这家伙一身是病，前列腺也有问题，还有慢性胃病，报告里面还贴了一张检验单，说他是精液常规检查三次以上均无精子，结论是先天性畸形，原发性无精子症。你看，无精症，还是原发的，他根本就没有生育能力。”

纪佳程呆了半晌，说：“这……这也……那徐婧儿是哪来的？”

“谁知道。”魏巍说，“要么就是抱养的。总不会是袁莉和别人生的吧？”

“他对徐婧儿可是疼爱得很啊，”纪佳程沉吟着说，“而且，我觉得徐婧儿似乎也有点像他……”

“老纪，你知不知道什么是原发性无精子症？”魏巍说，“一开始就没有精子，想弄个试管婴儿都不行的。他要是能让女人怀上孩子，那就是医学的奇迹了。”他深深地吸了一口烟，“现在你知道为什么他喝成这个样子了吧。他本来就自卑，现在袁莉在外面有男人了，你说他能受得了吗？”

纪佳程无意识地用上海话骂了一句，不知道说什么好了。

徐昕今天晚上约他们出来的原因总算是弄明白了，只不过谁也没想到袁莉会把东西收拾一空，离家出走。长期以来，徐昕和袁莉的夫妻关系一直让校友们觉得怪怪的，现在也算是有了解释。徐昕生理上有问题，不能生，所以徐婧儿肯定不是他和袁莉的孩子；袁莉和徐婧儿的关系一直很紧张，所以不排除徐婧儿是被抱养的。现在袁莉有了新欢，又被徐昕发现，这等于撕下了双方最后的遮羞布。她终于抛下这对没有什么血缘的“家人”，离开了。

也许是无颜以对，也许是去追求自己的幸福。

奇怪的是，徐婧儿好像不知道自己和徐昕是没有血缘关系的。看起来徐昕和袁莉不管彼此之间关系多么紧张，至少从小到大在精神上给了这孩子一个完整的家。这一点让纪佳程深感欣慰，也由此感到了新的担忧：这场家变对徐婧儿会造成怎样的打击？“妈妈”离家出走了——或者说私奔了。

“那明天早上咱们要来看看他吗？”纪佳程问。

魏巍把烟头掐灭，在阴影中摇了摇头：“这不是什么光彩事。明早咱们要是来了，他就真的没有退路了。他不提，咱们也就别接这茬儿了。”

“有道理。”

他们在景观廊下面又往徐昕的别墅望了一会儿，窗户依旧黑沉沉的，不知徐昕在黑暗中是什么状态。随后两个人离开了。回到家时已经到了第二天凌晨，纪佳程却毫无睡意，感觉昨天夜里的这一切都荒诞到了极点。他曾经感叹世界不公，认为徐昕这种人水平不怎么样，却意气风发、人前光鲜，如今看来却是家家有本难念的经。面具背后，这家伙的心里其实也是苦不堪言。

他可能有钱，但是没有幸福。

第二天，徐昕那边静悄悄的。

第三天，徐昕那边静悄悄的。

纪佳程稍许安心，估计徐昕也不会找他问这丢脸的事情。不知道徐昕早上醒来看到那一切，会如何反应；也不知道他会不会去努力找袁莉，能找回来不。

在这种诡异的气氛中，法院的传票来了。何四为诉茶类中心一案将于下周二上午正式开庭审理。

一案审理，将决定十案的走向。纪佳程不敢掉以轻心，将全部精力投入了这个案子，绞尽脑汁琢磨徐昕第二轮证据的用意，以及徐昕可能会采取的思路。

徐昕上次开庭提交的第二部分证据包括工商信息、电信业务查询单、监管信息告知书、证监会通知、监管部门通知、新闻报道，还有一份民事判决书。纪佳程回来后曾仔细看了一遍，判断徐昕的重点还是指责茶类中心开展的是“非法期货交易”。

这就涉及两个名词：“现货”和“期货”。所谓现货，顾名思义，就是实实在在可以交易的货（商品）。而所谓期货，其实不是货物，而是一种合约。买卖期货，买卖的不是货物本身，而是这份货物的标准化交易合约。因此“期货”的真实名称是“期货合约”。期货交易具体的做法，是由期货交易所统一制定标准化合约，规定在将来某一特定的时间和地点交割一定数量的货物。

举例来说，某人在有资质的期货交易平台上看中了某样商品，觉得接下来一段时间内这商品的价格会是涨的，想要以某某价格购买。他输入价格，输入购买数量（最低单位是规定好的，比如一百桶为一个单位），点击购买，价格达到了卖方的要求，就会自动生成交易，买卖双方都不知道对方是谁。这时他买到的不是货物，而是一份“标准化合约”。到了将来某时，他可以以这份合约约定的价格和条件去把这些货买下来，将期货变成现货。

当然，他也可以在那之前，把这份标准化合约以另一个价格卖出去。期货交易有一个好处，就是可以做杠杆，即用很少的钱拿下大金额的合约，比如投资某个期货的商品，保证金是百分之十，那么投资者可以拿百分之十的钱购买百分之百的商品，这里的杠杆就是十倍。当然，可能的收益、承担的风险也放大了十倍，一旦商品价格不涨反跌，保证金不足了，期货交易平台强制平仓，投资者将会血本无归。

总而言之，期货交易是一种非常复杂且专业的交易模式。可以说，绝大部分律师和法官对此都不甚了解，很多人甚至认为期货就是

“先把钱付了，过一段时间拿货，这样价格能便宜一点”。

正是基于这一点，纪佳程对徐昕的这些证据尤其慎重。他考虑的问题包括：

一、徐昕和周烨君对期货交易知识的掌握程度。

二、主审法官对期货交易知识的掌握程度。

三、徐昕在这些证据里的攻击点是什么。

四、除了这些证据，徐昕还有没有后手。

他还想起上次开庭时，法官要求徐昕确定案由、提交注册流程，心里终究是不放心。随后他又想起了徐昕家变的事，不知道徐昕会不会受到家事的影响。感情这种东西，有时对人的打击是巨大的。徐昕在暴雨中醉成那个样子，他的心绪还能放在案子上吗？

他沉吟了一会儿，抬头看见了沙靓靓。

沙靓靓早就进来了，在那里忙碌地擦桌子，烧水泡茶。发现纪佳程在看她，她立刻露出了甜甜的笑。纪佳程条件反射地笑了一下，突然觉得这小妮子最近来自己办公室来得太勤了。又是收拾又是打扫的，怎么有点女主人的味道？

他又看了沙靓靓一眼，沙靓靓嫣然一笑，纪佳程心里不由得一凛。

“小沙，”他凝重地说，“你给周烨君打个电话。”

“打给他干什么？”沙靓靓问。

“问问他们还有没有新证据提交。”纪佳程说，“上次开庭时，法官不是让回去录一下视频，把从客户操作端打开登录到交易完成的全流程录下来吗？按照要求，他们应该要提交光盘的，跟他要。”

“好的！”沙靓靓甜甜地说。

她没有出去，而是在纪佳程办公桌的对面坐了下来，拨起了手机，用的还是免提。

电话响了四声才被接通，手机里立刻传来了嘈杂的声音。

“……不能移交的！”周烨君的声音离话筒似乎有点远，能听到他怒吼道，“你去跟我师父说！”

“说个××，撒宁晓得伊躲哪里去了！……”

纪佳程和沙靓靓四目相对，然后一起盯住了手机，竖着耳朵。

“喂？沙律师？”周烨君的声音变大了，应该是凑到了话筒边，“您好，有什么事吗？”

“……我跟你讲，赶紧交出来！不要搞事情！……”

“我打完电话再说好吗？看不到我在打电话吗！”周烨君的声音一下子远了，又吼了起来。随后他的声音又变大，似乎回到了话筒边，语气急促，“不好意思，我这里有点事，您有什么事？”

“何四为和茶类中心的案子，下周二上午开庭，您那边收到传票了吗？”沙靓靓问。

“收到了，收到了。”周烨君说。

“上次法庭要你们提交录像光盘，你们做好了没有？要作为证据提交吗？”沙靓靓问，“如果提交的话，为了节省时间，我们的那一份能不能直接寄给我们？”

“哦，行行行，我今天就寄给你们。”周烨君匆忙地说。

“证据目录和说明也一并寄给我们啊！”沙靓靓说。

“好好，我一会儿就寄。”周烨君说，“还有事情吗？我这里有点事。”

“啊……那您忙。”沙靓靓说。

话还没说完，手机里就传来了挂断后的嘟嘟声。沙靓靓放下手机，和纪佳程大眼瞪小眼。

看样子，周烨君正在那边和别人吵架。纪佳程觉得刚才那个“赶紧交出来！不要搞事情”的声音有点像赵朱平，前面那句带着脏话的本地话，非常像沈星文。

“撒宁晓得伊躲哪里去了”——谁知道他躲到哪里去了。怎么，徐昕躲起来了？

“老大，他们那边好像在吵架。”沙靓靓幸灾乐祸地说。

纪佳程知道徐昕家出的事，心里那股八卦之火早已熊熊燃烧。他打发沙靓靓去完善那七组证据的分析和质证意见，自己在办公室里一边喝茶，一边琢磨：是不是徐昕不去办公室了？如果是的话，他在干吗？在满世界疯狂地找袁莉，还是一个人躲在某处舔舐伤口，像一匹孤独的老狼那样？

他甚至想到了徐昕会不会像当年的丁龙斌那样……

也许，徐昕几天不见，他的事务所里已经翻了天了吧。纪佳程想起徐婧儿，有点心痛，不知道那个可怜的孩子遇到这样的家变，会是怎样。

想到这里，他给徐婧儿打了个电话，想请她到自己家里来吃饭。虽然讨厌徐昕，但是他还是蛮喜欢徐婧儿的。

电话过了好久才被接通，里面传出了抽泣声。

“婧儿？”纪佳程问，“你在哭？”

“纪叔叔……”徐婧儿抽泣着说，却没有说下去。

她不知道该怎么说，毕竟这是不光彩的事。纪佳程叹了口气，说：“事情我都知道。我打电话就是问问你，你爸爸现在怎么样？”

“他把自己锁在家里不出来……”徐婧儿哭着说，“我现在就在别墅这边呢，他已经两天两夜没出来了，东西也不吃，水也不喝……我敲门，他叫我走开……纪叔叔，我也不知道怎么会这样……我妈妈怎么能这个样子！……呜呜呜……”

“哦……你吃东西了吗？”纪佳程皱着眉头问。

“我不饿……”

纪佳程一阵心酸，说：“你不要伤心，父母的事情，父母会解决。你要吃东西，照顾好自己，只有照顾好自己，你才能照顾他。这样，我现在就过去，你想吃点什么？我带给你。”

“不用了。”

徐昕的声音出现在话筒里。

第十九章
杀伐决断

“老纪，多谢你打电话来。”徐昕的声音沙哑而疲惫，“之前麻烦你们了。我这里没事儿，你不用来。等会我带婧儿去吃饭。”

“师兄，你没事吧？”纪佳程问。

“我很好，放心吧。让你们见笑了。”徐昕说，“过段时间，我再请你们喝个酒，谢谢你们。”

“好。”纪佳程说，“赶紧去吃点东西吧。”

“就这样。”徐昕说着挂断电话。

徐婧儿看着徐昕，两天不见，父亲消瘦了，憔悴了，脸上的胡子长了出来，颧骨凸出，脸颊却陷了进去，头发也乱蓬蓬的。她看了爸爸一会儿，突然扑到爸爸怀里，大哭起来。

“别哭，别哭，”徐昕抱着女儿，轻轻拍着她的后背，眼角闪着泪光，嘴角带着微笑，“这两天让你担心了，苦了你了……没事了，已经没事了……”

“我打妈妈电话，妈妈不接！”徐婧儿痛哭着说，“我知道她不喜欢我，可是她怎么能抛弃你！怎么能抛弃这个家！……你对她这么好！……”

“天要下雨，娘要嫁人……”徐昕把目光投向远处，“她要走，就随她去吧。”

“可是她把咱们家的财产全卷走了！”徐婧儿哭着说，“这别墅也是在她一个人名下的，万一她找人卖了……”

“她要卖，就随她去。”徐昕轻轻拍着她，“要是真卖了，也就真的彻底了断了。钱没了，爸爸再挣；房子没了，咱们再买。爸爸有你就够了。你放心，爸爸打不垮，爸爸能挣那个钱，爸爸还给你留着一份嫁妆呢。”

“爸爸！”徐婧儿紧紧抱住徐昕。在爸爸这里，她还能感受到家的温暖。

“你小的时候，我就给你开了张卡，每月往里面存钱，这钱就是留着给你当嫁妆的。”徐昕安慰她说，“这么多年下来，里面的钱也算不少了，给你买个房子当嫁妆是够的。卡就在我办公室。这事儿你妈不知道，否则可能也被她卷走了。——你看，你不用难受，对不对？爸爸有钱，爸爸能挣钱，只要爸爸在，什么事都能解决。我和你妈之间的问题，你就不用管了。爸爸有你，有律所，没什么可担心的。”

他说到这里，往左右看了一眼。

“烨君呢？”他脸色一沉，“他没有陪着你？”

“他昨天陪了我一天。”徐婧儿抽泣着说，“今天所里搞不定了，他急忙赶回去了。”

“所里什么搞不定了？”徐昕扶着她的肩膀问。

“茶类中心那个案子。”徐婧儿低声说，“你的事儿不知怎么回事，被赵朱平他们知道了，他们就说你这样子肯定做不了案子，要接手。周烨君不肯给他们，他们就骂他。今天早上法院通知下周二开庭，前台秘书偷偷给烨君打电话说，赵朱平和姓沈的带着开锁师傅进所，要撬箱子拿走案卷，还在动你的电脑，想破解你的密码。烨君怕他们真的把案卷抢走，紧急赶回去了。”

徐昕点了点头，眼神变得锐利起来。几秒钟后，他的嘴角挤出一丝冷笑。

“婧儿，等爸爸一下，爸爸去洗个澡，换一下衣服。”他说，“咱们找个地方吃点东西。”随后他的嘴角微微一抿，“然后咱们去所里。这个所，也该找回一些失去的东西了。”

“什么东西？”徐婧儿问。

“规矩！”

下午三点多，徐昕和徐婧儿来到益度所的办公室时，里面已经快要翻天了。

周烨君死死地守在徐昕的办公室前，用身体阻挡着别人的前进。他对面是沈星文、赵朱平、一个开锁师傅和一个黑衣人。地上散乱着一些文件，倒着两把椅子。

之前因为案件问题和赵朱平发生过冲突以后，徐昕就把这批案子的材料全部锁在了自己的保险箱里。早上周烨君赶回办公室时，开锁师傅已经在徐昕办公室的保险箱那里忙活，赵朱平站在一边测试着徐昕的电脑的开机密码。周烨君怒吼着将他们赶出了徐昕的办公室。

双方就此撕破了脸皮。看到周烨君一副玩儿命的样子，赵朱平脸色煞白，冒着冷汗，叫来了沈星文。

沈星文来了以后，对周烨君破口大骂，又要闯进徐昕的办公室里去。周烨君仍然死命挡着。当着事务所里几十名律师的面，沈星文和赵朱平也不好动粗，双方一时僵持住了。

中午的时候，沈星文、赵朱平等人离开了，周烨君松了口气，紧急处理了些事务，包括把证据寄给法院和纪佳程。他不敢离开，连饭都没敢去吃。

果然，下午三点，沈星文、赵朱平、开锁师傅去而复返，一同前来的还有一个穿黑衣服的流氓。他们一进入益度所，就向徐昕的办公室走去。

周烨君闪电般地挡在了徐昕办公室的门前。

“周烨君，你做得已经很到位了，适可而止吧。”赵朱平翘着兰花指，用手指头点着周烨君，“这案子关系到那么多人的利益，姓徐的自己不出面，还把案卷扣着，万一出了什么事，咱们所赔不起！他现在那个样子，能做个狗屁案子？我是副主任，一切我说了算！再说那些委托人现在已经不反对了，也愿意变更，你给我让开！你不让开，我立刻开除你！”

“给你你也做不了！”周烨君反唇相讥，“你什么水平，自己心里没点数吗？”

赵朱平的嘴唇哆嗦起来，脸色由红变白。他指着周烨君：“你——你——”他突然转身，跺着脚对沈星文喊道：“老沈！你看他！”

沈星文破口大骂：“小赤佬！给脸不要脸！”

那个穿着黑衣服的流氓冲上去，一耳光就把周烨君打倒在地。他接着就去踹门，没等冲到门前，周烨君爬起来抱住了这流氓的腿。这流氓大怒，抄起旁边一本厚厚的书，狠狠地向周烨君的头上砸去。

伴随着一声惊叫，周烨君无意识地倒在地上，额头上流着鲜血。沉重的法律书那坚硬的书角砸破了他的头。随后一个身影猛冲过来，是徐婧儿。她扑到地上，把失去了知觉的周烨君抱在怀里。

“浑蛋——”她悲愤地冲着沈星文等人吼叫起来。

沈星文、赵朱平等人看到周烨君头上的血，脸色都不自然起来。接着，他们的眼光一起往徐婧儿来的方向移过去。

徐昕站在那里。

几十双眼睛集中在徐昕身上。

徐昕一步步走过来，表情难以捉摸。他动作不快，可是每一步都令其他人眼皮直跳。他来到徐婧儿和周烨君旁边，用锐利的目光扫视了一圈。在他面前，赵朱平、沈星文的气势突然弱下去了。

“报警。”他淡淡地说。

“别报警。”赵朱平立刻对那个拿起手机的行政职员说。

“报警！”徐昕大喝一声，“想被开除吗！”

那个行政职员慌慌张张地拨报警电话，赵朱平急忙过去，劈手夺下了手机。

沈星文脸色铁青，使了个眼色，那个流氓撒腿跑出事务所去了。

“有监控，跑了也白跑。”徐昕淡淡地说。

“徐昕，”沈星文脸色难看地说，“这事情可以解释的。家里的事情，报警做什么？”

“‘家里的事情’？没错，事务所是个家。”徐昕狞笑一声，突然大喝一声，“可是有人把外面的人带进来，把家里人打了！这要是不立个规矩，谁都可以到我‘家’来，撬箱子、翻柜子、打人，能行吗？能行吗！”

他最后几句话是吼出来的，脸凑到了沈星文面前。令人感到可怕的是，他居然是带着笑吼出来的。

这时候徐婧儿已经拨打了120，在同事的帮助下把周烨君拖到一块空地上。徐昕逼视着沈星文和赵朱平，那两个人回视着他，身子微微向后。

“胆儿肥了啊，赵朱平，”徐昕带着可怕的笑说，“之前我以为你看到有油水，就想插一脚，现在看来，你是想把油水全捞走啊。就你那猪脑子，你能做得了这案子吗？你自己几斤几两，心里没数？你连证据规则都玩不转的人，还想办这么难的案子？你是老几啊？啊？就你那脸，上法庭法官都能吐出来，你还办案子？”

所有人都吓呆了，想不到徐昕以主任之尊，竟然满口“芬芳”，一句比一句难听。赵朱平连嘴唇都白了，颤巍巍地用手指着徐昕，嘴里说着：“你——你！”

“你指你爹呢！”徐昕一耳光扇过去。随着一声清脆的响声，赵朱平踉跄了一步，捂着脸坐倒在地上，瞪大眼睛不敢相信地望着徐昕：“你——你敢打我——”

“你再敢出声，我还要砸你！”徐昕大喝一声，“这几年老子文雅点，你蹬鼻子上脸了是吧？”

他的手里拎了把椅子。赵朱平惊恐地看着徐昕，气焰全无。徐昕转向沈星文。

“侬想哪能？”沈星文后退一步。

徐昕带着难以捉摸的笑，说了一句：“跟我到天台上去，咱们聊聊。”说着转身背手往外走，走了一步，又回头看了看地上的赵朱平。

“一会儿我回来，要是还在这里看到你，”徐昕阴阴地说，“我真的开你的瓢。”说着走出去了。

“你——你——”赵朱平的眼睛鼓着，指着徐昕向沈星文叫道，“你看他……他威胁我！”

“你给我滚！”沈星文突然怒吼一声，然后跟在徐昕后面向外走去。

两个人一前一后，先是坐电梯，然后走楼梯，一直到了四十五层的楼顶天台上。楼顶一片开阔，风吹得很厉害，他们的头发和衣服在风中飞舞着。

徐昕背着手，在空地上踱着步，突然站住，回头看着沈星文。

半晌之后，他说道：“老沈，咱们二十多年的交情，今天看来要交待了。”

“我也是为了这案子。”沈星文分辩道，“你这几天不出现，我哪能办？我跟你讲，这案子我押上了全部身家，我老娘养老的房子都被我押了！你不出来，我找别人做，天经地义！”

“是吗？”徐昕嘲弄地笑着，“你找别人做？这案子是你的？”

“这案子我有话语权吧？”沈星文说。

“你有话语权？”徐昕咧嘴笑了，“你那点小心思，在这里嘴硬什么呢？你无外乎看这个案子的方向找准了，证据准备好了，想摘个大桃子。可是你脑子进水了，这案子没我能行吗？我撤了，你掂掂自己的斤两，你撑得起这个案子？赵朱平什么货色，你找他？”

“那你就自己控制这案子？”沈星文恶狠狠地说，“我就光出钱？”

“让你出钱是给你脸，赏你吃饭，你别给脸不要脸。”徐昕毫不留情地说，“我告诉你，这案子我随便找人来出担保，人家排着队来！你信不信？”

沈星文闷住了，他很少见到徐昕这样咄咄逼人，一时竟然卡壳了。过了半晌，他说了一句：“徐昕，你行啊，你这是不想让我沾边？我钞票投进去了，老娘的房子押掉了，你跟我说这个？”

“这案子是谁发现的？”徐昕逼问道，“是谁费尽心力把这些投资人弄过来的？谁建群忽悠他们的？工作都是谁做的？你就一个老流氓，这案子你懂个屁！”

“你再说一句！”沈星文吼道。

“不止一句，我后面还有几十句呢！”徐昕逼上前去，“你当年就是定海路上的小瘪三，流氓都算不上的东西！是我抬举了你，没有我，你有今天？你就是一条狗！明白吗？让你有钱了，让你在我这里弄间办公室，你倒是忘了自己的斤两了，是吧？带人来撬锁？打我女婿？看来，你终归是条狗，上不了台面，烂泥扶不上墙，得让你长长记性了。”

沈星文被骂得怒目圆睁，几乎马上就要动手了。徐昕毫不在意，反而咯咯一笑，这一笑，居然让沈星文的动作迟缓下来了。

“侬要哪能？”沈星文铁青着脸问。

“我能给你，我也能让你一无所有。”徐昕阴狠地说，“从今天起，从这个律所滚出去！”

“你要做绝？”沈星文暴怒起来，“你赶我试试？”

“我说了，我给你脸，你不要。”徐昕嘿嘿一笑，“我要不现在就试试？怎么，你敢动我？你干过的那些事儿，自己掂量掂量。”

“你干的那些事呢？”沈星文目露凶光，“鱼死网破？”

“所以你最好听我的，别逼我和你鱼死网破。”

“徐昕，你不要嚣张。”沈星文叫道，“有家有口的人了，不要意气用事，会给家里人带来伤害的！”

“怎么，还威胁我家人了？”徐昕又是咯咯一笑，“我以前忍着你，因为我还有个老婆，现在呢？没错，我老婆跑了，所以我也就没什么亲人了，你威胁谁？”

“你有个女儿。”沈星文说。

“这事儿你比谁都清楚，她不是我亲生的。”徐昕冷笑一声，“我为什么会养她，你心里没点数？”他话锋一转，“倒是你，你还有个躺在医院的老娘吧？听说你还是个孝子呢……”

话音未落，沈星文像头狮子一般猛扑上来，卡着徐昕的脖子，直把他压在楼顶栏杆边缘，胸部以上探出了楼顶。

“你敢威胁我？威胁我老娘？”沈星文吼道，“我现在就把你推下去，你信不信？”

“我不信。”徐昕费力地说，他的身子在风中晃着，居然还在笑，“你把我推下去呀，啊？然后去坐牢，去吃枪子儿？听说你老娘心脏病比较严重，受不得刺激？你干吗不试试？”

沈星文恶狠狠地盯着他，似乎马上就要行凶了，却最终没有，手慢慢地松了。徐昕一把推开他，咳嗽了几声。

“要么给我老实点，要么从律所里滚出去。”徐昕阴狠地说，“这个案子做好了，该分你的一分不少。你要是想搞什么小动作，我保证让你后悔。”

他望着远处，天空是蔚蓝的，城市似乎在他的脚下，呈现都市特有的蓝灰色。

“你别以为我吓唬你。当年咱们做过什么，你心里有数。”徐昕把一根烟放到嘴里，摸了半天也没摸到打火机，便把烟一把扔掉，那根烟就在风中滚到角落里去了，“走出那一步，我也就不打算当人了，你也一样。从本质上来讲，咱们俩都是畜生。既然是畜生，办事也就没什么好顾忌的，你别逼我对付你。我这人，要么不做，要么做绝。”

沈星文愤恨地看了他一眼，说了句：“行，你狠。”转身就走。

“记住，几天之内我不想见到你，还有赵朱平！”徐昕的声音悠悠地从后面传过来，“还有啊，叫那个打人的畜生拎着水果到医院去赔礼道歉。你要是再敢对周烨君、徐婧儿使什么小动作，你老娘那边也不会安稳的。”

“我跟你讲，动我老娘，我一定杀了你。”沈星文怒吼了一声，头也不回地离开了。

徐昕扯了扯被扯乱的衣服，离开了平台。他没有坐电梯，而是一层一层地走下去。回到办公室时，沈星文和赵朱平都已经离开了，办公室里剩下的律师和助理们正惶惶不安地交头接耳。他们从来没见过这样严重的事务所高层冲突。

“看什么看？回去干活儿。”徐昕皱着眉头说，“没事了。”

他走进自己的办公室，来到窗前。刚才看这个城市是俯视的角度，现在他平视着附近的高楼，城市在他眼里的感觉又不同了。

“这个所真正的老大还是我。”徐昕突然对着窗外说，“我能挣钱，我有地位，你走就走吧。”

第二十章
天上掉馅饼？

一个快递被放到沙靓靓的座位上，沙靓靓拿起来看时，内件品名是“补充证据和光盘”。她知道这肯定是周烨君寄来的。

这的确是益度律师事务所那边寄给纪佳程的。之前沙靓靓有意识地找前台秘书打过招呼，所有纪佳程的快递——不论是文件还是包裹——都送到她这里，然后由她给纪佳程送进去。以助理身份而言，这倒也没什么让人生疑的。不知不觉间，纪佳程所有的包裹快递都要先被她拆开了。

今天早上也是这样，前台秘书直接把快递送到她这里，这让她有一丝小得意，似乎自己已经开始掌管纪佳程的一部分生活了。她撕开封条，伸手把快递里的东西拿了出来。

很快，她的脸上就现出意外之色。

首先是一张光盘，上面用黑色的水笔写着“补充证据八”。后面是证据目录和一沓打印出来的截图，证明目的写得很简单：“证明被告存在非法事由。”

这是徐昕和周烨君的套路，目的是不在证据目录里暴露太多观点。之前他们提交证据也是这个德行，纸质文本上简单几句话，让人看得云里雾里，到了法庭上才滔滔不绝地说出详尽的证明目的。

沙靓靓感到意外的是，这些文件没有装订在一起，排列有点乱，前面几页甚至纸角都折起来了，看起来就像匆忙一把塞进快递袋似的。证据页码也没有标注，不知道周烨君这样做是不是故意的。

她只得一页一页翻着，核对这些截图的顺序。这一翻，让她意外的事情更多了：她在里面挑出了两张其他案子的传票，几张乱写的A4草稿纸，一份某某民间借贷案的质证意见。这些东西和茶类中心系列案完全没什么关系。最让她眼皮一跳的是一份《茶类中心系列案代理思路》。

沙靓靓拿起这份《茶类中心系列案代理思路》翻了一下，立刻拿起所有的材料向纪佳程的办公室奔去。

纪佳程翻着这一沓文件，也蒙了。

“什么情况？”他翻着这些东西，“他寄的东西里还夹了这些玩意儿？”

“是啊。”

“这不科学啊。”纪佳程一脸不可思议，“不应该啊，我做了这么多年律师，这种情况还是第一次遇到。”他翻着那两张传票，“实习生干的？看看，连别的案子的传票都塞进来了，这是有多马虎，寄之前都不检查一下？”

他一边说着，一边拿起那份《茶类中心系列案代理思路》。翻了翻，脸色凝重了。

这份文件一共有八页，原本是打印件，但是现在上面用荧光笔、红笔、黑色水笔做满了标注及修改。纪佳程粗略地扫了一眼，里面包括该案的基本代理思路，被告方可能的抗辩点和反驳思路，关于非法期货交易的概念、特征、表现形态和在本案中的对应表现，国内其他法院的裁判思路收集，金额构成及详细说明……

纪佳程抬起头来，脸上微微有些呆涩。这份文件是徐昕和周烨君整个案件的代理思路，现在居然和他们的证据夹在一起，寄到这里来了！这就好比你和别人打牌，还没等出牌，对方就把底牌全告诉你了，那还打什么？

纪佳程把这些文件翻来覆去看了几遍，特别观察了那些窝起来的角、草稿纸上的乱画，越看越觉得寄件人是匆匆忙忙把文件塞进快递袋，忙中出错，摆了乌龙。

天上居然会掉馅饼？

在超过二十年的执业生涯中，纪律师从未碰到过天上掉馅饼的事，所以他不但没有“大喜过望”，反而迅速陷入纠结：这该不会是徐昕和周烨君玩的花招儿，在给自己设套挖坑，用这种方法误导自己的思路吧？

纪佳程脸上阴阳不定。他看着那些与本案无关的材料，又想着徐昕现在老婆跑了的事，觉得对方摆乌龙的可能性的确很大；可是想想徐昕在丁龙斌案和茶类中心系列案中的布局，又觉得他犯这种低级错误的可能性极低。

也许他利用大家都以为他心智大乱的思路，故意寄了这么一份东西来，让自己以为这是他的代理思路。如果是这样的话，徐昕绝对是心理战的高手了。

纪佳程越想越纠结。他让沙靓靓把这份《茶类中心系列案代理思路》复印两套，原件放到文件柜里妥善保存。沙靓靓复印回来时，纪佳程端着茶杯，扭头望着窗外发呆。

“老大，复印好了。”沙靓靓把文件放在桌子上。

“小沙，”纪佳程回头看着她，“你做两件事。”

“您说。”沙靓靓拿出笔记本。

“第一件事是仔细看一下光盘里的内容，看看里面都有些什么，写个要点，明天我也会看一看。”纪佳程说，“第二是打听一下，益度所那边有没有发生什么事。”

“打听益度所？什么事呀？”沙靓靓奇怪地问。

“比如有没有哪个助理、实习生什么的挨骂或者被开除什么的。”纪佳程说。他的思路是：这份东西如果是真实的，徐昕和周烨君肯定会翻箱倒柜地寻找，一旦不见了，大发雷霆、大骂乃至开除负责保管的实习生都是正常的。

“问问谁有同学、师兄、师弟、师姐、师妹什么的在益度所。”纪佳程提示道，“侧面打听一下。”

沙靓靓一脸蒙地出去了，她完全跟不上纪佳程的思路。她走了以后，纪佳程拿着《茶类中心系列案代理思路》，开始细细地阅读。只阅读了大半页，纪佳程就越来越倾向于这份材料是徐昕和周烨君的真实代理思路，因为这上面写得太详尽了，和徐昕之前在法庭上陈述的观点完全对得上。从纪佳程的角度看，徐昕想再找出别的思路来攻击茶类中心，是有难度的。

他带着这样的疑惑继续阅读了下去，特别是看那些手写批注，看得全神贯注，一边看一边仔细思索着。半个多小时过去，他看到了第三页，内容是“关于非法期货交易的概念、特征、表现形态和在本案中的对应表现”。在他阅读的时候，魏巍一推门进来了。

“老纪，忙着呢？”

“师兄？”纪佳程抬头一看，便招呼道，“坐坐坐。你来了我正好松松脑子，泡点什么茶？”

“不用了，几句话的事儿。”魏巍说，“听说了吗？徐昕那边的后续。”

“有八卦？”纪佳程登时精神一振，“快讲讲，快讲讲。”

“那家伙调整过来了，而且听说更狠了。”魏巍说，“据说他昨天下午到益度所去，还大打出手，把一个姓沈的和他们那个姓赵的副主任赶出事务所了。”

“啊？大打出手？”纪佳程吃惊地问，心里琢磨着：姓沈的和他们那个姓赵的副主任……沈星文？赵朱平？

“据说是那两个人一早带人去事务所夺权，把周烨君给打了。后来徐昕去了，打了那个副主任，直接把两个人赶出事务所去了。”

“这家伙可以啊，”纪佳程感叹道，“他还敢动手打人哪？在事务所里？就在那么多律师面前动手？”

“就是当众动的手。”魏巍说。

“我看他那个所长久不了了。”纪佳程说。一个律所最重要的是人和，如果合伙人之间都到了动手的地步，这个所也就快到头了。

“这个谁知道呢。还有啊，”魏巍说，“袁莉卖房子了。”

“什么？”纪佳程有点震惊地问。

“袁莉委托房产中介卖房子，把那个别墅挂牌了，比市场价格低两成。”魏巍说，“今天早上徐昕已经从别墅里搬出来了。”

“搬出来是什么意思？”纪佳程问，“那是夫妻共同财产吧，袁莉想卖就能卖？”

“这小子把房子挂在袁莉一个人名下，”魏巍说，“而且他也不打算去打官司，说好聚好散，夫妻一场，她要就给她。”

“……这倒挺爷们儿的。”纪佳程挠挠头，“想不到他还有这气魄。”

“他是真喜欢袁莉。”魏巍说，“缘分尽了，也要好好送走。”

虽然不喜欢徐昕，纪佳程这时候却对袁莉生出了一丝反感：出轨、转移财产、急吼吼卖房子……相比之下，那个他平时没有好感的师兄似乎变得有些顺眼了。别的不说，就冲他现在对待袁莉的方式：爷们儿，真爷们儿。

魏巍一走，纪佳程的眼神落回那份《茶类中心系列案代理思路》上，心里更不淡定了。“徐昕回来后更狠了”，他是不是通过这个给自己下一剂狠药？

可是从内容上看，又不像。

纪佳程拿过快递单，在电脑里查询流转记录。他发现这封邮件是昨天中午十二点多揽收的，也就是说，周烨君是在十二点乃至更早的时间寄出了这封文件。纪佳程又回想起魏巍说的话，比如那两个人是“一早”带人去夺权的，徐昕是“下午”进所打人的，从时间上看，似乎是这么个流程：

早上夺权，中午寄快递，下午徐昕进所打人。

如果是这样的话，“周烨君在事务所上午出变故后忙中出错”就非常有可能了。问题是魏巍了解到的情况，特别是时间先后顺序，是真的吗？

纪佳程觉得自己的脑子又不够用了，有点昏沉和胀痛，不由得闭上眼睛，用力揉着额头。不知闭了多久，他突然有所感觉，睁开了眼睛。只见沙靓靓在他的面前俯下身来，脸靠得很近。

“老大，你没事吧？”她关切地说，“你脸色好差。”

“没事。”纪佳程本能地想往后缩一下，但是他的身后是椅背，他缩无可缩。

她向他伸出手：“头疼吗？要，要不要我给你按一下……”

“不用不用！”纪佳程说，他突然有点慌乱，“已经好了——对，没事了。”

“是，是吗？”沙靓靓也有些慌乱地说，“啊，我——就是问问。”她急忙直起身子，突然间满脸通红，支支吾吾地说，“那，那我去做事了。”说完，没等纪佳程说话，她就转身跑出去了。

纪佳程有点发蒙，浑身有点燥热，感觉衣服里在出汗。他一脸痴相地望着房门，有点怀疑自己刚才经历了什么，像做了场梦似的。那个小妮子进来是要帮自己按摩头部吗？这是徒弟对师父的关心吗？如果是的话，是不是过分亲昵了一点？

她刚才的表情是不自然的，脸是红的。

她不会对自己有点想法吧？

纪佳程一激灵，仔仔细细地在脑子里把沙靓靓品评了一番：这是个长得不差、脸上总带着一丝倔强的姑娘，有着“魔都”女孩特有的海派气质，说话做事也比较大方，衣着打扮利索得体，体形也不错，身上散发着青春的气息……

纪佳程的身体又出汗了，他在脑子里把沙靓靓刚才的样子过了一遍，突然想，如果刚才那个小妮子一下子扑到自己的怀里，自己该怎么办？

这样一想，他莫名地有点遗憾，似乎自己刚才错过了什么。不过更多的是庆幸，万一这小妮子扑上来，自己只能推开她，那样就不好收拾了。赵敏这人有道德洁癖，常说“一次不忠，百次不用”，即便自己没有出轨，摊上这事儿，大闹一场是少不了的。

他在那里坐了一会儿，拿过公文包，把文件一把塞进去，深呼吸一下，穿上了外套。出门前，他先从门缝里看了看，只见沙靓靓的座位上空着，纪佳程如蒙大赦，立刻拉开门匆匆离开律所。

在地下停车场，纪佳程坐在车里发了一会儿呆。他把遮阳板拉下来，照了照背面的镜子，又打开了手机的自拍模式，端详着。

“我已经不是青涩少年啦，”他自言自语地说，“这脸上的皮肤有点差啊……头发也有点乱……这嘴唇怎么有点厚啊？”他又把镜头拉远点，“这么看的话，似乎还过得去，我还挺帅的。”他沾沾自喜地想，“跟同龄人相比，我看着年轻得多呢，别看白头发不少，可是脸看着还不错。是不是很多小女生会喜欢我这种成熟的帅大叔呢？”

但是马上他的脸色就黯淡了下来。

“这么多年，我已经不能算什么大哥了，已经是大叔级别啦。”他皱起眉头，“这小妮子不会是有点喜欢上我了吧，还是我多心了？”

他坐了很久，最后将视线停留在后视镜上的挂坠上。

那个挂坠是一个菱形的水晶块，里面是他、赵敏和纪宝宝的合影。在照片里，他穿着格子西服，赵敏穿了一套婚纱，纪宝宝穿着小礼裙坐在中央，三个人都笑得很灿烂。那是五年前拍的，是他和赵敏结婚十周年时拍的纪念照，摄影公司的人给制作成了水晶挂坠，他拿来后挂在了后视镜上。开车时只要一转眼，就能看见赵敏和纪宝宝。几年下来，在日光的照射下，里面的图片已经有点变淡了。

纪佳程把它握在手里，仔细地看了一会儿。虽然有些淡了，但是在水晶里，赵敏和纪宝宝都在笑盈盈地看着自己。他默默地看着，最后长长地呼出一口气。

他发动车子，离开了车库。

第二天中午他才来到办公室，当他走过沙靓靓的座位时，她有点慌乱地看了他一眼。纪佳程也有些紧张，但还是用一副公事公办的口气问了一句：“昨天打听到什么没有？”

“没……还没联系上，”沙靓靓望着他说，“我还没找到合适的人。”

“知道了。”纪佳程点点头，又问，“那个光盘里的东西分析了吗？”

“看了，是交易流程。”沙靓靓说，“我看了一下，做了个分析。视频我已经拷贝到您的电脑里了，在D盘。”

纪佳程点点头，接过她的分析报告，说：“你上午做一件事，尝试一下注册茶类中心平台，把每一个步骤记录下来，页面截图，让IT也过来录个像。”

“啊，好。”沙靓靓认真地看着纪佳程，想从他脸上看出什么，可是纪佳程回避了她的目光，转身进了办公室。

上午他在办公室里仔细研究着证据，沙靓靓和IT进去把刚录制好的视频交给他时，他还在观看周烨君提交的视频。沙靓靓默默看了他一会儿，纪佳程没抬头，于是她无声地走出去了。过了一会儿，她又走了进来，带着一丝倔强，给他倒了一杯茶，转身离开。

办公室的门关上时，纪佳程的嘴角露出一丝苦笑。

到了下午，他终于把沙靓靓叫进了办公室。

沙靓靓进去时，林清也在，而且似乎已经在这里待了一段时间，桌子上还放着比萨和汽水。她坐在一边，打开笔记本，大胆地看着纪佳程的脸。纪佳程低着头，手里拿着案卷。

“开个简会，讨论一下。”他说，“基本情况大家已经了解了，徐昕这玩意儿是送礼还是下套，咱们现在不好说，不过我也要重视。我打算接下来让小沙针对对方的这份思路做准备。”

林清表示同意。

“万一这是对方在下套呢？”沙靓靓问。不知为什么，她觉得自己的心在跳，不知道纪佳程会用怎样的态度和自己说话。

“听过毛主席的那首《西江月·井冈山》吗？里面有一句‘敌军围困万千重，我自岿然不动’。”纪佳程说，“我昨天想了很久，这案子我们最重要的是有自己的思路，坚守我们的观点，而不是跟着对方的思路走。立足于我，也针对这份对方的思路做准备。不管他什么观点，兵来将挡，水来土掩，打回去就是了。”他看了一眼沙靓靓，发现那姑娘正在看着自己，就低头喝了口水，“以后你做案子，也要记住这一点。”

沙靓靓“嗯”了一声，林清在对面点点头，说：“好，交给你了。”

“接下来做几件事。”纪佳程说。

沙靓靓打开笔记本。

“第一，小沙今天要把注册流程刻成三张光盘，制作好截图和说明，打印装订好，随时准备提交。”

“是。”

“第二，针对徐昕的这份思路，逐项做好批驳的意见。”

“好。”

“至于我，”纪佳程说，“负责总的代理思路，下周二的开庭由我来发言。废话不说了，大家这两天准备充分一点，有什么想法及时提。下周二咱们一鼓作气，把我那位师兄彻底击败。”

第二十一章
庭审开始

周二一早到法院外时，纪佳程、沙靓靓与林清、吴瑛碰头了。纪佳程看到沙靓靓手里除了案卷，还拎了两个黑袋子，就问：“这是什么？”

“我看对方上次穿了律师袍，我也就带了两件。”沙靓靓解释道。

纪佳程顿时“满头黑线”。国内这律师袍当初也不知是谁设计的，跟个半长裙似的，至少他和他身边的同行普遍认为难看。有一些南方省市会强制要求当地律师穿着出庭，可是“魔都”律师普遍穿正装出庭。上庭郑重其事穿律师袍的极为少见，这也是上次开庭徐昕穿律师袍，法官杨艳辉脸露诧异的原因。

沙靓靓带了两件律师袍来，可见这姑娘真的很重视这案子，这让他有点哭笑不得。不过他也没说什么，只是点了点头。

时间尚早，他们每人手里拿着杯饮料，在法院门口等待的时候，徐昕一伙人浩浩荡荡地来了。

最前面是徐昕，他的脸有点瘦削了，但依然精神抖擞。周烨君跟在他身后，脸上满是疲倦。沈星文走在徐昕的身后，面带笑容和一些投资人交流着。

他们身边的投资人有十几个，脸上分别透着紧张、激动、谄媚的表情。走在最后的是赵朱平，他离大队足足有五米远，面无表情，嘴唇抿着。

他们走到纪佳程附近的时候，一位投资人正在说着："……就是，我们最放心的还是徐主任，对不啦？前几天徐主任没声音嘛，我们是有点担心，现在徐主任这么有信心，我们终归还是要拜托徐主任的，是不啦？"

"其实我一直都认准徐主任的。"

随后是一片附和声。在这附和声中，他们来到了纪佳程等人旁边。那些投资人立刻用带有敌意的目光看着这边，徐昕却泰然自若，向纪佳程伸出手来。

纪佳程和他握了手，说了一句："还好吧？"

徐昕点点头，笑着说："很好。"

纪佳程笑了，说："那就好。"

徐昕指了指沙靓靓手上的袋子，笑着说："这次带律师袍来了？"

"师兄你都穿了，气势十足的，我这不是心里没底吗？"纪佳程满口鬼话，"穿上袍子壮壮胆。"

徐昕拍了拍纪佳程的肩膀，笑了笑，走过去了。那些投资人跟在后面，能从中隐隐听见沈星文的声音："看到了伐？伊拉心里发虚，也要学徐律师穿律师袍子！"

纪佳程翻了个白眼，扭头对小沙说："得，被他看见了。那咱们就穿吧！"

于是，在书记员高喊"全体起立，请审判长、审判员入席"，审判长杨艳辉和审判员进入法庭时，杨艳辉审判长看到两边的律师都穿着律师袍站在桌子后面，不由得一愣，内心被深深地感动了：因为她在开庭前接到通知，此次庭审会进行线上直播，她想当然地认为这是双方律师得到消息后共同做出的配合行为，目的是向观看直播的人民群众展现法庭的权威性、专业性。这体现出了代理律师对法庭的尊重，对直播的重视，以及高度的社会责任感。于是她深深地吸了一口气，说："请坐下。"

杨艳辉审判长介绍了合议庭组成人员：左手边的罗懿法官，右手边的凌敏法官，以及法官助理和书记员。在各方均表示不申请回避，对诉讼权利、义务均知晓后，庭审就此开始。首先的法庭调查部分由罗懿法官主持。

周烨君再次抑扬顿挫地宣读了诉状，由于是直播，没有人提醒他"简短点"，于是他完整地把诉状读了一遍。当他读完以后，罗懿法官转向被告一方。

"被告方陈述答辩意见。"

"被告方请求原告明确诉由，以便答辩。"纪佳程对着话筒说。

罗懿法官点点头："本庭注意到在之前由杨艳辉审判长主持的证据交换中，被告已经提出过要求原告明确诉由，法庭对此也有要求。"她转向徐昕："请原告方明确，本案的诉由到底是服务合同纠纷，还是买卖合同纠纷？"

"服务合同纠纷。"周烨君毫不犹豫地说。

纪佳程在对面眯起眼睛。周烨君说得这么干脆，应该是有所准备。他低头看了一眼，对方那份《茶类中心系列案代理思路》被压在一沓稿纸下面，露出了一个边。

"那么你们是否坚持你们诉请中关于交易行为无效的请求？"罗懿法官问。

"坚持。具体请法院依法裁判。"周烨君说。

纪佳程和沙靓靓对视一眼，眼睛里都闪过一道光。说白了，茶类中心和投资人之间只能有一种合同关系，要么是服务合同关系，要么是买卖合同关系。一旦徐昕选择“服务合同”作为诉由，法庭肯定会将“交易行为无效”这样的诉请驳回，因为交易属于“买卖合同”。

周烨君口头上说坚持，实际上是主动放弃了“交易行为无效”这样的诉求。主攻服务合同，即以整个平台服务的违法性为由，要求法院判决平台赔偿损失。这与他们的代理思路中说茶类中心搞“非法期货交易平台”是吻合的。

在罗懿法官示意后，纪佳程简短发表了答辩意见：“不同意原告的全部诉请。理由是：第一，服务合同的建立系双方真实意思的表示，合法有效；第二，本案并不符合合同无效的条件；第三，原告选择了服务合同纠纷作为本案诉由，而‘交易行为无效’的诉请属于买卖合同的范畴，应予驳回；第四，原告主张损失赔偿，没有法律依据。”具体理由他没有展开说，表示在辩论的时候会着重讲。

罗懿法官点点头，庭审程序立刻进入了举证质证阶段。

鉴于第一次证据交换时，纪佳程曾经对徐昕提交的第一批证据进行过质证，所以罗懿首先询问双方对上次的举证质证意见是否有变更。双方均表示没有变更及补充后，罗懿法官要求原告方继续举证。

周烨君对证据进行了说明。

“我们在上次证据交换时，补充提交了七组证据，庭后补充提交了第八组证据，即光盘和说明。现在我们逐项说明。”

沙靓靓立刻拿起笔，开始记录周烨君说的要点。

“我们补充提交的第一组证据，是被告的工商登记，”周烨君说，“该证据证明茶类中心是何华王纪集团下属企业，他们没有金融业务资质，也没有增值电信业务资质。”

合议庭的三位法官都露出迷惑的表情，不知道这份证据与本案有什么关系。纪佳程心里却门儿清，知道徐昕这是把茶类中心市场的在线交易支付系统故意混淆成金融业务和电信增值业务。因此，在法官示意可以发言后，纪佳程立刻把路封死，质证意见是：“真实性、合法性没有异议，关联性有异议。茶类中心交易平台上的账户和投资者的账户都是银行托管账户，它们进行的资金往来都是银行托管的，茶类中心本身无须什么金融业务和电信增值业务资质。”

“只要是电子支付，都是需要资质的。”对此周烨君强调道。

纪佳程直接撑了回去：“客户是在银行托管账户里进行点对点的资金流动，是在银行设置的系统里进行交易，结算、划转都是托管银行在进行。银行是有资质的，茶类中心只是个平台，只收交易的手续费，并且能在后台看到交易数据。它本身不经营金融业务，需要什么金融业务资质和增值电信业务资质？”

至此，双方在第一组证据上就掐了起来。三位法官彼此交换了一下眼神，知道今天庭上的双方都是难搞的人物。不过幸好双方律师都是在法官许可后才发言的，所以整个庭审的进度还是平稳有序的。

原告方的第二组证据是《电信市场综合管理查询单》，内容是电信部门回复称：经查询，茶类中心未取得增值电信业务许可证。其证明目的和前面一组一样。

纪佳程的质证意见也和前一组一样。

罗懿法官选择直接跳过，因为如果她放任不管，看现在的架势，双方律师恐怕会把前面的撕咬再重复一遍，而且内容雷同。因此，她命令原告方进入下一份证据的举证。周烨君申请对后面的几份证据进行集中举证，罗懿法官立刻予以批准。

原告方举出的第三组证据是一份《监管信息告知书》，目的是证明我国的期货交易所只有四家，茶类中心未取得期货交易资格；第四组证据是证监会《关于禁止以电子商务名义开展标准化合约的交易活动的通知》，目的是证明主管机关明令禁止在现货交易中采取标准化合约这种“期货交易手段”。

在周烨君提交这份证据后，纪佳程的脸色一沉，他知道徐昕开始亮刀了。

看到纪佳程的脸色沉下去，徐昕在对面露出笑容。他真实的思路是把茶类中心的经营模式证明为国家明令禁止、严厉打击的非法期货交易模式，随后以“违反国家法律强制性规定”为由，援引《中华人民共和国合同法》第五十二条，主张投资者和茶类中心签订的服务合同无效。

一旦合同被确定无效，他就可以援引《中华人民共和国合同法》第五十八条“合同无效或者被撤销后，因该合同取得的财产，应当予以返还；不能返还或者没有必要返还的，应当折价补偿。有过错的一方应当赔偿对方因此所受到的损失……”要求茶类中心赔偿投资者的全部损失。

这两份证据只是开始，后面的证据还隐含着更多杀机。

然而，在对面的纪佳程脸色沉下去不是因为感受到压力，而是因为震惊。截至目前，原告方的举证和思路与那份《茶类中心系列案代理思路》几乎完全一致。难道这次真的是天上掉下了馅饼？

他脸色古怪地望着徐昕和周烨君，按照事先的部署，质证道：“茶类中心是现货交易平台，不是期货交易平台，也没有使用任何期货交易手段。因此这两组证据与本案无关。”

他没有多说，想看看对方接下来的表现是否与那份《茶类中心系列案代理思路》一致。林清和吴瑛部长对此早有准备，一声不吭。

但是这种简短的回复在原告方看来，显然气势有点弱。旁听席上的投资人们立刻喜上眉梢。

周烨君随即举证了第五、六、七组证据。证据五是《关于印发

〈邮币卡类交易场所清理整顿工作专题会议纪要〉的通知》，目的是证明“被告不是现货交易平台，其模式是类似证券的非法期货交易模式，为国家明令禁止”。证据六是网络报道，内容是之前有消费者向媒体反映茶类中心是非法期货交易模式。证据七是一份外地法院判决，内容是认定非法期货交易模式违反国家禁止性法律，并判决某平台赔偿投资者损失。原告方以此证明“国内司法实践已经将非法期货交易模式认定为无效，并判决平台赔偿投资者损失”。

在这份判决书里，有这么一句认定：“平台……提供行情报价分析、挂牌交易商品、标准化合约等各种交易信息，采取T＋0的方式，当日买卖次数不限……综上，应认定为非法期货交易。”

这三份证据没有一份与本案直接相关，但每一份都指向明显，其目的在于确认一个规则：只要是非法期货交易，就应当是无效的，平台就应该赔偿投资者的损失。

纪佳程如果去和他纠结“非法期货交易也未必要赔偿全部损失”，就会给法官造成一种印象：被告也觉得这可能是非法期货交易模式。

所以纪佳程立刻驳斥，不过他的驳斥似乎没什么力道，而是如同前两组证据一样，说：茶类中心是现货交易平台，不是期货交易平台，也没有使用任何期货交易手段。茶类中心的经营模式与邮币卡的经营模式没有相同之处。这三组证据与本案无关。

又是简短的回复，气势依旧有点弱。投资人们很高兴，徐昕和周烨君脸上都带着笑意。这与纪佳程脸上的凝重形成了鲜明对比。

周烨君举出的第八组证据，是一次交易的全程录像视频，以及打印出来的截屏和说明。在法庭的许可下，原告方进行了当庭演示和说明。

视频显示，投资人何四为登录客户端后，可以在其中看到市场里的茶类品种，以及每种茶的价格曲线。他选择了某种茶后，点击购买选项，会出现购买页面；其输入报价、购买数量，随后点击购买，系统会弹出界面，列出交易详细信息，询问是否确定交易；点击确认后，交易自动生成，其账户内会多出所购买的茶的数量，同时其交易账户内的资金被划走。

“大家看，”周烨君的声音在法庭内回荡，“这就是像买卖证券一样的界面和模式，提供市场分析报价、挂牌交易，自动生成标准化合约，而且交易模式是T＋0。这完全就是非法期货交易！”

至此，图穷匕见，徐昕和周烨君露出了獠牙。前面的旁敲侧击，正是为了最后这组证据的绝杀。

纪佳程脸色严肃，质证道：“真实性没有异议，但是对所要说明的问题有异议。这份证据证实了是何四为自己在进行交易的操作，其进行的是现货的买卖，交易界面看不出是非法期货交易。T＋0，也就是当日买进卖出，并非非法期货交易的独有特征，现货交易也是可以的。”

气势仍然显得很弱。虽然知道纪佳程这样做是有目的的，但是吴瑛部长的脸色还是青一阵，白一阵。对面的投资人们都轻松地笑起来。

原告方的举证就此结束。纪佳程拿起了自己的证据，准备举证。

他之所以没有在一开始给徐昕迎头痛击，是想看看徐昕的思路是否与《茶类中心系列案代理思路》一致。现在看来，完全一致。

既然如此，那就出招吧。

纪佳程一共举证了三组证据，第一组是本市政府向上级部委报送的《关于清理整顿各类交易场所工作情况的函》，证明茶类中心已经通过国家清理整顿交易场所的考核，在合格名单中，这说明茶类中心的交易模式是国家认可的。

周烨君的质证观点是：“真实性没有异议，但这只能证明茶类中心被保留了，不能证明经营模式是合规的。被告这是在混淆概念。”

双方为此互撕了两轮，直到罗懿法官强势介入，要求纪佳程继续举证。纪佳程的第二组证据是《××商业银行与茶类中心就存管通业务的合作协议》，证明茶类中心所有投资人的账户以及交易活动的资金转移都是由××商业银行进行托管的，茶类中心只是个交易平台而已。

周烨君的质证观点是：“真实性没有异议，但这不能改变投资人在茶类中心的平台上交易的事实。茶类中心的交易模式是非法的，这和是不是银行托管没关系。”

罗懿法官看出纪佳程打算就此开撕了。考虑到双方的口舌都挺利索，估计光一句“是否非法”都能撕很久，她便再次强力介入，命令纪佳程继续举证，如果有意见的话，可以到辩论阶段说。

纪佳程的“开撕欲望”更多是表现出一个态度，于是他举了第三组证据：视频光盘、截图整理和说明。证明目的相当模糊：任何人注册茶类中心交易平台时，都会阅读平台交易条款，点击交易风险承诺书后才能注册成功，所以茶类中心平台是很规范的，何四为的损失是他的交易风险，与交易平台无关。

周烨君迅速认可真实性。他带着有点嘲弄的口气说，不知道这份证据的意义何在。注册规范，不代表交易模式合法，被告的业务模式是非法的，这是毋庸置疑的。

徐昕突然瞳孔一缩。他发现，在他对面，纪佳程和沙靓靓都露出了笑容，眼神里闪着光。

那是猎人看到猎物掉进陷阱的光。

第二十二章 反杀

“我要对这份证据说明一下，”纪佳程把嘴巴凑到话筒前，说，“刚才原告已经确认了真实性，那么我提请法庭注意，在交易条款里有这样的说明：‘交易完成后，投资人可以选择提取货物，也可以选择继续交易。如果选择提取货物的话，应支付相应的物流费用。’这说明了两点：其一，他购买的是现货；其二，在他交易的时候，这些货物已经在仓库里了。”

徐昕和周烨君明显愣了一下，一起低头看了看截图中的条款。几秒钟后，在法官的许可下，周烨君回复道：“投资人从没见到过货物，所以被告的这个说法没有证据予以佐证。”

徐昕的眼神一凝。他意识到纪佳程给他挖了个坑：纪佳程在举证的时候说得很模糊，等自己这边确认了真实性，再突然点出证据的真实证明目的。

纪佳程的这个陈述引起了法官们的注意，一直闷声不响的审判长杨艳辉和法官凌敏凑在一起，小声交谈了几句，随后拉过话筒询问纪佳程："被告代理人，所有的货物在交易之前，都已经在仓库里了？你如何证明这一点？"

"只有进入监管仓库，并且有入库单的货物，才能上线交易，"纪佳程说，"这是交易规则里写得很清楚的。至于实际是否有货物，我们申请法院到仓库里现场查看货物的品种、数量。"

"你的意思是说，何四为账户内对应的那些茶都在仓库里？在他交易之前就已经存在了？"杨艳辉审判长问。

纪佳程答道："没错。所以何四为购买后，是可以即时提货的，这怎么能是非法期货交易呢？明明是现货嘛。"

"被告的这个说法是没依据的。"徐昕立刻开口了，这也是他今天在法庭上第一次开口，"他说在交易之前，仓库里就有现货，可是茶叶这种东西，同一品种的一批批外包装都一样，怎么证明现存的就是在交易之前入库的呢？也许是在那之后才入库的。"他转向杨艳辉审判长，"证明交易之前仓库里有现货，这个举证责任在被告。很显然，被告难以证明这一点。"

纪佳程立刻接了过去："每一盒茶叶都有相应的生产时间和批次，与仓库系统里的入库时间相结合就可以证明了。"

罗懿问徐昕："何四为有没有提过货？"

"没有，"徐昕回答，"因为根本就没有货。"

"有货，他自己不提。"纪佳程说。

现在局势完全变了，纪佳程的最后一份举证将焦点引向了"交易的时候货物是否存在"，以此来区分这是"现货交易"还是"非法期货交易"。这是他挖的第二个坑。徐昕和周烨君在把"货物是否存在"作为区分标准时，已经被引入了思维误区。

接下来，纪佳程把话筒交给了沙靓靓。在双方互相发问阶段、法庭询问阶段，由沙靓靓负责提问和回答，他自己则一脸严肃地低头看着桌子上的案卷，用手揉着额头。

此时法庭上，双方似乎势均力敌。

庭审时间过去了近两小时，杨艳辉审判长和罗懿、凌敏法官商量了一下，宣布：“法庭调查结束，现在开始法庭辩论。双方应围绕本案争议焦点阐述意见。前面已经说过的，不要重复。现在由原告方发表第一轮辩论意见。”

沙靓靓看了看手机屏幕，显示已经到了11:00，临近中午。在她旁边，纪佳程用手扶住前额，皱着眉头，眼睛盯着桌面。

“好的。”周烨君双目有神，“审判长，审判员，益度律师事务所接受本案当事人何四为的委托，依法指派徐昕律师、周烨君律师担任何四为诉茶类中心服务合同纠纷一案的委托代理人。接手本案后，我们依法查阅了有关证据，调查了解了相关事实，随后依法提起了诉讼，并且参与了法庭主持下的证据交换和庭审。在法律和事实的基础上，在本案证据的基础上，我们特向合议庭提出如下的辩论意见，供合议庭参考……”

他用平缓的语速说了一堆套话，无论是法官还是双方律师都知道他的用意：既然临近中午，他就故意多说一点，说慢一点，好挤压被告方发表辩论意见的时间。

果然，他的第一个观点就是：“首先，我们回顾一下本案的基本案情。”

他把诉状里的内容几乎又讲了一遍，随后话锋一转，指出非法期货交易模式是当前国家严厉打击的对象。

接着，他指出本案中茶类中心的经营模式就是非法期货交易模式，并再度重申了那几个专业名词，如“标准化合约”“T+0”“匿名交易”……还将茶类中心交易平台上的交易细节与之一一对应。

接下来，他着重指出了非法期货交易行为对金融市场的破坏、对投资者利益的损害，甚至上升到了社会稳定、国家安全的高度，并且暗示，一旦投资者们败诉，有可能引发群体性事件。

这种滔滔不绝的雄辩作风，很有他师父徐昕的风采，不论实质如何，至少在效果上是相当唬人的。下面的投资人一个个听得双眼发亮，就差“锣鼓喧天，鞭炮齐鸣，红旗招展，人山人海”了。当他说出“第一轮辩论意见到此结束”时，时间已经过去了二十多分钟。

“被告方发表第一轮辩论意见。”杨艳辉审判长立刻说道，随后补充了一句，“考虑到时间因素，希望简明扼要。”

她也很无奈。以她的经验，一眼就能看出周烨君打的什么主意，可是考虑到庭审直播因素，法官不能打断代理人发言。原告滔滔不绝以后，要求被告“节省时间”显然是不公平的，所以她只能“希望”纪佳程简明扼要一些。

纪佳程抬起头来，笑了。他之所以笑，是因为周烨君所有的观点都在那份《茶类中心系列案代理思路》里，他终于确定徐昕一方没有后手了。这一刻，他要亮“刀”了。

坐在对面的徐昕突然有了一种不好的感觉。

没有套话。纪佳程拉过话筒，直奔主题。

“审判长、审判员，原告方据以支持其诉讼请求的理由，其实归根结底只有一点，即指控茶类中心的经营模式是非法期货交易，但是其指控毫无依据。坦率地讲，原告方甚至搞错了期货交易的定义。因此，其所有论述都是错的。”

无数道目光聚集在他身上。

“原告方纠结于什么‘标准化合约’‘匿名交易’之类的名词，认为这就是期货交易；对于所买卖的标的，也确认为茶类商品。但是！”

纪佳程突然提高了声音。

“所谓期货交易，买卖的不是货物！它买卖的是合约！正确的叫法，是‘期货合约交易’！原告方把期货交易当成货物的交易，连基本的概念都搞错了！如果你连什么是期货交易都搞错了，又如何指责我们是非法期货交易模式呢？”

他往对面看去，目光与徐昕的目光对上了，但他毫不畏惧，直视着对方。

“为了便于法庭正确理解，我首先要向大家解释什么是期货交易。”纪佳程说，“期货，指的是期货合约，期货交易是对这些合约进行交易。比如说，你在期货交易所里买石油期货，你交易的不是多少桶石油，而是一份将来某天交割多少桶石油的标准化合约！这份合约你自己捏在手里，你将来就可以去交割石油；你把这份合约提高价格转让出去，你就可以盈利——所以，从你的交易的东西是什么，就能分辨出这是不是期货交易。在之前的庭审中，原告确认了交易的东西是‘茶类商品’，而不是合约，这就说明，本案完全不涉及期货交易，更别说‘非法期货交易’了！”

似乎有一阵寒风掠过，徐昕的脸色阴沉了，他低下头不再与纪佳程对视，而是开始在电脑上操作着。事实上，期货交易是非常专业的领域，即便是律师和法官，如果没有专门研究，也不一定了解其真正的运行模式。他们会把期货当成“过一段时间再提的货物”，殊不知“期货”这个词代表着的却是一份合约。

徐昕在这个案子上投入了这么大的精力，重点研究了交易平台的操作细节，却在最基本的问题上出了差错。纪佳程的这一击等同于釜底抽薪。

旁听席上的投资人们面面相觑。沈星文脸上的笑容消失了，目光在纪佳程和徐昕之间来回移动。谁也没有注意到，坐在最后一排的赵朱平突然微微抬头，眼里闪过一道寒光，嘴角微微翘起。

“在此，我向法庭介绍一下现货交易和期货交易的异同。”纪佳程说道。接下来，他每一条都简洁而有力，并且在说完每条后都留下一点间隔时间。这样既便于书记员记录，又能制造出一种压迫感。

“现货交易的是商品本身，而期货交易的是合约！

“现货交易可以一手交钱一手交货，可以提货；而期货交易的目的是把合约买入再卖出去，获得利润！

“现货交易是实名的，一对一的；而期货交易是竞价的，匿名的，交易由电脑自动生成，你甚至不知道对方是谁！

“现货交易是采取钱货两清的方式；而期货交易采取的是保证金制度，不用付全款，可以以小博大，只要每日无负债即可！

“现货交易以最小物理数量为交易单位，比如一盒；期货交易会设置一定数量为最低交易单位，比如以一百桶作为一个交易单位！”

纪佳程一条一条地说着。他准备了很久，说起来毫无迟滞，非常有信服力。

“所谓保证金制度，是期货交易特有的一种制度。在期货市场上，交易者只需按期货合约价格的一定比率，交纳少量资金作为履行期货合约的财力担保，便可参与期货合约的买卖。这种资金就是期货保证金。

“比如合约价格为一百万元，交易的时候可能只需要交十万元保证金，就可以买下这份合约，转手再卖出去赚差价，这被称为‘做了十倍杠杆’。因此，以小博大是期货交易的一个明显的特征。”

当然，期货交易还有一些其他特征，比如双向交易（可以先买再卖，也可以在什么都没有的情况下先卖再买）、交易所结算等。可是纪佳程认为无须讲这么细，只要抓几个点，把徐昕的观点给否认掉，自己这方在本案中就可以立于不败之地了。

几点说下来，纪佳程看到徐昕的额头上冒汗了。杨艳辉审判长、罗懿和凌敏法官小声交谈着，不时看着面前显示屏上的笔录，提醒书记员把纪佳程的话全部记下来。

“具体到本案中，茶类中心的交易模式是现货交易，买卖的是已经入库的商品，买卖时即时结清货款，交易实名。这怎么能叫非法期货交易呢？”纪佳程继续说，“既然茶类中心从事的不是非法期货交易，那么就不存在合同无效的理由，同样地，也就不存在赔偿损失的依据。”

接下来，他讲了关于合同无效的法律条文和司法解释，论证本案不存在合同无效的事由；随后详细论证了原告主张的损失为什么是不合理的。

当他确认“被告的第一轮辩论意见结束”时，沙靓靓看了一眼手机上的时间：11:35。

杨艳辉审判长、罗懿和凌敏法官再度小声交谈，随后杨艳辉审判长开口道：“双方陈述的意见，本庭已经认真听取，并且记录在案，如果有更多的代理意见……”

就在这时候，周烨君高高地举起手来。

杨艳辉审判长叹了口气。她本想说“如果有更多的代理意见，可以庭后向法庭提交书面代理意见”，然后进入调解和最终陈述阶段，结束庭审。然而周烨君举手要求发言，她只得说：“原告有什么新的意见？记得简明扼要。”

“原告补充说明一点。”周烨君说，“被告刚才自己承认说‘期货交易采取的是竞价的，匿名的，由电脑自动生成交易，你甚至不知道对方是谁’，但是在本案中，何四为就是采取‘竞价’的方式购买商品的，与不知道是谁的对家‘匿名’交易，交易是由电脑自己生成的！这恰恰说明了茶类中心的经营模式是非法期货交易！”

徐昕立刻用力向自己的徒弟点了点头。

杨艳辉捂了一下额头，因为她看见纪佳程也举起手来了。

“被告有什么新的意见？简明扼要……”

“原告今天当庭举证了他们的交易流程视频，”纪佳程微笑着说，“我提请法庭注意的是，这个视频显示，在交易的最后会弹出一个对话框，里面有交易详情，询问何四为是否确定交易。请大家注意，在这个交易详情的右下角有两个蓝色的字——‘更多’。如果你点击进入，就能看见交易对象的信息，所以这交易不是匿名的。”

徐昕、周烨君、几位法官都一愣。

“我提请法庭对交易流程进行核对。我的意见说完了。谢谢。”

杨艳辉审判长彻底放弃了尽快结束庭审的打算，她和罗懿、凌敏法官商量了一下，决定：“恢复法庭事实调查。法庭决定当场进行一次交易流程操作，现在休庭五分钟，通知法院的IT人员来安排电脑。”说着砰的一声砸下法槌。

在她砸完法槌后，她对双方律师说：“虽然临近中午，但是法庭希望大家都坚持一下，因为我们认为这个情况还是比较重要的，必须在今天加以确定。”

纪佳程自然没有异议，对面的徐昕和周烨君的脸色极为阴沉。明眼人都知道，原告方现在已经被被告方完全压制。此时，交易过程中能否知道交易对家的名字，成了决定本案的最后一根稻草。

如果交易过程中不知道对方是谁，那么徐昕还可以声称这是“匿名交易”，再往“非法期货交易”上靠，或者说这是“类期货交易”。如果交易过程中能看到对方的信息，徐昕将一败涂地。

不是一个案子，而是十个案子。也许还有更多。

在众多目光的注视下，法院的工作人员搬来了一台能够连接外网的笔记本电脑，开始安装客户端。另一位工作人员架设了一个摄像机对着电脑屏幕。大约十分钟后，罗懿法官亲自操作，其他法官和双方

律师都聚在了两边，紧盯着屏幕。

首先是用何四为的账户和密码登录系统，随后进入主界面，开始看不同茶类产品的价格曲线。罗懿法官选择了一款普洱茶，打开了购买的小窗口。

这一切都被摄像机忠实地记录了下来。

“数量填多少？”罗懿法官转身问杨艳辉审判长。

“写一包，物理最低数量。”杨艳辉审判长说。

罗懿法官在“数量”栏输入了“1”这个数字，在报价栏输入了“500”，随后点击“确认”。

屏幕上立刻跳出了一个对话框，上面写着黑色的文字。

交易详情

品名：大中工熟普13年

数量：1

价格：500元

下面是两个按钮，一个是“确认交易”，一个是“取消”。然而所有人的目光都落在了对话框右下的两个蓝字上：“更多”。

周烨君咽了口唾沫。沙靓靓情不自禁地抓住了纪佳程的袖子，紧张地望着。纪佳程也很紧张，他举手撩了一下头发，恰好让沙靓靓松开了手。

当罗懿法官点开“更多”，对话框被拉长，两行文字出现在对话框里。

卖家：××贸易有限公司

平台注册号：867305A

这两行文字一出现，徐昕无力地后退了一步，跌靠在审判台上，周烨君呆涩地站在那里，一言不发。罗懿法官转头与杨艳辉审判长、凌敏法官交换了一下眼神，询问工作人员是否完整摄录下来了。在他们身边，沙靓靓欣喜若狂，纪佳程还是站在那里，与旁听席上的林清目光相对，微微点了点头，嘴角露出一丝微笑。

这个案子，赢了。

林清笑了，吴瑛部长也笑了。在另外半边的旁听席上，投资人们鸦雀无声，沈星文目眦欲裂。谁也没发现，在他们的身后，赵朱平露出了可怕的微笑。

第二十三章
忠诚

大局已定。

当他们从法院离开的时候，已经十二点四十多分了，每个人都饥肠辘辘，然而每个人的兴致都很高。与之相对应的是，当他们驾车离开时，徐昕还在法院门口被投资人们围着。纪佳程坐在后座上，瞥到赵朱平孤零零地站在人群附近，似乎与这事儿没关系一般。

他们在中午又去了那家文小馆吃饭，巧的是，四个人坐的包间正是上次同学聚会的那一间。经历了上午这场跌宕起伏的大战，大家都想喝两杯松弛一下神经，就当下午放假了。

在吴瑛部长和沙靓靓凑在一起点菜的时候，林清到楼下去接自己的太太华芳菲。毕竟这个案子也是集团总部关注的案子，华芳菲接到电话也赶来了。

他们上楼的时候，看到纪佳程站在走廊里打电话。纪佳程向华芳菲点点头，继续对话筒说着。华芳菲进入包间后，吴瑛部长和沙靓靓已经点了几道菜了。

“华总。”吴部长连忙站起来。

“坐吧，上午辛苦了。”华芳菲点点头。林清在一边问：“菜点好了吗？”

“点了几道，还等您和华总还有纪律师点呢。”

“拿来我点。”林清说，“点了就上菜。”

“等一下吧，”华芳菲说，“看看纪律师有什么爱吃的，让他点。”

“千万别。”林清说，“那家伙肯定又是向老婆汇报去了，没个十分钟，他进不来。”

“汇报什么？”华芳菲好奇地问。

“上午开庭情况，现在在哪里吃饭，几号包厢，一起吃饭的有谁。”林清撇着嘴说。

房间里的几位女士都张大了嘴巴。过了一会儿，华芳菲说了一句：“居然做到这个地步了？”

“你们不知道他的外号吗？”林清说，“他是有名的‘男人之耻’。”

几位女士都掩着口笑起来，只有沙靓靓干笑了两声，不断往包厢门口看着。

还真让林清说准了。直到热菜上来了，纪佳程才匆匆溜进来，一看桌上已经摆满了，眼睛一亮，说：“菜已经上来了啊！”然后挨着林清坐下，拿起筷子。他的筷子伸了一半，停在空中，目光左右扫了一下，问道：“怎么，你们不动筷子？”

“这不等你吗？”林清说。

“等我干啥？”纪佳程把筷子缩回来，“今天华总在这里，应该华总先说话。”

在他说话的时候，沙靓靓把杯子拿过去，倒了一杯啤酒，轻轻放在他面前。

“那我就简单说一句吧。”华芳菲端起酒杯，“上午的庭审情况，林清已经跟我说了，效果非常好！各位律师辛苦了！来，我们一起举杯！干！”

“干杯！”大家一起举杯，五只杯子在空中响亮地碰撞着。纪佳程和林清都是一饮而尽，吴瑛部长也一口干了，华芳菲和沙靓靓却都只喝了半杯。

几杯酒下肚，包厢里的气氛逐渐活跃起来。纪佳程和林清都脱下外套，解开了衬衫领子。大家一边喝着，一边聊着上午的庭审，回忆着细节，特别是罗懿法官操作到最后，徐昕差点跌倒的样子。那一幕林清和吴瑛部长看得真真切切，他们此时不约而同地认为，徐昕在这个案子上大势已去。

“你说这家伙会不会又撤诉？”林清问纪佳程。

这个问题也是大家关心的，毕竟花了这么多心血，如果徐昕又撤诉，这个案子就又回到了原点了。

“选择权在他手里，不好判断。”纪佳程端着酒杯晃了晃，发现空了，沙靓靓立刻为他倒上啤酒，“不过，我觉得他这次撤诉的可能性比较小。”

“为什么？”

“猜的。”纪佳程一口把杯子里的酒喝干，“当然，也不是没有依据。诉前调解的时候，我和小沙不是跟沈星文、赵朱平和周烨君在法院见了个面吗？调解结束后，我又碰见了周烨君，他说漏了嘴，讲沈星文买断了债权。回来我跟林清分析过这事儿。”

“对，”林清说，“我当时还说这真是大手笔。”

“当时我还不敢百分之百确定，可是后来我查了徐昕以往办的案子，研究了徐昕的性格，越来越觉得我猜测的是对的。”纪佳程说，

“这个人胆子大，敢下手，敢布局。这个案子有很大可能是徐昕和沈星文组了个局：先由沈星文买断投资人的债权，对诉讼结果托底，然后徐昕用投资人的名义诉讼。对投资人来讲，一分钱律师费不用付，打输了还有沈星文的钱托底，他们肯定答应啊。至于徐昕和沈星文，打赢了以后扣除托底钱，剩余的案款统统是他们的。”

“如果是这样的话，徐昕现在不是应该赶紧撤诉吗？”华芳菲皱起眉头。

“我猜测，沈星文的钱还没给投资人。”纪佳程说。

“为什么？”华芳菲问。

“很简单。第一，如果那些投资人已经拿到钱了，那么这个案子的胜败也就和他们没关系了，他们还跑来听庭干吗？”纪佳程说，“有的人甚至是从西北地区跑来的，看他们那副紧张的样子，对徐昕有多讨好，我看他们是怕万一诉讼结果不好，沈星文和徐昕会毁约。第二，你们考虑一下这个案子的标的。这么多投资人，涉及的纠纷标的有几亿元乃至更多，就算托底百分之十，也要几千万元的资金。沈星文不过一个流氓，他哪有那么多钱？第三，沈星文还给这个案子的保全提供了担保，这也不是一笔小钱。如果沈星文向投资人们付了款，他哪来的钱交担保金？就算是押房子也不够啊。”

大家回忆着法庭上投资人们的表现，林清首先若有所思地点了点头。

“所以，一旦徐昕采取查封措施，对我们发动总攻，他就很难收手。”纪佳程说，“他搞了这么大一个局，投入了这么多资金和精力，一旦撤诉，会给投资人们造成怎样的心理影响？而沈星文又怎么办？”

他笑了笑，夹了一筷子桔梗：“再说，人的耐心都是有限的。时间会把耐心一点一点消磨殆尽。如果他撤诉，那些人是否愿意继续等，这可就不好说了。”

其实他内心深处还有一点没说：徐昕的家庭散了，对他的打击一定巨大。这种情况下，他有没有勇气主动承认另一场失败？

纪佳程认为自己的猜测是有道理的，徐昕的布局前后持续很久，立案多次，撤诉多次，每一次撤诉都会影响到利益相关者的心理状态。他们还有多少耐心继续等待，有多少耐心承受下一次撤诉带来的失望呢？

“老大说得对！”沙靓靓用杯子在桌子上猛地敲了一下，“为了有限的耐心，干杯！”

“干杯！”几只杯子碰在了一起。

喝完这一杯以后，沙靓靓打算给纪佳程倒酒，纪佳程笑着摇摇头，把手扣在杯子上，说：“行了，喝了不少了。你们喝，我要换饮料了。”

“老大，你这才几杯啊？这是啤酒。”沙靓靓劝说着，“下午又不工作，多喝两杯嘛，喝多了回去休息就行了。”

“你不懂，他这是家教森严。”林清见怪不怪地说，“他太太给他定的规矩：中午在外面能不喝酒就不喝酒，万一需要喝酒，要打电话向老婆报备。而且中午喝酒不能超过两瓶啤酒；如果是白酒的话，不能超过二两。你忘了刚才点菜的时候他出去打电话了？他是打算中午喝两杯，向老婆报备呢。”

桌上人一个个嘴巴张得老大，感觉匪夷所思。一般男人遇到这种情况，会立刻否认说“哪有这事儿”，可是那位“男人之耻”却大点其头，说：“是呀是呀。”然后转头对服务员说：“给我来杯姜茶。”

吴瑛部长一口菜差点喷到桌子上。

沙靓靓脸涨得通红，说：“这……你太太也太不尊重你了！”

纪佳程看了看她，笑了一下，说："你觉得怎么才是尊重？"

"如果是我，我是不会这么管着自己男人的！"沙靓靓盯着纪佳程脱口而出。

"如果这个男人愿意被管呢？"纪佳程笑着说。

"哪有这样的男人啊！"沙靓靓大声说。

"我呀。"纪佳程说，丝毫不觉得脸红，"我觉得挺好的。工作嘛，需要规矩；家庭生活嘛，有时也需要点规矩，对吧？"

"斯德哥尔摩综合征发作。"林清扭头对华芳菲说。

"你说是就是。"纪佳程满不在乎地说。

"话说我一直很奇怪，纪兄，"林清回过脸来对纪佳程说，"你怎么会这样？家里靠你赚钱，家务你也要做一部分，孩子的学习你也要管，出门在外早请示晚汇报。是，我承认嫂子漂亮，不过没见谁像你这个样子，到哪个地方，喝多少酒都要跟老婆汇报。这不公平啊，你就这么甘之如饴？"

沙靓靓紧紧地盯着纪佳程。

这个问题确实有点尴尬，纪佳程脸皮再厚，也架不住人家问个没完。当他发现沙靓靓盯着自己时，他的眼神慢慢凝重了起来。

"话说，我之前跟小沙讲过，我当年碰到过丁龙斌跳楼。"他开口道。

"开始转移话题了。"吴瑛部长说。

纪佳程摆摆手说："不是。我想说的是，你们知道我当年为什么会去那里吗？我是去借生活费。"

他看了大家一圈，说："那时我刚来'魔都'两个月，刚找到工作，没案源，没目标，连身上穿的西服都是旧的，因为我就那么一套，天天穿。我连吃饭的钱都快没有了，要找郝朝晖借一千块钱吃饭。可以说，我那时相当落魄。你们嫂子就是在这样的情况下跟我走到一起的。”

沙靓靓咬住嘴唇。吴瑛部长说：“嫂子看出你是只绩优股。”

“这谁能看出来？”纪佳程说，“谁能看出一个人以后会怎样？有多少女生会冒这个险，和一个前途不明的穷小子一起打拼？当时我太穷了，和她出门逛商场时，只能看不能买，你说一般的女生会怎么想？再说说结婚吧，连彩礼都拿不出来，正常的女生会忍受得了？我手上这婚戒，你们猜多少钱买的？”

“这是纯金的吗？像是玫瑰金啊，两千块钱？”林清猜道。

“是玫瑰金的，成色不怎么足，八百块钱一对。”纪佳程说。

“你当年这是有多惨？”林清感叹道。

“惨到家了，”纪佳程说，“连结婚都简单到了极点，因为确实是没钱。你们说吧，你们的嫂子难看吗？她当年想找个有钱的、有房的，绝对不难，可她就是陪我过穷日子，一路精打细算走到今天。这样的女人，值不值得对她好一点？”

“你现在也不差啊，”吴瑛部长说，“听说嫂夫人在家里又不工作，靠你养。”

“这话不对了，她可不是靠我养，”纪佳程认真地说，“你应该理解为：她为了我放弃了事业。如果我们两个人都上班，孩子谁带？每天谁打理家里的一切？一个女人，上班的时候可以喝喝咖啡，和朋友聊聊天，中午去逛逛街，可你嫂子现在却是每天大部分时间局限在家里，脑子里想着柴米油盐，操心孩子的学习。这不是享福，这是遭罪啊！她在家里把一切都打点好了，我才能在外面放心大胆地跑案子、做案子，对吧？所以客观来讲，她是我工作最大的助力，把我的后顾之忧全解决了。”

“你看这觉悟！”华芳菲说。

“嫂子是好女人，不过你这样也有点过了吧？”林清说，“你现在对她也挺好的啊，我看嫂子每次挎的包都不重样的，你还早请示晚汇报的，至于这样吗？你现在有点太惯着嫂子了。”

“我这是故意的。”纪佳程拿起刚送来的姜茶，喝了一小口。

“为什么啊？”吴瑛部长问。

“第一，让她放心。第二，不给自己机会。”纪佳程说，“结婚时间长了，就会发展到一个局面：第一，男同志事业起来了，开始有点小钱了，越来越吃香。第二，女同志青春渐逝，容颜渐老，会产生焦虑。如果女同志不工作，完全靠老公养，还会有第三点，她可能在财务和感情上都产生危机感，进而缺乏安全感。”

他竖起第一根指头：“怎么让她放心？怎么让她有安全感？当老公的主动一点，身段放低一点，早请示晚汇报，这样第一她会感觉老公重视她、尊重她；第二她会相信老公在外面不会乱来；第三她会觉得老公是她能够管得住的。我再把所有的收入交给她，她会感觉多有安全感啊！”

整桌的人目瞪口呆。

纪佳程竖起第二根指头：“怎么不给自己机会？把自己的路堵死。我不是柳下惠，算不上君子，走在路上碰到漂亮女士是一定会去看的。我到了这个阶段，长得不算差，口才也可以，事业也小有起色，可能会吸引一些女士啊。可是这种事情万一沾惹上了，后果多严重你们肯定知道吧？咱们办案见得少吗？轻则家破，重则人亡，最后倒霉的还不是自己家的孩子？我孩子还小呢！而且，老婆当年那样对我，我要是对不起她，我还是人吗？所以我早请示晚汇报，第一是告诉我身边的人，我和老婆感情好，而且老婆随时可能会查岗；第二是告诉自己，随时汇报，否则老婆会奇怪今天为什么不汇报，主动打电话来。总而言之，就是先断掉自己出去勾搭的路子。”

他又喝了一口姜茶，总结道：“这些道理，是我多年总结出来的

‘真知灼见’。自打我这么做了以后，我的生活也幸福了，家庭也和谐了，事业也发展了，自信心也重新回到了我身边……”

“大哥我求求你了，”林清说，“我媳妇在我旁边呢，你这是要逼死我啊。”

“改天我在事务所里搞个讲座，”纪佳程说，“主题就叫‘忠诚是促进家庭和谐的男人之道’，向全所同人传授我的宝贵经验……”

“我去，你今天祸害了我不够，还想祸害全所同事啊！”林清抹着汗说。

林清给自己倒了杯啤酒，举起来说：“说真的，各家夫妻相处之道未必一致，不过纪哥你这也是大智慧，能提前把自己干坏事的路子给堵死，你够狠。而且别的不说，你对嫂子的这份心，值得我学习。来，我敬你一杯——你喝姜茶就行。”

“我也随一个，”华芳菲笑盈盈地举起杯，“可借鉴啊！”

“我也跟一个，”吴瑛部长也举起杯，“纪太太好福气，我得回去向我家那口子宣传一下。”

沙靓靓发着呆，似乎惊醒了一般，不言声地举起了杯子。

几只杯子在空中叮当地碰撞了几声。林清祝愿道：“来，为了纪哥和嫂子伉俪情深，为了纪哥的‘真知灼见’，大家干了！”

除了纪佳程，所有人都一饮而尽。沙靓靓喝的动作最夸张，她用力向后甩着头，一直到杯子里一滴啤酒都流不出了，才放下杯子。她低下头，拿过酒瓶，又给自己倒了一杯，在大家和纪佳程闹哄哄地开玩笑时，又一口喝干了。

接下来，她基本没说话。一个小时后，酒席散了，沙靓靓说自己要去趟洗手间，让大家先走。

可是，她一进入洗手间，就找了个隔间关上门。站在那里，她哭了。

第二十四章
破产

在纪佳程等人推杯换盏的时候，益度所彻底陷入了“战争状态”。

在法院外面，当着那么多的投资人的面，徐昕、周烨君、沈星文和赵朱平还保持着基本的正常状态。沈星文甚至还拍着一位投资者的肩膀，笑着说：“没有啥事体，晓得伐？一切搞得定的！”

话虽如此，投资人们的疑虑却无法消散。明眼人都看得出来，今天在法庭上，徐昕和周烨君又一次被纪佳程打得很惨。沈星文又不是律师，他的安慰没啥说服力，可是徐昕和周烨君都一声不吭，挤出人群，钻上车就跑了。

这样一来，投资者们更慌了，围着沈星文七嘴八舌。不知是谁先开始，很快，投资人们一致要求沈星文履行债权收购协议，把托底的钱立刻给大家。沈星文费尽口舌，说很快就会处理，这才拼尽全力冲出人群。

回到律所时，沈星文已经怒火中烧。他敞着花衬衫，额头上淌着汗，表情狰狞，一进入律所就大吼道：“徐昕呢？出来！”

周围的人用惊骇的目光看着这个凶神恶煞的流氓，只见他冲到前台，猛地一砸台面，吼道："徐昕回来了伐？在哪里！"

前台秘书吓得脸色煞白，胆怯地指了指徐昕的办公室。

徐昕办公室的门关着，沈星文怒火中烧，猛冲过去飞起一脚将门踹开。门发出一声巨响，门页和门锁断裂，整扇门向前飞去，直接将门后面的周烨君砸倒了。

整个律所尖叫声一片。徐昕坐在办公桌后，彻底惊呆了，沈星文大步走进徐昕的办公室，一边用血红的眼珠子瞪着徐昕，一边呼呼喘着粗气。外面的律师们乱纷纷地涌过来，扶起门板，把周烨君抬出办公室。那个可怜的年轻人被砸蒙了，一句话都说不出来，额头上流着血。

几秒钟后，徐昕狠狠一砸桌子，咆哮道："姓沈的，你疯了是吧！"

"你想做啥！"沈星文吼道，"你今朝是啥意思！你想让老子破产是伐？老子押上全部身家，你打成这样子？你想叫我一家老小喝西北风？"

"谁让你押全部身家了？"徐昕骂道，"你当初自己贴上来非要掺和的，我逼你了还是求你了？想赚钱就要承担风险！"

"不是你讲赢面大吗？"沈星文砸着桌子，完全感觉不到疼似的，"是你骗我投钱！"说着，他飞起一脚，将一把椅子踹翻。

"承诺过你结果吗？"徐昕一口撑回去，"求过你投钱吗？我让你押房子了？让你去借高利贷了？你自己死活要来，不让我找外面的人，你怪谁？"

"我跟你讲清爽！我破产了，我一定不会放过你！浦江够宽够深，我拖牢侬，大家一块儿西特（大家一块儿死）！"

沈星文怒吼着，手指都快要捅到徐昕的脸上了。徐昕的表情同样凶恶，手已经按在了一本厚书上。就在这时，赵朱平进入了律所。

他用力分开堵在门口的律师们，看清楚房间内的情况后，红红的嘴角微微上翘。随后，他脸色一变，一脸的焦急和无奈，快步走进房间，双手在空中张着，惊呼道："天哪！这……这是怎么了？这，这门怎么这样了？"

"你眼瞎？"徐昕一看他装模作样的样子，立刻火起，冲他吼道，"没看到姓沈的到这里来闹事了？"

"啊！"赵朱平的脸色立刻一白，捂住胸口，"怎么了？我刚回来，问一下都不行吗？你们这是什么样子？徐昕，你是主任，主任就要有个主任的样子！今天案子打成这样，你还不让老沈说？"

这一句话，潜台词就是沈星文情有可原，徐昕有错在先。

都是千年的狐狸，谁都听得懂《聊斋》。徐昕立刻指着赵朱平骂道："放屁！姓赵的，我警告你，你少在这里挑事啊，信不信我抽你？"

"哎呀！哪能啦？"赵朱平立刻夸张地叫了起来，"徐昕，你是主任，可是你也要尊重尊重大家，你也要讲讲道理！"他义正词严地用手指着徐昕，那手形像极了在跳孔雀舞："这样证据占优势的案子你都能打输，你害得老沈要破产了，你晓得吧？"

徐昕张口就要骂"占优势个屁"，一激灵，愣是把话咽了回去——这句话说出来，岂不是承认这个案子一开始就证据不足？赵朱平这句话看似平淡，却很阴险，给徐昕下了个套：如果证据占优势还打成这样，那就是徐昕水平不行；如果证据不占优势，徐昕还这么大阵仗地去搞，还是他水平不行。总之，徐昕不论如何回答，都逃脱不了"水平不行"这四个字。

徐昕一下子卡了壳，被噎住了。

就在他想着如何骂回去的时候，赵朱平没给他翻盘的机会，又是一通拱火："这案子我之前就知道你的思路有问题，提出由我来接手的，是吧？"他转向沈星文："老沈你说是吧？我是不是说过我来接手？"

沈星文点着头。

"我早就看明白你这样做要出事情！我看出来你思路不对的！"赵朱平大声说，"我劝你，你不听，这可是老沈押上全部身家的案子，你不能这样轻忽的！后来我看你家里不稳，想接手案子，还被你打了！你说，难道不是吗？"

这个问题也毒，里面半真半假，让徐昕如何说"是"还是"不是"？没等徐昕说话，赵朱平说了最后两句话："要是按照我的思路来打，这案子怎么会输？老沈完全被你害死了！"

这两句话的效果惊人地好，沈星文心里的火药筒瞬间又被点燃，就在他要开始咆哮的时候，他的手机响了。沈星文本来要按掉手机，可是一看屏幕，登时脸色大变。

他迅速接起电话，急促地问道："打我电话做啥？……啥？老娘住院了？哪能啦？"

电话那头，一个女人的声音叫嚷了很久，沈星文的脸色越来越阴沉。他说道："我一会儿就过去！……依照顾好老娘，别的不要管，我会向老娘解释的！"

等他挂断电话，他的整个脸都快变成黑色了。房间里陷入了寂静，但是每个人都知道，接下来的将是"爆炸"。

几秒钟后，真的"爆炸"了。

沈星文用力抄起一把椅子向徐昕砸去，嘴里发出吼叫："你个烂人！"随后猛地扑到了徐昕的身上，拳头高高举起，死命砸去。徐昕猝不及防，被他打倒在地。沈星文现在完全是一副拼命的架势了。

所有人都呆了，直到几秒后，门外的人们才一拥而进，试图拉开他们。赵朱平首先奔过去，跺着脚似乎要去拉沈星文，可是又抓不住他的手臂。在他迟疑期间，沈星文已经往徐昕的脑袋上打了好几下。

也许是巧合，赵朱平的位置左边是书架，右边是办公桌，正好挡住了身后其他人的路。他张牙舞爪地喊叫着“不要打，快把他们拉开”，却正好把别人挡在身后。

也许是几秒钟，也许是十几秒钟，终于有人推开了赵朱平，扑进去拉开沈星文。赵朱平满头大汗，指着沈星文叫道：“老沈，怎么回事？老徐是有错，可是你也要动口不动手啊！”

“是不是你叫人打电话的？”沈星文被拉扯着，兀自对着徐昕号叫道，“给我老娘打电话，说她住的房子被押掉了，很快会被收走？”

徐昕从地上站起来，满脸是血，吼道：“你放屁！”

“还有谁知道？还有谁和我有仇？”沈星文吼道，“你这是要赶尽杀绝！我老娘有心脏病，你晓得的！现在进了医院了！我告诉你，我老娘但凡有点事，你全家都要死！！”

徐昕真不知道是谁打的电话，可是这时候他完全不想解释。他目露凶光，狞笑道：“那就大家一块儿死吧！来呀，杀了我呀？”他一边说，一边抓起了一个玻璃摆件。

沈星文更加确信是徐昕在使坏了，他目眦欲裂。就在这时，律所门口一阵喧哗，众多投资人蜂拥而入。他们一个个神色激动，进来略一观察，就向这边涌来。

“沈老板呢？沈老板在不在？”

“徐主任在不在？”

“沈总！沈总！”

他们有二十多人，登时把律所的办公大厅搞得拥挤不堪。一位中年妇女挤进律师中，看到了徐昕办公室内的情景。她完全不关心里面发生了什么，而是尖叫着喊了一声：“在这里！在这里！沈老板和徐律师都在这里！”

轰的一声，人群涌了过来。他们把律师们挤到两边，冲进了办公室。沈星文瞬间陷入了投资人的包围，徐昕还好点，面前有一张办公桌，让他和投资人们还保持了一点距离。

“沈老板，你什么时候付钱？”

“徐主任，这事情你们得按合同来啊！托底的钱赶紧给啊！”

“现在大家都不安心，你们赶紧给钱啊！”

“沈老板，今天就付钱！”

徐昕和沈星文都目瞪口呆。徐昕突然意识到了什么，他从地上捡起屏幕裂了的手机，打开微信，惊恐地发现，他组织的四个“维权群”里都已经炸了，未读的信息都达到了数百条！

有人讲述了今天开庭的情况，有人在询问什么时候能拿到托底钱，有人在怀疑律师和沈总会不会赖账，还有人说会立刻订机票赶过来。

一句话，事态已经不可收拾了。

投资人的围堵和激动的询问很快转变为激烈的质问和争吵，沈星文神态暴躁，与投资人们对骂起来。

“沈总，你可不能说话不算话啊！你答应过我们的！”

“谁答应你们了？听不懂！”沈星文吼道。

“签了合同的！你买断了债权的！大家签过合同的！”

“什么合同？谁跟你们签过合同！”沈星文吼叫道。

“要赖了！要赖了！”

“你不认账了是吧？”

“关我啥事体？”沈星文吼道，“我没钱给你们！我什么也没答应！”

“你看看这是什么？这是不是你签的字？”一个人激动地从口袋

里掏出一张纸，举到沈星文面前，“这不是你和我签的合同吗？”

沈星文闪电般地抓住那张合同，一把扯了过来，那个男人高声尖叫，疯狂地向他扑去。那张合同是他的钱，是他的命，他要去抢，可是已经来不及了。看到合同在沈星文的手里被撕裂，他一拳向沈星文打去。

“他要毁约！他还撕合同！”

办公室里的人们立刻陷入了互殴，无数的人在可怕地嘶吼。徐昕缩在办公桌后面，反而位于斗殴外围，没受到波及。可是他并不安全，一旦有一个人注意到他，想起他，他很可能也会陷入拳头的海洋中。因为维权群是他组建的，在他们眼里，他也是组织者之一！

门外也传来了吼叫声，有几位投资人开始砸事务所的办公设备了！

为今之计，先保自己，必须把所有的责任都推到沈星文身上！

徐昕决定化被动为主动，他拍着桌子，指着人群吼叫道：“姓沈的！你和人家签了合同的！快把钱给人家！哪有你这样的！”

“对呀！你看徐主任也这么说！”

“姓沈的，你不要这么黑心！”

“不管输赢，你都要给钱的！”徐昕义正词严地吼道，“输了你就赖账了是吧？那要是赢了的话，你会把全部的钱给人家？什么好事都让你占了是吧？你要不要脸啊？”

他的话如同火上浇油。办公室里更加混乱了，沈星文被打得满脸是血，也有几个投资人被沈星文打伤，赵朱平和其他律师早就躲得远远的。就在这一片混乱中，又有一批人冲进了律所。

“干什么？都住手！”一位警官大声喝道，“马上分开！”

原来在混乱中，有律师报警了。派出所接到有人聚集闹事的报警，一听说人多，立刻赶了过来。一位头发花白的副所长带队，五位警员，十几个辅警，一进来就控制了局势。

现场局势有些凄惨，房间外的办公大厅已经被砸得一片狼藉，徐昕的办公室里，投资人和沈星文还在互相揪扯着，一个个脸上带血，脚下是杂乱的纸张、书籍和那扇门。徐昕一个人躲在靠窗的办公桌后，脸上也带着血，衣衫散乱。

“有什么事情好好讲话！做啥要动手？”老警官副所长首先开始安抚工作，软中带硬，“要不要叫救护车？还是坐阿拉的车子去医院？”

“我要去医院，他们打我，我疼死了，我吃不消了。”沈星文立刻说道，说着就捂着脑袋往外走。

“他不能走！”有投资人叫喊着，堵在了门口，“不要听他瞎讲！你看我们的脸都是他打的！他凶得不得了，打我的脸！我一个女人哎，他打我的脸！”

门口立刻被投资人们挤住，吼声连天，里面夹杂的部分斥骂也是非常恶毒。也真难为了沈星文，一边捂着脑袋“吃不消了”，一边还时不时忍不住和投资人们对骂几句，倒显得他的“吃不消”越来越不可信。

很显然，这是民事纠纷引发的肢体冲突。这类案件一向让警方头疼，最好的方式就是调解。问题是双方根本就调解不了，为今之计，只有先压制住双方，避免事态恶化。

“不管有什么理由，斗殴都是不可以的！”副所长严厉地说，“打人是要承担法律后果的！你们不要打起来一时爽，没轻没重，看看这都见血了。动手的人可能会被拘留，你们晓得伐？现在你们自己看一看，是不是要追究打架的事情？如果追究的话，我们就作为治安案件来处理，该验伤就去验伤，验好伤根据验伤结果和情节，依照法律，该拘留的拘留，该警告的警告。要是你们彼此不追究，那么今天就到此为止，你们之间有什么纠纷，走法律途径解决，该去法院去法院。需要的话，阿拉警方也可以帮你们找找司法所去做调解。我跟你们讲，按我的年纪，你们好叫我一声爷叔了。几十年做下来，我见得多了，啥事情是不能解决的？大家人民内部矛盾，凡事不要闹意气。”

这一番话充分显示出老警官的经验：先镇住场子，让他们有所顾忌；然后给一条路走；最后适当卖个老，让所有人都有台阶下。他算得上恩威并施。投资人们一听说可能会被拘留，就有所退缩了。至于沈星文，他接了电话怒火上头，其实内心深处极为惦记自己的老娘，打算吵完了就往医院赶。要不是投资人们冲进来，他早就走了。何况，今天的整个过程中，他也没少打人，更别说踹开办公室的门殴打徐昕了。他是经验丰富的老流氓，在这方面的经验比律师都丰富。他知道一旦追究责任，自己肯定会被拘留。在这个时候，他是绝对不能被拘留的——老娘还在医院里呢，受不得刺激啊！

于是他首先表态：“爷叔，他们不打我吗，这件事就算了。本来也就是误会，改天大家约一约，把事情谈谈开。”

他展现出不追究投资人们打他的“善意”；投资人们尽管还是愤愤不平，也不得不乱纷纷表示不追究了。老警官松了口气。

本来这事儿也就这么过去了，没想到沈星文嘴贱，为了表明自己其实不想打架，又向投资人们说了一句：“你们说是伐？这个事情组织也不是我，办案子也不是我，我就被拉来签签字，我冤枉不啦？”

办公桌后，徐昕的眼里立刻闪过了一道寒光：想把祸水引到我身上？

“我要验伤，我要追究。”他虚弱地喊了一声，用手指着沈星文，“他踹开我的门，冲进来打我，事务所的人都看到了，有监控的！”他捂住脑袋，摇晃了几下便瘫倒在地上，昏过去了。

这一举动使此次事件彻底失去了调解的可能。一旦验伤，沈星文被拘留几乎是百分之百的事。沈星文狂吼了一声：“姓徐的，我一定不放过你！”

在这一片混乱中，赵朱平回到自己的办公室，用力关上房门，将整个事务所的喧嚣隔绝在了身后。他嘴唇哆嗦着，眼神似乎要杀人。

突然，他愣住了。在他办公室的地面上，一个白色的大信封躺在灰色的地毯上，分外醒目。

赵朱平疑惑地走过去捡起来。这是益度所使用的大信封，上面印着事务所的标志，可以容纳一百多张A4纸的文件。这个信封是封起来的，上面一个字都没有，不知道是谁放在这里的，不过显然，它是被某人故意放在这里的。

赵朱平撕开封口，从里面拿出一沓文件。当他看到第一页的标题时，他的眼睛睁大了。他迫不及待地翻着，阅读着，不知不觉间，他的嘴角微微翘起。

他的表情如同一个魔鬼。

第二十五章
东山再起

沈星文被治安拘留七天，原因是毁坏私人财产，并且直接打伤他人达到轻微伤级别。投资人一方有七人被警告，至于事件的第三方——徐昕大律师，则直接躺进了医院。

其实，徐昕养伤是假，躲避那些不好惹的投资人是真，因为他也不知道如何面对这些情绪激动的投资人。这一次他可以把沈星文推到前头，可是沈星文被关起来，挡箭牌也就没有了。于是徐大律师住进了医院——投资人是无法大规模冲进住院部的。他进入医院时，模样那叫一个凄惨，昏昏沉沉，面无血色，奄奄一息，说话有气无力，像蚊子哼哼，宛如随时就要嗝屁。他的这副惨相对于沈星文被拘留七天还直接起到了促进作用。

住院的当天晚上他就办理了出院，来接他的是眼睛哭得红肿的徐婧儿和额头上还有伤痕的周烨君。他趁着夜色坐车离开医院，回到了他临时租的住处。

之前从别墅里搬出来，徐昕没有到徐婧儿的住处栖身。他不想影响到女儿的正常生活，所以让周烨君帮自己租了一个住处。这是个精装修的一室一厅，约五十平方米，客厅比较大，客厅边缘还有写字桌和老板椅，一个人住和简单办公足够了。第一天住进来时，他的行李堆满了客厅和卧室，徐婧儿帮他收拾了两天。

现在看来，搬到这里倒有个妙处：别人不知道这个新的住址，所以那些投资人肯定找不到这里来。

一进门，徐昕就恢复了精神，他不用周烨君搀扶，径自换了鞋大步走进客厅，一屁股坐在了沙发上。在这个还有些陌生的住处，他有了安全感。

徐婧儿去厨房给他煮面，周烨君从饮水机里接了一杯热水，放在徐昕面前。

“师父，太晚了，我就不给您泡茶或者咖啡了，省得您睡不着。”周烨君说，“您喝点热水吧。”

这个小伙子的头上贴着纱布，今天着实吃了些苦头。徐昕看他的眼神变得很柔和：在这个时候，这个徒弟还是忠实地跟随着自己，将来他成为自己的女婿，一定会加倍地孝敬自己。

“事务所里怎么样了？”

“师父，先休息吧，有什么事明天再说。”周烨君劝道。

“没事，有什么话就直说。”徐昕慈祥地说，“你师父我什么风浪没见过，不要把我想得那么弱。所里现在到底怎样了？”

周烨君迟疑了一下，说道：“所里已经乱套了，赵朱平在财务室大吼大叫，说以后财务室由他来管理。很多律师都说要转所，已经有别的律所来咱们这里挖人了。”

“嗯。”徐昕点点头，“他心里打的什么算盘我很清楚。想控制财务室没那么容易，公章在我手里呢。”

“还有投资人在门口守着，这样下去怕是律师们都不敢来上班了。”周烨君说，“我下午回去了一趟，看到赵朱平拉了几个合伙人在他的房间里开会，不知道在谈些什么。他看到我，还让我给你带个话，代表合伙人会议要求你交出公章，并且就这次的事件给他们一个解释。”

“交出公章？解释？呵呵，”徐昕自言自语地说，“倒也是，沈星文原本就是我带进来的，这一切终归要算到我的头上……”

“怎么给他们解释？”周烨君问道。

“不解释。我要休息几天。这几天我不去所里，避一下风头。”徐昕说，“公章我不会交的，这个所我还是主任。”

“他们会找你的。”

“我不会接他们的电话。”徐昕说。

徐婧儿端了一碗面过来，两个人立刻结束了这一话题。在他吃面的时候，徐婧儿在一旁噙着眼泪。她突然发现爸爸的两鬓变得斑白了，那个意气风发、总能为她遮风挡雨的爸爸，此时佝偻着身子在桌边吃面条，显得苍老而孤独。

吃完这碗面，徐昕说自己累了，催促徐婧儿和周烨君离开。徐婧儿有些不放心，想留下来照顾徐昕，她说自己可以睡客厅，但是徐昕坚决地把她赶走了。

“你把你爸爸当成什么了？七老八十，生活不能自理了？”

当夜，徐昕失眠了。他穿着睡衣在黑暗中游荡，与别墅相比，这个房子太小了，几步就走到了尽头，让他感觉自己似乎在一个牢笼里。但是相对于这个世界，似乎只有这里能够让他安心。

他睁着眼睛坐在沙发上，摸黑抽着烟，想着袁莉，想着那个冰冷的、没有温度的、被挂牌出售的别墅，心莫名地痛着。

他回味起了自己这莫名其妙的人生。他从一个穷小子，通过种种计谋得到了财富，通过坚持得到了心爱的女人，建立了自己的事业。

如今，现实却跟他开了一个天大的玩笑。

他靠勾引丁龙斌的老婆，黑到了一大笔财富，开始走向人生巅峰。二十年后，他的老婆也被人勾走了，带走了他绝大部分财富。沈星文是他的长期搭档，两个人配合着做了不少“项目”，关系好得快穿一条裤子，如今反目成仇。他曾经设想着再吸引一些外地律所加盟益度所，将事务所做大，如今事务所里一塌糊涂，其他合伙人似乎开始造反了。

他为家庭、事业辛辛苦苦、呕心沥血二十年，这都折腾了个什么结果啊？

徐昕在烟雾中坐着，面无表情。他已经失去了家庭，财产也不知如何才能撕扯清楚，心力交瘁。然而他至少还有两样东西：女儿和事业。

女儿，虽然不是亲生的，但是她是真心实意关心他的。想到徐婧儿，徐昕的眼神柔和了许多。他看着她长大，对她的感情绝不亚于一个亲生父亲，在一切风波中，他最揪心的就是这个女儿。刚才送他们走的时候，如果不是徐婧儿在场，徐昕其实很想和周烨君谈一谈，问问他们有没有结婚的计划。

他想告诉周烨君，也许是由于他从小对她太过于呵护，婧儿很单纯，感情丰富，甚至有些敏感。她的世界的重心永远是她最爱的几个人，他们是她的支柱，其中有周烨君，有徐昕，有哪怕对她冷淡的袁莉。徐昕希望周烨君能成为徐婧儿人生中最重要的支柱。他自己已经奔五十岁了，将会逐渐苍老，照顾婧儿的重担终究要交到周烨君手上。他希望周烨君答应自己，一定要好好对婧儿，让她平安、快乐，不管年纪多大，都是那个有人呵护的“小公主”。

至于事业，他决不会放弃。钱没了，可以再赚；老婆没了，大不了单身。事业，只有事业，才是男人的根本。他要好好想一下怎么处理眼前的危机，如何重夺事务所的控制权。

第二天快到中午他才起床，到客厅时，发现徐婧儿和周烨君在厨房忙活着给他做午饭。他笑了笑，坐到了沙发上，将手机开了机。

手机的屏幕在冲突中被摔裂了，自打昨天进医院，它就处于关机状态。一开机，铃声不绝于耳，收到的短信竟有二百多条，未接电话七十多个，微信里的未读信息两千多条。

徐昕简单地翻了一下，这些未接电话、短信和微信信息主要是那些投资人、事务所合伙人等人打来、发来的。短信内容有要他出面给大家交代的，有乞求的，有威胁的，还有赵朱平要求他交公章的。那些微信维权群则几乎爆炸了，昨天的冲突已经被以讹传讹成了“徐昕和沈星文叫了一群社会流氓殴打了投资人们”。

意外的是，还有袁莉打来的两个未接电话。徐昕盯着袁莉的名字看了好久，脸上的肌肉抽动了两下。她打电话来干什么？是要嘲笑自己吗？还是说，她要催自己赶紧去办离婚手续？

不久，他又在未读信息里看到了袁莉的留言。他没有打开看，而是直接删除了，随后将袁莉的手机号码和微信都拉入了黑名单。

他把手机调成静音，扔到窗台上，再也不想碰它一下。

这一天晚上，他仍然失眠，一个人坐在客厅思索着下一步怎么办。

连续五天，他在那个小房子里闭门不出，饮食什么的全是周烨君和徐婧儿给他弄好的。在这些天里，他逐渐理出了思路。

第一，所有的事情还是要推到沈星文身上。因为当初给投资人们的方案是：沈星文买断债权，万一赢了，钱全部归沈星文（事实上是两个人分），万一输了，沈星文承诺托底。在形式上，徐昕和沈星文是相互独立的两方，所以徐昕需要做的，是牺牲沈星文，咬定沈星文“违约”损害大家利益，把投资人们的怒火转移到沈星文家里去。

兄弟就是用来出卖的，更何况这个兄弟已经同自己反目了。

第二，事务所里要将责任推到赵朱平身上。他准备先利用沈星文毁约导致投资人骚乱大闹律所一事，把沈星文搞臭，随后再拿赵朱平之前和沈星文沆瀣一气甚至共同抢案卷的行为说事，把赵朱平拉下水，再将他赶出律所。

第三，此次动乱，益度所必然元气大伤。接下来的内战肯定要持续一段时日，所以他只能重新创业了，巩固既有客户，继续开拓案源，同时想办法让周烨君和徐婧儿避免被波及。

因此，第六天中午，周烨君和徐婧儿来的时候，徐昕交给周烨君几张空白的纸，上面盖着益度所的公章。

“师父，这是什么？”周烨君接过这几张白纸，狐疑地问。

“接下来，我可能要在所里大动干戈了，”徐昕微笑着说，“你在所里的话，难免受到波及。我联系了你们的柯震岳叔叔，他同意你转所到他们的事务所去。所以这几张空白盖章纸你拿着，制作好转所申请，直接打印在上面，就算事务所已经同意了。”

“你要和他们硬碰硬？”徐婧儿放下手里的胡萝卜，擦着手走过来，从周烨君的肩膀上探头看了看，“为什么要转所？让他留下来帮你！”

“傻孩子，他在，我可就放不开手脚了。”徐昕慈爱地说，“烨君，就算是不在所里，你也可以背后支持我。等我把所里的动乱平息了，你肯定要回来的。打虎亲女婿，上阵父女兵，我们重新把益度所搞好！”

周烨君和徐婧儿都愣了一下，当他们品味出徐昕最后一句话隐含着的意思时，周烨君的脸红了。徐婧儿一跺脚，嗔怒道：“什么女婿！我……我还没答应呢！”转身奔回厨房去了，脸红红的，嘴角带着一丝羞涩的笑。

大男孩周烨君坐在那里，咧着嘴巴笑，不知道说什么好。徐昕的心情很舒畅，吩咐道：“你别傻坐着了，去橱子里翻一翻。咱们搬出来的时候，总不会一瓶酒都没带过来吧？去翻翻。——婧儿，多炒两个菜，中午咱们喝点。”

“哎，哎。”周烨君答应着，去厨房的橱子里翻着。不一会儿，他翻出了一瓶打开过的白酒，拎了过来：“师父，咱们居然把这个也带过来了。”

“好！去洗几个杯子。”徐昕很高兴，他拿过那瓶酒在手里把玩了一番，还打开瓶塞闻了闻。

在他们等待徐婧儿炒好菜的时候，周烨君有点犹豫地说：“师父……”

徐昕扫了他一眼：“还叫师父？”

“……爸。”周烨君红着脸说，厨房里的徐婧儿明显听到了，却装作什么也不知道。

“爸，我昨天去别墅那边，想看看能不能再拿点什么东西过来，”周烨君说，“房子里已经有了别人。我问了下，听说师娘卖的价格比市场低一成，这房子已经在几天前卖出去了。”

徐昕点点头：“嗯，还真是迫不及待。”

“爸，这也是你们夫妻的共同财产，”周烨君斟酌着说，“师娘这样对你不太公平，要不要……”

“都给她吧。”徐昕苦笑着摇摇头，“好歹跟过我。烨君啊，爸是个男人，和你师娘看来是要分开了，那就断得干脆点。她是个女人，这些年也没怎么谋生，她比我更需要钱傍身。给她吧。我这两天不想沾惹她，过几天我心情平静一点，会联系她去把离婚手续办了。好聚好散，从此一别两宽，各自安好吧。”

他说着，倒了一杯白酒，像喝水一样喝下去了。

手机的屏幕又亮起来了，显示有一个电话拨打了进来。徐昕看也不看，还是周烨君眼尖，过去拿起来说："爸，有电话。"

"不接。"

"是电视台的。"周烨君说，"《律政进行时》的章琪辉导演。"

徐昕停顿了一秒钟，立刻伸手把电话接了过来，放在耳边："喂？章导啊？"

"徐大律师，这两天我下面的小姑娘打你电话打不通啊，"章琪辉在电话里说，"咱们下一期《律政进行时》得录制了啊！"

"唉，你瞧我这记性，"徐昕说，"住了两天院，前几天刚出院，忘了跟你们说了。"

"没什么事吧？"章导演问。

"没事，就是有些疲劳过度。"

"大律师嘛，总归是累的，要保重身体啊！"章琪辉在电话里说着客套话，紧接着就切入正题，"想必你也听说了，前天邻市发生了一起案件，有一个精神病人发病，冲进一个幼儿园持刀伤人，幸好几名幼儿园老师和保安与他搏斗，才将他制伏，所以咱们这一期的主题啊，就是结合了青少年保护和精神病人刑责这两大热点。台里领导很重视，联系了政法大学的朱莉教授和交大法学院的王松明博士到时候做视频连线。你也知道这两位大咖平时很难约，这次还是领导亲自去学校联系的。"

"嗯，这一期真的非常重要。"徐昕深沉地说，"这个新闻我这两天也在关注，这两个话题我确实也有很多想法。到时候大家群策群力，争取把这一期节目做好！这一期什么时候录制啊？"

其实，这几天他忙着琢磨怎么东山再起，根本没顾得上看新闻。

"现在在等待朱莉教授确认时间，如果没有意外，应该是本周六下午。"

徐昕算了一下，时间是后天下午，于是在电话里满口答应。他和章琪辉在电话里打了半天哈哈，等他挂断电话，他的脸上焕发着光彩。

坐在演播室里，他还将是那个成功、儒雅的律师，他还会吸引大家的目光。他会重新回到巅峰，一定会。

“烨君，把酒倒上！”他吆喝道，“今天，咱爷俩喝个痛快！”

周烨君给他倒了满满一杯酒，这时候徐婧儿端了一盘盐水煮虾、一盘黄瓜蒜泥猪头肉上来，随后是一只撕开的烤鸡、一盘番茄炒蛋、一碟花生米、一盘香肠。徐昕看着这一桌子的菜，嘴角咧了咧，笑得比哭还难看。他没想到徐婧儿忙活了半天，最后搞上来的是一堆买来的熟食——当然，至少她还把虾煮熟了，炒了个番茄炒蛋。

他不无同情地看了周烨君一眼，心中为未来女婿今后的人生祈祷，伸筷子夹了一粒花生米吃了，说：“主食做了没有？”

“哎呀，我忘了。”徐婧儿慌慌张张地跑进了厨房。

徐昕叹了口气，脸上露出一丝歉意的笑，对周烨君端起杯子，说：“不管她，咱爷俩喝酒。”

第二十六章
身败名裂

周五上午，周烨君给徐昕带来了新消息：沈星文的母亲心脏病病发，去世了。

徐昕听了这个消息，坐到沙发上半晌没说话。沈星文的母亲因为有人打电话说房子被儿子押掉，很快就会被收走，一下子心脏病病发进了医院，这件事他是知道的。可是怎么也不至于会死啊？

和沈星文关系好的时候，他常去沈家，至今还记得那个朴实的老太太紧紧握住他的手，用带着方言口音的普通话跟他说："小徐啊，侬多帮帮他们兄妹！阿姨没啥文化，没教育好儿子，女儿嘛又是个泼辣的，阿姨揪心得很！现在星文能跟你做朋友嘛，总算是走了正道！侬要帮帮他啊！"

她每天在自己的家里闲坐，偶尔在门口和隔壁的姆妈聊聊闲天儿，或者一个人拉着小车到菜场买点小菜，到居委会的老年人活动室看别人打打牌。沈星文给她送钱，她从来不要，说自己的退休工资够吃。尽管沈星文是个人渣，沈老太太却是个本分的人。

虽然打算把沈星文推出去当炮灰，可是听到沈老太太的死，徐昕心里仍然感到很不好受。老太太死的时候，她唯一的儿子不在身边，之所以不在身边，是因为自己把他送进了拘留所。

“怎么会这么突然？”徐昕问。

“据说是有好几个投资人打了老太太的电话。”周烨君说，“沈星文被拘留的事情，大家都瞒着老太太。老太太本来已经快出院了，一听说这帮投资人要来追债，沈星文已经坐牢了，她当场就捂着胸口倒下去了。”

“畜生！”徐昕骂道，“怎么能去骚扰他娘？不知道祸不及家人吗！他们是怎么知道老太太的电话的？还有上次是谁打老太太电话的，查出来了吗？”

“不知道啊！”周烨君说，“这些投资人简直是神通广大。现在沈家那边已经布置灵堂了。”他看了徐昕一眼，小心翼翼地问：“咱们要去拜祭一下吗，或者送个花圈？”

徐昕沉默了一会儿，缓缓摇了摇头：“不去了。她儿子是我送进拘留所的啊。”随后没再说话。

下午，他叫周烨君去买了个家用打印机来，自己在写字桌前写了一些节略用于明天的节目录制。周烨君坐在客厅沙发上帮着整理资料。到了晚上，周烨君和徐婧儿离开了，徐昕把那些资料又看了一遍，有点疲惫地坐到沙发上。

明天沈星文就要被放出来了，看到老娘的灵堂，他会怎么样？他是个孝子，看到老娘死了，死的时候自己还不在身边，他可能会疯掉的。

徐昕突然感觉到一丝寒意。他想起了沈星文那天的怒吼：“是不是你叫人打电话的……还有谁知道？还有谁和我有仇……我老娘有心脏病，你晓得的！现在进了医院了！我告诉你，我老娘但凡有点事，你全家都要死!!”

现在他老娘真的死掉了，按照沈星文的性格，他真的有可能会迁怒到自己的头上。这个流氓发起疯来，什么事情都做得出。

徐昕在黑暗中坐了良久，最终拿起了手机，打给了纪佳程。

他准备明天把纪佳程约过来，好好谈一谈。现在案子还没有判决，如果能够和纪佳程达成和解，让茶类中心适当赔偿一点，也许投资人们会接受。徐昕不指望这个案子能赚钱了，他现在想的就是少赔点，争取不让沈星文倾家荡产。如果真的能谈成，自己就可以去坦然地找沈星文，告诉他自己帮他止损了，也许两个人还不至于搞到你死我活。

如果和纪佳程谈不成，为了东山再起，沈星文必须被牺牲掉。自己别无选择，哪怕两个人你死我活。

电话接通了，纪佳程的声音听起来十分困倦：“喂？……师兄？”

“老纪，挺晚了是吧？”徐昕用轻松的口气说，“不好意思，这么晚打扰你。”

“没事，”纪佳程说，“师兄，你最近怎么样？还好吗？”

“挺好的，挺好的，”徐昕说，“大概你也知道了，我家里和所里都出了点问题，不过没关系，一切尽在掌握！嗯，这个，给你打电话，也是想约你出来坐坐，想和你聊聊。”

电话那边安静了一会儿，纪佳程问道：“和案子有关吗？”

“肯定有关，不过你也不用这么严肃。”徐昕说，“咱们就放松聊聊，看看有没有什么双赢的途径。我这里有一瓶好酒，咱俩还可以喝两盅。”

“……行啊。”纪佳程有点迟疑地说，“在哪儿谈？找个饭店？”

“到我这儿来吧，”徐昕说，“正好你也认一下门。”

“你找到新住处了？”纪佳程问。

“别告诉别人啊，”徐昕说，“除了烨君、婧儿和我，你是第四个知道的。”

电话那边又安静了。过了一会儿，纪佳程说：“师兄，是不是那些投资人在闹事？”他脑子转得快，立刻分析出徐昕不想暴露地址可能是在躲避谁，最大的可能就是躲避那些投资人。

“唉，这个只是暂时的问题，还是那句话，一切尽在掌握。”徐昕干笑两声说，“老纪，你看明天晚上过来一趟？”

“白天不行吗？”

“白天我要去电视台录节目。”徐昕说。

“那好吧。”

徐昕把地址告诉纪佳程后，挂断了电话。他又点起一根烟，在黑暗中坐着。

第二天上午，徐昕难得早起了。他热了杯牛奶，吃了两片面包，感觉自己浑身充满了活力。他把自己的西装、西裤和衬衫都熨了一下，选了一条亮色的领带，然后洗了个澡，用吹风机吹了吹头发，虽然离去电视台的时间还早，而且电视台的化妆师也会帮他整理一下仪容，但他还是把头发梳得一丝不乱。穿好衬衫，打好领带，镜子里又出现了那个气定神闲的成功人士。

徐昕照着镜子，进行了一下表情管理，感到很满意。随后，他坐在沙发边，给自己泡了一壶茶，给周烨君打了个电话。

“怎么还没到？”他问道。

“爸，婧儿说有急事，要我送她出去一下，”周烨君在电话里无奈地说，“我一忙完马上过来，中午之前肯定到！”

“哦，婧儿有事？”徐昕说，“那——那你陪着她好了。我这里也没什么，文件也不多，我自己去电视台也行。”

“我得开车送您啊。”周烨君说。

“没事，我可以打个车。”徐昕和蔼地说。在这个时候，既然徐婧儿需要周烨君送，他不想因为自己的事让周烨君把婧儿扔下，毕竟自己这边只需要打个车就能解决问题。

唯一不便的是，周烨君不来，也就没人给他准备午饭。徐昕不得不耐着性子下载了个外卖软件，叫了一份比萨。他完全不知道，在他坐着吃比萨的同时，周烨君正开车带着徐婧儿赶往某处。徐婧儿的脸色很凝重，甚至带有一丝决然。

下午一点多，徐昕来到了电视台，这里的保安都认识他，顺利地为他办理了出入证，递给他的时候还笑着说：“徐律师今天气质真好，录制顺利啊！”

徐昕笑着点点头。来到十二楼，找到栏目组的办公室，他发现章琪辉导演、主持人张斯佳和几个工作人员已经在小会议室里就座。节目搭档胡蝶飞律师坐在一边，正在看着今天的资料。

章导演简短地和大家开了个小会，一起把接下来的流程简要过了一下，等这些准备工作结束，已经大约两点了。章琪辉看了看表，告诉大家休息一下，要上厕所的赶紧去上，需要补妆的让化妆师赶紧补一补，两点半准时开始录制。

化妆师为徐昕简单地化了化妆，在他脸上扑了些粉，这样可以使他的脸在灯光下更亮一些。她在他的头发上喷了点发胶，把他的头发往后梳，一边梳一边说：“徐律师，您白头发比上次多了好多啊，工作这么累啊？”

“是吗？”徐昕微笑着说，“这么明显？”

“我一直给您化妆啊，对比好明显。”化妆师说，“回去可以做个染发了。”

“好啊。”徐昕说。小姑娘的手轻柔而利索，让他感觉很舒服。他闭上眼睛，直到有一个声音说：“好了，徐律师，可以去演播室了。”

徐昕睁开眼睛，看到摄制组的一位场务站在一边，她是专门来叫自己的。

“再过十五分钟就要开始录制了，”场务说，“章导请您到演播室就位。”

“他们都过去了吗？”徐昕问。

“胡蝶飞律师和张斯佳老师都过去了。”场务说，“您同事也过去了。”

“我同事？”徐昕微微一怔，随后就释然了：可能是周烨君赶来了。他站起来迈着稳重的步伐走出化妆室，向演播室走去。

演播室里灯光昏暗，导演及工作人员都坐在相对较暗的地方，唯有演播台周边打着明亮的光。这场景是他熟悉的，流程也是他熟悉的，徐昕走向演播台，突然停住了脚，问跟随而来的化妆师：“我的形象还可以吧？”

助理把他额头上垂下来的几根发丝拉到了耳后，用一点点水抹住，再用手指把他脸上已经很均匀的粉又抹了两下，随后把他的身子往台上一推。

徐昕走上演播台，笑着和女主持人张斯佳、胡蝶飞律师点了点头。他拉开椅子坐下后，将目光向下扫去，想看看周烨君在哪里。演播台上的强光让他难以看清昏暗中的那些人。

“十分钟。”有人大声说。

“台上准备好。再给他们检查一下耳麦。”导演发着指令。

就在这时，有人说：“等一下，这是徐律师的稿子，我给他送过去！”

徐昕低头看了看，他的发言提纲和资料好端端地铺在桌子上，不知道为什么还会有人说要送稿子给自己。他将目光投向声音传来的方向，看到一个黑影从后面走过来。当这个黑影走到灯光下时，徐昕的眼睛睁大了。

白皙的皮肤，红红的嘴唇，胖乎乎的脸，赵朱平拿着一沓文件站在演播台前，带着可怕的笑容盯着徐昕。在他的身后，章琪辉导演困惑地问助理：“这人是谁？怎么没见过？谁让他进来的？”

“他说是徐律师的同事，我以为是徐律师带来的。”助理慌张地说。

在台上台下困惑的目光中，赵朱平大步走上台，把手里的文件分发给张斯佳、胡蝶飞，然后把一沓文件缓缓放在徐昕面前。在此期间，他一直紧紧地盯着徐昕，那目光带有一丝残忍和仇恨。两个人彼此仇恨地对视着。

“快开始了，叫他赶紧下来！”章琪辉发火了。

赵朱平逼视着徐昕，突然露出了一个笑容，他向后退了一步。下了演播台，他突然一转身，用力将手里的文件向演播室的上空扔去。霎时间，演播室里纸张纷飞，随后赵朱平后退着对着徐昕伸出了大拇指，用力抿了抿嘴，转身迅速奔出了演播室。

“怎么回事！”章琪辉大骂，“快把地上的纸捡起来！快快快！”

在这混乱中，徐昕缓缓低下头，拿起了那沓稿子。当他读到第一页的标题时，他仿佛被电了一样，大脑一下子木了。

《著名律师勾引笛声商贸老总妻子谋财害命始末》。

当“笛声商贸”几个字闪过眼前时，徐昕感觉这个世界彻底崩塌了。他像个老人一样佝偻着腰，似乎快要倒在桌子上，手指机械地翻着那一摞材料，眼神呆涩地扫过了后面的每一页。

《笛声商贸老员工就笛声商贸倒闭始末的联合说明》。

当年的判决书。

这一页页纸，如同一把把刀，切割开他的皮肉，将他当年的阴暗行径赤裸裸地呈现在世人面前。徐昕缓缓抬起头，他看到胡蝶飞律师和主持人张斯佳也在看那些文件，两双美丽的眼睛里充满了震惊。他缓缓抬头，目光扫过了演播室内每一个人的脸，这一刻，他知道自己彻底失去了事业，他已经身败名裂。

徐昕的身子慢慢向后靠去，连人带椅子摔倒了。没有人扶他。这个几分钟前还一丝不苟的中年律师，此刻头发凌乱，狼狈不堪。他挣扎着从地上爬起来，不敢看任何人，踉踉跄跄地向演播室外奔去，途中还撞翻了一个架子和一个饮水机，但他完全顾不上了，他只想逃走。

"导演，怎么办？"张斯佳慌乱地问章琪辉，"只剩三十秒了！"

"还能怎么办？"章导演咆哮道，"停止录制！停止录制！"

整个演播室里的混乱此时已经与徐昕无关了。他踉踉跄跄地奔入电梯，踉踉跄跄地奔出大楼，踉踉跄跄地钻进了一辆出租车。他想逃避这世界的喧嚣，他想回到自己的住处，那个隐秘的、无人知晓的住处，那是他唯一能够感到安全的地方。

出租车停在小区门口，徐昕失魂落魄地钻出出租车，差点忘了付车费。他奔进小区，直奔住处，当他跑到自己住处的那幢楼下，路边突然涌出了一群人围住了他。无数人围着徐昕，拉扯着，叫骂着。

"姓徐的，可算找到你了！"

"你以为你能躲得过去吗？"

"我们的钱怎么办吧？"

"今天不说出个道道来，你别想走！"

"徐主任，那是我老公的看病钱，你说过给托底的！"

"你个骗子！"

"今天不给钱，我就跟你拼了！"

徐昕如同一叶单薄的小舟，在无数身影组成的惊涛骇浪中漂荡着。他头发被扯乱了，衣服被扯开了，脸上被抓出了两道红印。他费力而无用地喊着："我没说过托底！没说过……"但是他的话被淹没在喧嚣里。他高喊着："你们应该去找沈星文！他负责托底的！他今天放出来了，我告诉你们去哪里找他！……"

"不用找，我在这里。"

一个人影凶狠地冲进了人群，在徐昕看清楚之前，他的肚子上一凉。紧接着，剧痛将他的姿势定格了。他缓缓抬头，看到沈星文紧紧地贴在自己面前。

随着一声尖叫，人群呼啦一下散开了，徐昕大张着嘴巴，眼睛几乎要瞪裂了。沈星文的头上缠着白布，左手紧紧揪着徐昕的衣领，右手握着一把刀——那把刀已经深深地没入了徐昕的身体里。

"我说过，"沈星文咬牙切齿地说，"我老娘要是有点什么事，我放不过你。姓徐的，我要谢谢你，老娘死的时候我在号子里，最后一面都见不到！……我老娘是被吓死的，是你让这些投资人去找我老娘的！你想推到我头上，可以，可是你不该搞我老娘！！"

徐昕捂住肚子，摇晃着跪倒在地，身上已经被鲜血浸透了。他的身子向一侧歪去，脸沉重地蹭在了冰冷潮湿的地砖上，眼前只看到了一双双脚。那些惊叫和叱骂声越来越缥缈，一切开始模糊……

一个人凶猛地扑到沈星文身上，将他压倒在地——小区保安赶到了。他们将凶手紧紧按在地上，找来绳子捆住手脚，一边呼叫救护车，一边拨打报警电话。沈星文脸上带着血，丝毫不反抗，只是对着徐昕的躯体破口大骂着。

徐昕没有任何回应。在救护车赶来之前，他躺在地上一动不动，就这么静静地死去了。

第二十七章
背叛

车子停的位置是一个城中村，徐婧儿怀疑地看着外面的环境，问周烨君："真的在这里？"

"对，在这里，就在那间。"周烨君指着远处的一间平房出租屋，"去吧。"

徐婧儿下了车，看了看那破旧的房屋，弯下腰凑在车窗边说："我有点怕，烨君，你陪我过去。"

"勇敢点。"周烨君鼓励道，"有些事，你得独自面对。我如果在场的话，有些话就没法说开了。去吧，我在这里等你。"

徐婧儿点点头，撩了一下头发，向那个出租屋走去。路上，她小心地跨过地上的狗粪和污水，观察着这脏乱差的环境，神色复杂。来到那间出租屋前，她望着斑驳破旧的木门，一时间有些恍惚。最后，她深呼吸了一口，敲了敲门。

"谁呀？"一个女人的声音问。

"是我。"徐婧儿回答。

门开了，袁莉站在门后，露出一张头发散乱、没有血色的脸。

看到徐婧儿，她的眼睛睁得很大，满脸震惊，随后就想关上门。徐婧儿不知哪里来的力气，用力扶住门板，猛地一推，将门板撞开了。袁莉踉踉跄跄地向后倒去，靠一个柜子才支撑住身体。徐婧儿大步走进出租屋里，打量了一圈。

这屋子昏暗、潮湿，带有一股怪味儿。室内的陈设很简单，一个柜子，边缘有些裂开了；一张木板单人床，上面的被褥是散乱的；一张桌子，上面有没收的外卖餐盒。她看了一圈，向袁莉望去，袁莉已经站直身体，抱着手臂看着她。

她那曾经精致的脸已经不复存在，现在她的脸是黄色的，似乎几天没有洗过，头发纷乱。身上的衣服倒是牌子货，可是已经皱巴巴的。这个被徐昕当成女王供着的人，如今像一个街边阿姨。不知道在她的身上发生了什么，仅仅一段时间不见，她就已经过得如此凄惨。

这一对母女彼此对视，目光中充满了敌意。在进门之前，徐婧儿是胆怯的，但是看到袁莉以后，她的脑子立刻被愤怒充满了。

“怎么，过来看我有多落魄？”袁莉冷漠地说。

“为什么背叛爸爸？”徐婧儿责问道，“为什么背叛？还有，你卷走的那些钱呢？为什么躲在这里？”

“翅膀长硬了，”袁莉冷笑一声，“开始对我大吼大叫了啊。”

“回答我！”徐婧儿大喝一声。

袁莉与她对视，她看到徐婧儿的眼里冒着火焰。以往她在家里是高高在上的存在，徐婧儿见了她如同老鼠见了猫，此刻在这个破旧的出租屋里，她衣服皱巴巴的，那个当初的小姑娘却衣衫光鲜地逼问着自己，两个人的地位似乎调过来了。

“有什么好说的？”袁莉冷笑一声，转身回到床上躺下，“你不是看到了吗？钱没了，住在这种地方。回去告诉你爸爸，说我现在沦落到这副模样了，叫他晚上开瓶酒庆祝一下。”

“我爸爸没有你说的那么无耻！”徐婧儿骂道，“不要把别人想得和你一样！说吧，你为什么背叛爸爸？他对你那么好！”

“我为什么背叛他？”袁莉冷笑道，“我背叛他？呵呵呵，哈哈哈哈！”

“你笑什么！”徐婧儿怒吼道，“你还有脸笑？爸爸现在被你害得那么惨！”

“你回去问问他，他当初做过什么事？”袁莉一口顶回来，“是他先背叛我的，明白吗？当年他就和别人通奸，这是谁背叛了谁？”

“你胡说！”

“是不是胡说，你回去问问他不就行了吗？”

徐婧儿一下子愣住了。

袁莉冷笑一声：“走吧，回去告诉他，如果想来分钱的话，一分都没有了。所有的钱都被一个叫张鸣的人卷走了，卖房子的钱、卖家里电器的钱、我的首饰，还有银行卡里的钱……”她的眼里流下泪来，“我瞎了眼，遇到一个禽兽还不够，现在遇到了第二个禽兽……我前几天打电话给你爸爸，想跟他借点钱，他关机了，发信息也不回。也是，我做了这样的事，他怎么会再理我呢？”

徐婧儿彻底蒙了，在她来这里之前，她愤怒得恨不得给母亲一耳光，可是见了面以后，她却举不起手。此刻看到、听到这一切，她不知所措了。

“为什么你说爸爸背叛了你？”她怒气冲冲地问，“你是在污蔑爸爸，给自己找理由吗？”话虽这么说，她的声音却有一点虚了。

“回去自己问他，不要再来问我。”袁莉可怕地笑了笑，“不要高看自己，你没资格管。”

“我是你们的女儿！我怎么会没有资格！”徐婧儿喊道。

袁莉一拍床板，张口要说什么，却硬生生地憋了回去，她的胸口剧烈起伏着。就在这时，门口传来了周烨君的声音：“婧儿，你还好吧？”

周烨君走了进来，揽住了徐婧儿的肩膀。袁莉看到他，脸色更加难看。徐婧儿软软地靠在周烨君身上，整个身子都在颤抖。

周烨君望着袁莉，表情鄙夷，说：“婧儿到处找你，想问问你为什么。”

袁莉把脸别开，不看他们。

“师娘，我再叫您一句，”周烨君说，“种什么因，结什么果，时间到了，报应丝毫不爽。您记住，人在做，天在看的！”

“滚！”袁莉疯了一般地指着门口吼道。

周烨君用力扶住徐婧儿，往门口走去，到了门口，徐婧儿却挣脱了他的手臂。她回头用仇恨的目光望了望袁莉，突然拉开自己的包，掏出钱包，把里面所有的钱和一张银行卡放在了桌子上。她在一张便笺纸上写下银行卡的密码，使劲往桌子上一放，头也不回地奔出了出租屋。

门被关上了，袁莉木木地站起来。她一步一步地挪到桌前，拿起那些钱和银行卡，端详着。突然，她把钱和卡扔回桌面，蹲在地上痛哭失声。

车在公路上飞驰，徐婧儿坐在副驾驶座上，望着窗外，无声地流着泪。

“我们去哪儿？”周烨君问。

“我想去海边。”徐婧儿低声说。

周烨君没说什么，开车转而向南。在接下来的一个多小时内，两个人都没说话，车子沿着南奉公路一路向海边驶去。

在一片海湾前，周烨君把车停在路边。徐婧儿推开车门，下车向海边走去。周烨君关上车门，跟在她身后。他们沿着海边的栏杆走着，在一个入口处走到防波堤上。

徐婧儿低着头在石堤上慢慢走着，海风吹乱了她的长发。她的左边，是夹杂着黑色礁石和碎石的沙滩，再往远处是灰暗的海面和阴沉沉的天空。

“她说爸爸先背叛了她。”徐婧儿突然低声说，“我爸爸对她那么好，她说我爸爸背叛过她。”

“你觉得呢？”周烨君问。

“我不相信。”徐婧儿说，“从我记事时开始，我就没看到爸爸对她不好过。我不相信爸爸是这样的人。”

周烨君默默地看着她，随后抬头望了望天空。天空是阴暗的，如同他的心情。他突然长长地吐了一口气，再度直视着徐婧儿。

“你有没有想过，你爸爸对她那么好，也许是因为愧疚？”周烨君问。

徐婧儿用不可思议的眼神回头望了望周烨君。这种说法显然不太尊敬徐昕，很难相信这话会从周烨君这个一向尊重师父的人嘴里说出来。然而周烨君的表情是严肃的。

“你说什么？”徐婧儿问。

周烨君把手插在口袋里，慢慢从徐婧儿身边走过。他背对着徐婧儿，把一粒小石子踢到了堤下。

“婧儿，你妈妈说的话是真的，你爸爸的确曾经对不起过她。”周烨君说，“他曾和一个比他大十四岁的女人通奸。”

沉默。徐婧儿快步走上前，一把拉过周烨君，狠狠地打了他一记耳光。

周烨君没有捂脸。他站在那里，表情平静地看着徐婧儿。

“我知道你觉得很难接受，因为那是你爸爸。可是事实就是事实，我知道。你想知道是怎么回事吗？”

徐婧儿难以置信地看着他，风吹拂着周烨君的头发，他的表情是以前没见过的决然。他的目光深邃而冷漠，整个人似乎变得很陌生。

“二十年前，有一家经营得不错的商贸公司，叫笛声商贸，”周烨君望着徐婧儿，“笛声商贸有几十个员工，老板叫丁龙斌，老板娘叫舒琳雯。当时公司的业务蒸蒸日上，难免会发生一些欠款纠纷，于是就打算聘请一名法律顾问。后来，他们找了一个年轻的律师，就是你爸爸，徐昕。”

徐婧儿瞪大了双眼。

“那时候徐昕已经结婚了，丁老板每年给他的顾问费也不少，他们合作得很愉快。可是你知道后来发生了什么吗？”周烨君平静地说，“徐昕和老板娘舒琳雯通奸了。舒琳雯比他大十四岁，可是他们真的就搞在了一起。袁莉说徐昕先对不起她，说的就是这事儿。”

“你胡说！”徐婧儿喊道。

“我没胡说。你不要觉得很难接受，后面的事情比前面的更可怕。”周烨君说，“徐昕和舒琳雯搞在一起后，他们决定把丁龙斌老板的财产搞到手，于是徐昕找了一个社会流氓沈星文，三个人联手做了一个局。”

徐婧儿听到沈星文的名字，表情更加震惊了。

“丁龙斌的银行卡是被舒琳雯控制的，所以他们在这上面动了脑筋。首先，他们借了两千多万元的钱，汇到了丁龙斌的一张银行卡里，舒琳雯再把那些钱转走还掉，这样他们就取得了沈星文向丁龙斌汇款的记录。然后，沈星文控告丁龙斌和舒琳雯借钱不还，舒琳雯在法庭上证明借款确有其事，两边一配合，丁龙斌莫名其妙地背上了两千多万元的债务。利用这个诉讼，他们实际控制了笛声商贸，把丁龙斌赶出了公司，并且很快将公司资产变现了。徐昕借着这一单，一下子成了有钱人，拿着这些钱开了律所，才有了今天。至于丁龙斌，他走投无路，最终跳楼自尽。”

徐婧儿张了张嘴，却说不出话来。

“当然，这还没结束。”周烨君说，“钱款到手后，舒琳雯觉得可以和小情人正大光明地在一起了，她的爱情实现了。可是她却忘了一件事：在法律上，她是丁龙斌的妻子，在《最高人民法院关于适用〈中华人民共和国婚姻法〉若干问题的解释（三）》出台前，那两千多万元的欠款是夫妻共同债务，她要还一半。徐昕拿到钱后立刻翻脸，不但把她赶走，还串通沈星文到法院去申请执行她。舒琳雯想不到小情人会这样赶尽杀绝，她身无分文，走投无路，来到了她丈夫丁龙斌跳楼的地点。据目击者说，她在那里烧了一些纸，哭喊了十几分钟，说自己对不起老公。别人以为她在祭奠死者，没想到她突然也跳下去了。”

徐婧儿“啊”了一声，捂住了嘴。这故事无比可怕，她不知如何辩驳。她不能相信，那个从小到大关爱她的父亲，那个在电视上光辉伟岸的父亲，会做出这样卑鄙无耻的事情。不，这一定不是真的。

她在脑海里挣扎着，可是她越来越觉得周烨君说的可能是真的。袁莉的那声嘶吼重新在她脑海中滑过。

“你回去问问他，他当初做过什么事？是他先背叛我的，明白吗？当年他就和别人通奸，这是谁背叛了谁？”

徐婧儿腿一软，跌坐在地上。周烨君在离她两米左右的地方看着她，表情仍然是平静的，并没有来扶她的意思。徐婧儿觉得他变成了另一个人。她凄然地看着他，问道：“你是丁龙斌的儿子吗？”

“不是。”周烨君答道。

“那你怎么会知道得这么清楚？”

“有一对员工夫妻，妻子在公司负责做报表，丈夫负责仓库的进出货，夫妻两个都有慢性病，还有一个儿子。”周烨君说，“笛声商贸被搞垮以后，几十名员工的生活都没了着落，这对夫妻也陷入了困境。没有收入，别说看病了，他们连饭都吃不起。这个妻子从药费上节省，病越来越重，后来病死了。她死以后，丈夫一个人拖着病体找活儿，有什么东西先给孩子吃，自己饥一顿饱一顿的。有一个高温天，那个小名叫毛毛的孩子，他坐在街边看别人吃雪糕，咽着口水。父亲看孩子实在可怜，就到马路对面给毛毛买了一支一块钱的盐水棒冰，然而……然而……他过马路的时候，又饿又渴，头昏眼花……他向后倒在了地上。小毛毛就这样眼睁睁地看着爸爸被一辆车碾过去。”

他的身子颤抖起来。

徐婧儿捂住嘴，瞪大眼睛，吓呆了。

周烨君深呼吸了一下，继续说：“后来，毛毛被远亲收养，去了外地，但他一直记着这一切。他养成了一个习惯，每年他父亲的忌日，他都会给自己买根棒冰，吃完以后，把包装纸留下来，夹在父亲留给他的书里。一张一张，一张一张，每一张都提醒他记住这仇恨……后来毛毛考上了大学，学习了法律，毕业后成功应聘进了徐昕的律师事务所，给他当了徒弟。他仍然在父亲的忌日给自己买棒冰，一张一张，一张一张……”

徐婧儿惊恐地看着他，说：“你……你是……”

“是的，婧儿。”周烨君说，“我的小名叫毛毛，那个孩子，就是我。我回到这里不为别的，只是为了报仇。”

徐婧儿瘫倒在地上，浑身颤抖，满脸恐惧。她慌乱地说着：“这……这……这不可能，不可能……你，你，一定是搞错了什么……”

“这是事实。”周烨君严肃地说。他从背包里取出一沓文件，举在徐婧儿面前，海风吹动着前面的几页。徐婧儿一把抓过来，当她看到那些标题时，她感觉如坠冰窟。

《著名律师勾引笛声商贸老总妻子谋财害命始末》，《笛声商贸老员工就笛声商贸倒闭始末的联合说明》，判决书。

翻动着这些纸张，看着上面的文字，徐婧儿的世界崩塌了。她无力地松开手，任那些纸张落在地上，在风中翻滚着。

“你现在打算怎么报仇？”

“这不是已经开始了吗？”周烨君说，“你父亲如今家庭破裂，事业也将尽毁。”

“你说什么？”徐婧儿惊骇地说，“你是说……”

“对。这一切都是我设计的。”周烨君说，“很久以前，我就在设计这一切了。”

“那你接近我，也是为了……”

“为了报仇。”周烨君冷酷地说，“利用了你的感情我很抱歉，但是为了报仇，我必须这么做。如果你想问我一个问题，我可以提前回答你。——我从来没有爱过你。”

徐婧儿坐在地上，面如死灰。突然，她大声喊道：“我不相信！”

“这不重要。”周烨君说，“重要的是，过了今天，所有人都会知道当年的事情，你父亲会身败名裂。”

徐婧儿缓缓撑起身体，跪在了周烨君面前。

“烨君，求求你……”她无力地哀求着，“求你放过我爸爸吧……”

周烨君蹲在她面前，注视着她的眼睛。

“我想放过他，可是谁来放过我的母亲？谁来放过我的父亲？”

他轻声说，“婧儿，我不恨你，可是我父母的仇，我不能不报。血债必须血偿。这是你的命，也是我的命。”

“把我的命拿去，放了我爸爸。求你！”徐婧儿大声说。

周烨君把车钥匙放在徐婧儿面前，低声说：“还给你。”随后站起身，转身走开了。走了几步，他回头看了一眼，徐婧儿伏在地上，无声地哭着。

“这里很冷，你最好早点回市区吧。”

留下这句话，周烨君转身离去。他走上公路，走过那辆车，向着漫长的道路走去，一边走，一边拨通了一个电话。

“张鸣？我给你发个位置，来接我吧。”

第二十八章
彼岸花开

纪佳程走到徐昕居住的小区时看了下表，时间是下午六点。这个时间，徐昕应该已经录制完节目回来了吧。想起徐昕说有好酒喝，纪佳程觉得自己这么两手空空有点不像话，于是到小区旁边的店里买了两样熟食，又称了两斤油炸花生米，拎在手里进了小区。

走进小区他就感受到了异样，因为他看到有警察拉起了警戒线，小区道路两边停着几辆警车。一些居民在附近围观着，交头接耳。纪佳程狐疑地看了看，问一位老年人说："爷叔，格哪能啦（这是怎么啦）？"

"杀银（人）了！"老年人一开口，原来是东北口音，"哎呀妈呀，大白天的，刀子呼呼地捅，把银（人）给杀了！"

"杀了谁呀？"

"不知道啊！没瞅见警察都来了吗？"老人指着说，"那地上还有血呢！"

你什么都不知道，还"刀子呼呼地捅"，就好像你在现场似的。

纪佳程一边腹诽，一边绕过警戒线往徐昕居住的6单元走去。6单元里也有警察进出，一位警官问纪佳程："您在这儿住吗？"

"不是，找人的。"纪佳程笑着说。

"请问去哪家？"警官客气地说，"这里发生了刑事案件，例行问一下。"

"我去1204。"

警官脸上的笑容呆滞了。一秒钟后，两位警官出现在纪佳程身边，其中一位问道："您去1204做啥？你们认识？"

"认识，我师兄，他叫我今晚来谈事情。"纪佳程脸上的笑容也慢慢退去了。

"你晓得住在1204的人叫啥名字不？"

"徐昕。"纪佳程脸色慢慢凝重起来，"不好意思，是不是发生什么事情了？"

警官们没回答，而是开始呼叫，汇报说有人要去1204找徐昕。很快，通话器里传来了指示："带上来，询问一下。"

一位警官客气地说："辛苦跟我们上去一趟，另外身份证给我们看一下。"

纪佳程心里涌起一股不好的感觉。他把身份证交给这位警官，询问道："发生什么事了？"

"您要找的这个徐昕两个半小时前被害了，刑事案件。"警官帮他按了电梯，"我们需要了解一下他的背景、社会关系什么的。您既然认识他，辛苦您上去帮我们做个询问笔录。"

纪佳程两手的熟食哗啦一声掉到了地上。

"死了？怎么可能？他，他……"

"详情我们不好多说。"警官说，"您跟我同事上去吧。"

纪佳程先是在徐昕的住处接受了简单的询问，随后警方希望他到队里详细介绍一下徐昕的情况，于是纪佳程又配合到刑警队里把他所了解的情况讲了讲。他掌握的信息是有限的，主要介绍了一下徐昕和自己之间的这个案子，随后讲了一下他知道的徐昕的部分社会关系，并提示警方说，徐昕可能会跟投资人们有矛盾。

在询问过程中，他得知了杀害徐昕的凶手是沈星文。他们问他知不知道沈星文和徐昕有什么矛盾，纪佳程对此完全是发蒙的。警方最后询问他有没有徐昕家属的电话，因为他们分别打了袁莉、徐婧儿的电话，两个电话居然都是关机的。

从刑警队出来已经是晚上十一点了，纪佳程却毫无睡意。徐昕的死深深地刺激了他，更让他揪心的是，不知道徐婧儿安全与否。她是否知道自己的父亲被害了？他在开车回家的路上反复拨打徐婧儿的电话，可是婧儿的电话是关机的。于是他拨打周烨君的电话，那家伙的电话居然也关机。

回到家里，赵敏还在等他。一听到这个可怕的消息，赵敏的第一个念头就是“婧儿怎么样了”。

“还不知道，警察没说沈星文威胁到婧儿的安全。再说了，她有周烨君保护呢，”纪佳程安慰道，“应该没事的，可能是手机没电了吧。”

“明天早上你再打打。”赵敏说，“家里出了这样的事，当妈的已经跑了，现在爸爸又被杀了，这孩子可怎么办啊？你和你那些同学联系一下，这徐昕的后事什么的，你们得帮着张罗啊。”

“嗯。”纪佳程点点头，随后就开始挨个儿打电话，虽然时间已经很晚了，却也顾不得了。他先后通知了魏巍、老柯等人，约着明天碰个头商量一下这事儿。那几位师兄弟不出所料地全部惊呆了。

一直到凌晨一点多，纪佳程才躺下去。这一夜他辗转反侧。他不喜欢徐昕，甚至有些反感，可是他毕竟和徐昕相交多年。他不知道徐昕的死和自己打的这几个案子有没有关系，但是想到自己在法庭上对徐昕的赶尽杀绝，纪佳程隐隐有一丝歉疚。

还有徐婧儿，那个可爱的姑娘，总是把这里当作吵架时的避风港。她也许还不知道自己不是徐昕的亲生女儿。对她来说，母亲已经跑了，如今父亲又遇害了，她该如何面对这一切？

她还只是个涉世未深的姑娘啊。

纪佳程直到天明才蒙眬睡去，再一睁眼时已经是上午九点了。他揉着发昏的脑袋坐起来，又去拨打徐婧儿的电话，意外的是，她的电话还是关机的。

纪佳程随即拨打周烨君的电话，这一次，电话拨通了。铃声响了一会儿以后，周烨君接通了电话。

“烨君，你师父出事了，你知道吗？”纪佳程问。

“哦，我听说了。”周烨君说。

“婧儿在你那儿吗？”

“不在。”周烨君说，“我和她昨天分开以后，就没见面，她……她好像关机了。纪师叔，我能麻烦您件事儿吗？”

“什么？”

“您能不能到南奉公路尽头的那个海湾看看？”周烨君说，“我……我昨天和她在那里分开的。”

“什么意思？”纪佳程眉头一皱，问道，“发生什么事了？你昨天在那里和她分开？你们去那里干什么？你为什么不去看看？喂，烨君，到底怎么回事？”

“师叔，一两句话说不明白。”周烨君低声说，“我和她分手了。她昨天自己留在那边，后面我就不知道了。”

“你说什么？”纪佳程大喝一声，“你——”

可是周烨君已经挂断电话了。纪佳程再打过去，听筒里只响起了

“无法接通”的提示音。

这是把自己拉黑了吗？纪佳程登时有了一丝不妙的感觉。他赶紧穿上衣服，跟赵敏打了个招呼，连早饭都没吃就奔下楼去。

他开着车在车流中走走停停，不知过了多久，终于转入了南奉公路。他沿着道路一路疾驶，随着位置越来越往南，道路上的车辆渐渐稀少了。

天空阴沉沉的，但是视野很清晰。纪佳程在南奉公路上开了大半个小时，再往前就是海湾了。他放慢速度，睁大眼睛看着前方。车子转过一个弯，他突然看见一辆越野车停在路边，随着距离接近，他认出那正是徐婧儿和周烨君常开的车。

纪佳程一脚油门，猛冲过去，随后急刹停在那辆车后面。他拔钥匙熄火，拉起手刹，跳出驾驶室奔到那辆越野车前，看到越野车里空空如也。

天色已经阴沉了，似乎马上就要落雨。周围没有什么人，他向左右望了望，沿着栏杆向前奔去。跑了数十步，他从那个入口处下到了防波堤上，一边沿着石堤快步走着，一边快速地扫视着那些黑黝黝的礁石。

突然，他远远看到一个人影似乎躺靠在石堤上，依稀能够看出是个女子。他急忙跑了过去，等他跑到这个女子面前，他的心猛地揪了起来。

徐婧儿靠在防波堤上，歪着头，紧闭双眼。她的姿态很放松，宛如在熟睡，似乎随时会睁开眼。

她就那么躺在那里，一动不动。纪佳程慢慢走近她，她却毫无反应。

“婧儿？”

她没有回答。

不祥的预感向纪佳程袭来。他的目光停留在徐婧儿的右手上，那只手是红色的，而她的身下有一摊殷红色的血迹，已经凝固了。纪佳程猛扑过去，要去抓她的手，在碰到之前他突然醒悟，将手缩了回来。她的手腕上有一道深深的伤口，一旁的地上有一片深褐色的玻璃碎片。

他去触碰她的另一只手，发觉那手是冰冷和僵硬的。徐婧儿仍然没有动，他把手指放到她的鼻子下面，她已经没有呼吸了。

“婧儿！婧儿！”他抓住徐婧儿的肩膀，喊了两声。徐婧儿的身子被动地晃动着，纪佳程把她的遗体抱在怀里，喊道：“你睁开眼，看一下纪叔叔啊！”

徐婧儿的头软软地向后仰去，长发从纪佳程的手臂上垂下来。她的脸已经没有了神采，显得苍白而微微发青，一丝活气都没有了。

纪佳程的眼里涌出泪水。他当年第一次看到这个姑娘时，她还那么小。那个当初扎着辫子的稚气小姑娘如今已经到了风华正茂的年纪，她善良、单纯、阳光，她曾拥有一切：父母的爱护，富庶的生活，爱人的呵护。她本应品尝爱情的甜蜜，体验生活的美好，命运却给了她一个残酷的结局。

——她的家庭破碎了。

——她的父亲被杀了。

——如今，她的生命也逝去了。

她为什么会死在这里啊？为什么？为什么啊！！！

在徐婧儿的身边，是她的手机。纪佳程捡起来，那手机完全没电了。纪佳程拿出自己的手机，拨打了报警电话。他把电话放下，向四周打量，看到了破碎的啤酒瓶碎片，以数量来看，似乎不止一瓶。突然，他发现远处的礁石下面夹着几张纸。纪佳程轻轻放下徐婧儿的遗体，向那边走过去。

那几张纸被风吹得夹在了礁石中间，他小心地扯了出来，随后看到了上面的标题：《笛声商贸老员工就笛声商贸倒闭始末的联合说明》。

纪佳程迅速翻阅了一下这几张纸，眼神变得非常阴冷。他回到徐婧儿的遗体旁边，缓缓坐下来，红着眼圈望着远处的海面。虽然心乱如麻，但是他有一种直觉：这几张纸出现在这里绝不是偶然，徐婧儿的死跟笛声商贸的那个案子一定有关联。

他在那里坐了不知多久，心里很难接受这个姑娘真的走了。然而理智告诉他，这是事实。

“婧儿，你安心去吧。”纪佳程低声说，“我们会让你和你爸爸挨着的……你放心，如果是有人害你的，我们绝不会放过他……还有周烨君，他说和你分手了，你的死和他有关吗？如果有的话，我们也不会放过他的……”

他闭上眼睛，不忍心再去看徐婧儿的那张脸。过了一会儿，他站起身踉踉跄跄地向回走去，他要到公路上去等待警方的到来。

徐婧儿的死因是自杀，直接的死因是失血过多。法医还在她的胃里发现了她的金戒指。那枚金戒指纪佳程见过，戒指的内侧刻着“YJ JE”，也就是“烨君婧儿”的汉语拼音首字母。她喝了很多酒，将这枚爱情的信物吞了下去，随后摔碎啤酒瓶，结束了自己的生命。

这样的死因让纪佳程和几位校友都难以接受，这个死因让他们想到了一幅可怕的场景：在海边漆黑的防波堤上，那个年轻的姑娘一边哭，一边喝着啤酒。寒风刺骨，黑暗可怖，到底是怎样的绝望才让她下定了这样的决心？

电视台那里，赵朱平曾去闹场，他抛撒的文件被发到了网上，直接让徐昕的名声臭了。那几封文件与徐婧儿死亡现场出现的文件相同，警方自然对赵朱平进行了详细调查。徐婧儿死后的第三天，赵朱平垂头丧气地从刑警队出来，刚一转过路口，纪佳程就从旁边闪出，一把揪住赵朱平的领子，将他顶到了墙上。赵朱平大惊失色，等他看到是纪佳程，他的脸色一下子涨红了。

“你……你干啥？你不要乱来，这旁边是公安局，我要叫警察了。”

“说，是不是你设计的？”纪佳程沙哑着嗓子问。

“你说啥？什么设计？”赵朱平磕磕巴巴地说。

“别给我装糊涂，”纪佳程低声吼道，“你在电视台散发的那些东西是哪儿来的？你在调查徐昕，是不是？这一切是你设计的，对不对？”

赵朱平瞠目看了纪佳程一会儿，使劲推了他一把，却没挣脱开。他有点气急败坏地说：“你不要胡说！我设计什么了？”

“那些东西是哪儿来的？”

“有人放到我的房间的！”赵朱平嚷道，“我不知道是谁！装材料的信封我还留着，昨天我就交给警察了！”他又猛地推了一把纪佳程，这一次成功挣脱了。

“别动手动脚的，”他抹着汗，“我是想搞倒徐昕，可我从没想过要他的命。我要是有问题，警察早就把我抓了。你师哥干了太多缺德事，这是有人盯着他呢，我也是被当了枪使。”

他整理了一下被纪佳程扯歪的领子，恨恨地看了纪佳程一眼，说：“我警告你，别再碰我，否则我会抓你的脸。”

他裹紧衣服，转身就走。纪佳程盯着他没说话。走了几步，赵朱平转过头来，说：“跟你说件事……警察现在拿我那里的材料去鉴定了，和我们所的打印机做比对，他们怀疑那是在我们所打印的。结果可能过几天才出来，可是，那材料能放到我的办公室，肯定是我们所的人干的。”

他说完这番话，就低着头走了。纪佳程盯着他的背影，陷入思索。他感觉这一切太诡异了，太巧合了，似乎有一个人在背后操控着。

一个名字开始在他的脑海里盘旋不去。

从徐婧儿死的那天开始，整整十几天，纪佳程都没有见到周烨君。徐昕和徐婧儿火化的时候，连赵朱平都来了，代表益度所流了几滴眼泪，周烨君却完全没出现。这让大家都有些愤怒。他们不止一次向警方询问，周烨君前一天和徐婧儿一起去那个海湾，究竟与徐婧儿的死有没有关系。警方告诉纪佳程等人，本案的结论已经认定为自杀，周烨君那天是去和徐婧儿谈分手的。至于为什么要分手，为什么那些纸张会出现在那里，警方也不好透露太多。无论如何，周烨君似乎完全没受到这件事的影响，他消失了。

没有亲属来处理徐昕和徐婧儿的后事，最后还是几位老同学凑钱将他们的骨灰盒暂存到了福寿园。他们曾经尝试着寻找袁莉，她却人间蒸发了。

从福寿园出来，纪佳程回首仰望着整座山，绿色的山坡上整齐地排列着一排排青色的石碑，每一座石碑都是一个灵魂的归宿。这些石碑中没有徐昕和徐婧儿的位置，因为在这个世界上，归宿也是要花钱买的。两个墓穴需要六十来万元，几个校友肯定没法掏这么多钱。至于徐昕的遗产——包括他在益度所里的权益，校友们也没有办法去帮他讨要。

或许他们的归宿，真的就只是架子上的那两只黑色的盒子了。

纪佳程拿出手机，拨通了沙靓靓的号码。他简短地说：“小沙，半小时后在办公室碰头。我有任务要交给你。”

第二十九章
一块多米诺骨牌

1963年，美国气象学家爱德华·洛伦兹（Edward N.Lorenz）提出了一个理论，这个理论最常见的阐述是：“一只南美洲亚马孙河流域热带雨林中的蝴蝶，偶尔扇动几下翅膀，可以在两周以后引起美国得克萨斯州的一场龙卷风。”通俗地讲，就是蝴蝶扇动翅膀产生微弱的气流，而微弱的气流引起四周空气发生相应的变化，变化和影响持续、连锁反应，最终导致其他系统的极大变化，这被称为“蝴蝶效应”。

这有点类似于多米诺骨牌效应：在一个相互联系的系统中，一个很小的初始能量就可能产生一系列的连锁反应。

纪佳程一直认为，每一个人做的任何事，哪怕再细微，都有可能直接、间接地造成不可预料的影响。徐昕当年不知是怎么认识沈星文的，也许是街头借个火，也许是酒桌上碰个头，这个偶然最终要了他的命。也许当年没有和沈星文认识，两个人就不会勾结，更不会结成这样紧密的关系，最后也不会为了利益弄得你死我活。

同样的道理，纪佳程不知道自己现在的努力会形成怎样的最终效果，蝴蝶效应中的每一个环节、多米诺骨牌中的每一块骨牌，都不知道后面会发展出什么，但他仍然执着地想找出真相。他讨厌徐昕，看不起徐昕，可是对于徐婧儿的死，纪佳程是无论如何难以释怀的。

也许他就是多米诺骨牌中的一块，而且是一块不安分的。

整整半个月，沙靓靓按照他的安排，往返奔波于不同的档案馆和民政部门之间，她仍然是那个干练的助手。纪佳程也去了一些地方，甚至南下了一趟粤省的省城。随后，他蛰伏在办公室里，每天照常办案，一旦有空闲，就在一些纸上写写画画，琢磨着什么。

徐昕的死和沈星文的被捕，成了茶类中心系列案件终结的号角。无人组织的投资人如同一盘散沙，失去了主心骨和托底者。益度所的律师跑得七零八落，无人肯接手这一系列案子，最后是赵朱平和另外几个合伙人硬着头皮出面和投资人们谈判，协商解决之道。在他们谈出结果之前，法院的判决到了：驳回何四为的全部诉请。

如纪佳程和林清谋划的那样，他们取得了有决定性意义的判决书。

接到判决书后，纪佳程翻了翻就递还给沙靓靓，说："给林清一份，然后把案卷归档吧。"

"为什么？"沙靓靓说，"对方还可以上诉啊。"

"这案子他们上诉了也是浪费时间，"纪佳程说，"而且没有律师费的事，赵朱平他们肯定不愿做下去。归档吧，其他案卷也整理一下，估计都会撤诉的。"

"这是为什么啊？"沙靓靓问。

"这个案子输了，他们别的案子也就知道结果了。"纪佳程说，"现在撤诉，还能拿回一半的案件受理费。"

随后他又埋头看他的那些材料，在纸上写写画画。果然，接下来的几天里，法院的撤诉裁定陆续而来。

赵朱平到纪佳程这里来过两次，他希望何华王纪集团这边能够象征性地给一点，“哪怕出于人道主义”，这样他至少能对那些被徐昕聚集起来的投资人有个交代。在纪佳程这边给出否定的答复后，他那本来白皙的脸变得蜡黄蜡黄的。

“你看我现在都成了什么样了。”他颓丧地说，“这一堆烂摊子，我真的快撑不住了。”

“所里怎么样了？”纪佳程问。

“人都要转所，可是公章在徐昕手里，现在不知道去哪儿了，我们都没法给他们盖章。”赵朱平诉苦说，“他们天天来所里闹，那些投资人也来闹。还有沈小妹，也就是沈星文的妹妹，被你在法庭上捋过，你还记得吗？”

“记得。”纪佳程想起了当初法庭上的那个中年女律师。

“她天天披麻戴孝地到所里来哭，因为她妈妈死了，哥哥被抓了，她哥哥借的那些钱，人家都找她要。”赵朱平叹息着说，“还有，当初那些案件受理费都是沈星文出的钱，可是这笔钱是以投资人的名义交的，现在法院退回一半的诉讼费，只能退给那些投资人，不能退给沈小妹。那伙人拿了这钱，肯定不肯吐出来，你说她能不发疯吗？”

他闷闷地喝了杯茶，嘟囔了一句：“这可咋整啊……”

过了一会儿，他抬头问纪佳程：“你知道周烨君的下落吗？”

“不知道，”纪佳程说，“我也在找他。”

“也不知道公章是不是到他手里去了。”赵朱平说，“我们所现在必须把公章弄回来，还有一大堆人等着盖章呢。”

“挂失补办啊。”

“已经在这么做了，还需要几天，可是那枚公章在外面也得有个说法吧。”赵朱平说，“他之前和徐昕走得那么近，公章很有可能在他身上。纪律师，咱俩说好，谁要是碰到他了，立刻通知另外一个人，好不好？”

“好。”纪佳程点点头，“可是他会承认吗？”

“我身上带了个录音笔，突然出现和他去谈，也许他不防备，能问出一点什么来。”赵朱平说。

“你小子现在不会在录我的音吧？”纪佳程身子一挺。

“没有。录音笔我带了，可是没打开。”赵朱平从口袋里掏出一只黑色的笔，“在你这里我也没什么可录啊。”

纪佳程确认那笔确实没有打开，又还给了他，问：“万一很长时间见不到他呢？”

“那我就等。”赵朱平说，“我就不信了，他难道连律师证都不在乎了？他的执业证还挂在我们所呢，他想走的话是不是要到律协去办手续？就算他不走，他的证每年也要所里给他去年检吧？我已经向律协通知过了，我们所原来的公章遗失，万一他去律协办手续，手续上有公章，律协肯定会向我们核实真伪，律协一联系，我们不就可以立刻赶过去了吗？”

“这倒是个办法。”

赵朱平又喝了两杯茶，诉了一会儿苦，看到自己的卖惨无法使纪佳程让步，最终黄着脸告别而去。等他走了，纪佳程叫沙靓靓把他用过的茶具收走，又埋头写写画画了。

益度所那边的后续状况如何，赵朱平他们的麻烦如何解决，纪佳程没有打听。日子一天天过去，街上仍是熙熙攘攘，生活仍然忙忙碌碌，校友们偶尔还会聚餐。《律政进行时》换了新的律师嘉宾，与主持人张斯佳和以前的嘉宾胡蝶飞一起高谈阔论，收视率似乎也没受到什么大影响。说到底，人之个体于社会，不过是大海中的一滴水，即便翻出一个浪花，也会迅速归于沉寂。山还是那座山，海还是那片海，以前在那里，以后也还是在那里。

周五早上到办公室时，纪佳程脸色很差，沙靓靓给他泡了杯枸杞，问他要不要回去休息。纪佳程摇摇头，答道："还要写代理词呢。"

"我帮你写呗。"沙靓靓说。

"你啊，笔头子还差点，"纪佳程说，"再说你写的东西是按照你的思路来的，我按照自己的思路，改起来有时就很费事，还不如我一开始就自己写。"

"师父你给我留点面子行吗？"沙靓靓绷着脸说。

"挺留面子了，你上一份代理词写得确实不怎么样嘛。"纪佳程说，"你才工作多久啊，水平的提高是一步步来的。"他看看沙靓靓的脸，叹了口气，"算了，你写吧，记得我的思路：先归纳案件事实，再列出争议焦点，随后分析法律关系，结合各方权利义务来写。"

"好！"沙靓靓拿起案卷，转身离开。走到门口，她突然反应过来，转头说："师父，我怎么觉得有点怪啊？我帮你写代理词，怎么还搞得像我求你似的？"

纪佳程忍不住笑了。现在的沙靓靓和以前一样尊重纪佳程，但是已经不再刻意地接近他了。看着这小妮子出去做事，单纯的师徒关系让纪佳程感觉分外轻松。

青春时期总会有许多感性的冲动，有的人会因此迷失，有的人会因此犯错，而有的人会及时调整自己。沙靓靓能够果断抛开不切实际的幻想，迅速回到正常的工作和生活状态中，这让纪佳程对她的理性、她的情商有了更高的评价。他可以想象，几年后的沙靓靓必定会成为一名非常优秀的律师，也许还会成为本所一位非常优秀的合伙人。

纪佳程中午一点多才下楼，溜达了半天，最后在一家小店吃了碗兰州牛肉拉面。赵敏打电话问他在干什么，纪佳程把那碗拉面说得无比高大上："我在吃西北料理。"

"那你明天要不要和我去品尝一下西洋液体料理？"赵敏问。

"敢问是何妙物？"纪佳程问。

"乃是西洋茶饮，名为咖啡之物。"赵敏兴致勃勃地说道，然后把她的新创意告诉纪佳程。原来她琢磨了一个雄心勃勃的计划——把'魔都'所有的网红咖啡店一家一家地喝个遍，每周一家，名为"魔都网红咖啡拔草计划"。赵敏决定明天让纪宝宝自己在家里写作业，她则拉着纪佳程去正式开启这一"伟大征程"。

纪佳程自然没有不答应（事实上他也不敢不答应），就在他想要问赵敏第一家选了哪里时，手机显示又有一个电话打进来，拨打人居然是赵朱平。

"等一下，我有电话进来了。"他对赵敏说，"稍晚我给你打过去。"随后他接通了赵朱平的电话，问道："赵律师，您找我？"

"纪律师，周烨君现在在律协呢！"赵朱平在电话里说，"你去不去？"

"现在？"纪佳程说，"等我过去他早走了。"

"走不了！"赵朱平急促地说，"他是去办理转所的，负责人不在，让他到楼下的咖啡馆坐一坐。那个负责人开会去了，大约两点半才能回来！"

纪佳程迅速看了下时间：现在是一点半。

"他走了以后，工作人员想起我们曾经向律协说公章遗失了，已经挂失补办，就打电话过来问我们他文件上的公章是不是真的。"赵朱平说，"纪律师，我在客户这里，我尽快和客户说一声然后赶过去，你要是想见他，就现在过去吧！”

电话挂断了，纪佳程盯着面前的碗看了几秒钟，随后站起身来往店外跑去。他没有浪费时间跑回办公楼去拿车钥匙开车，而是直接钻进了一辆出租车。

二十分钟后，在律协所在的君姚大厦楼下，纪佳程开始在各个小店和咖啡馆里穿梭，一边走一边四处扫视、搜寻着。然而一连走了几家店，他都没看到周烨君的身影。

赵朱平的信息是可靠的吗？

纪佳程决定上楼去问问工作人员。就在他走到大楼门口准备上台阶时，一个人正好低着头从台阶上走下来，那熟悉的身影让纪佳程一时有点错愕。

周烨君。

在那之前，每次见到周烨君，他的脸上都带着谦卑的、可靠的笑容，充满阳光。但是那一天，他的脸色是严肃的。两个人都没预料到会有这样的单独相遇，站在台阶上下彼此对视，目光都阴沉而戒备。纪佳程的整个身体似乎掠过了一丝冷风，他眼中的周烨君不再是那个温和、有些拘谨的小伙子，而是一个浑身散发着寒意的、深不可测的人。

“嗨，好久不见。”他干巴巴地说。

“是呀，”周烨君的脸上也露出一丝笑容，“我来办点事。”说着他走下来。

“聊聊吧。”在他经过纪佳程的身边时，纪佳程说道。

“聊什么啊，”周烨君说，“没什么好聊的。”

“今天不聊一聊，可能以后再没机会聊了。”纪佳程说，“有些事儿，我想确认一下。”

“不好意思，我还有事。”周烨君说着就要走。

“有那么忙吗，周毛毛？”纪佳程问。

周烨君停住了脚步，缓缓转身，眼神阴冷。他眯起眼盯着纪佳程：“你怎么知道这个名字？……你还知道些什么？”

双方之间的气氛突然变得不可预测了。

“你的母亲叫黄春玲。”纪佳程说道。

当他说出“黄春玲”这几个字时，他看到周烨君的身子震动了一下，脸上微微扭曲。他继续说下去：“你的父亲是周天航，他们都是笛声商贸的员工，是吧？你的小名叫毛毛。”

周烨君站在那里，脸上的肌肉有些僵硬。他突然问：“你又去找周逸馨了？”

“还是去聊聊吧。”纪佳程向左右看了看，“找个没人的地方。”

周烨君点点头，他们向四周张望了一下，最终走向了大楼。两个人都绷着脸，谁也没注意到，远处的赵朱平正急匆匆地飞奔而来。

进入一楼大堂后，纪佳程和周烨君都在四处张望，寻找无人的地方。张望了一会儿，周烨君说：“三楼现在在招租，一整层基本上都空着，我们去三楼聊聊吧。”

“哦，你怎么知道的？”纪佳程问。

“中午我一直在那里。”周烨君说。

“在那里？”纪佳程想了想，问，“你是怕在律协这里遇到熟人吗？”

“算是吧。”周烨君说着推开了旁边的防火门，两个人走楼梯上楼，皮鞋踩在台阶上，脚步声回荡在楼梯间里。当他们的身影转过楼梯间的转角时，防火门又无声地被推开了，赵朱平小心地走了进来，他听着脚步声，脱下了脚上的皮鞋，赤脚踩着台阶，无声地向上跟去。

三楼空无一人。从门牌上看，这里原来整层属于一家比较有名的韩国公司，不知为何这家公司搬离了这里，只剩下空旷、蒙灰的办公室，还有几张陈旧的桌子。有的办公家具拆了一半就被遗弃了，铁管子、木板就那么扔在地上。

纪佳程和周烨君穿过打开的玻璃门，走入办公区。前面有一间房间，门开着，可以看到一扇巨大的窗户，看起来像会议室。他们走进了这间“会议室”，一直走到窗前。

“这里够安静吧。”

“是够安静。”纪佳程说，“居然能找到这里，你就这么不愿意和认识的人碰面？”

“见了面又能聊什么呢？”周烨君问。

“想逃避原来的社交圈吗？”纪佳程嘲讽地笑了笑，“可是，这不是还是遇上了吗？而且，只要你的执业证还挂在益度所，你就免不了要和他们打交道。你今天来这里干吗？”

“办转所手续。”周烨君说。

“找到下家了？”纪佳程问，“哪里啊？”

“外省，具体哪里就不必说了。”周烨君说。

“难怪这段时间你没有声音，”纪佳程说，“是到外地去联系接收的律所了啊。怎么，真的打算离开‘魔都’了吗？”

“我在这里的事已经办理完了，没什么可留恋的了。”周烨君说。

“也是，你父母是葬在老家的，离开这里的话，也就真的和这里没有关系了。”

“连我父母葬在哪里您都打听到了？”周烨君盯着纪佳程，“看来这段时间，您一直在调查我啊。”

纪佳程面对着周烨君，目光直视着他的眼睛：“没错。周烨君，婧儿死后至今，我一直在找你，也一直在调查你。”

“我知道，我也做好了心理准备。”周烨君说，“那份笛声商贸老员工的说明里有周逸馨的签字，只要你去找她核实，就会发现是我让他们写了这份材料，我的身份也就无从隐瞒了。”

“对，我去找了周逸馨。”纪佳程承认说，“所以我才推断出，原来周烨君就是那个周毛毛。综合前后了解到的情况，我才能推断出你是在报仇。”

他的确去找过周逸馨，询问是谁让她在那份《笛声商贸老员工就笛声商贸倒闭始末的联合说明》上签字，在周逸馨那里，他得知“周天航的儿子毛毛回来找大家了”。而这份材料也曾经出现在徐婧儿的遗体附近，他最终确认：周烨君就是“毛毛”。

第三十章
排除法

“你找我，是为了跟我聊聊你推断到了什么？”周烨君耸耸肩膀，“那咱们就没必要谈了，你推断出什么东西来又怎样？又能把我怎样？”

“是不能把你怎么样，而且我也不想把你怎样。”纪佳程说，“只不过有一些真相你知道，我不知道；有一些真相我知道，你不知道。”

“有些真相你知道，我不知道？”周烨君嘴角微微上翘，“你就别套我的话了。纪律师，事情已经结束了，你就别费心思了吧。”

“不费心思不行啊，”纪佳程说，“我做了二十年律师，但是这次也在你的布局里，跟个棋子似的。我这人心眼儿小，最恨被别人利用，你想让这事儿过去，我却得弄个明白。”

周烨君笑了，说：“何必呢？”

“因为咱俩都比较执着。”纪佳程说，“想必你在复仇之前，也花了很长时间去弄明白当年的真相吧？”

“别套我的话，我不会上当的。”周烨君看了看时间，“如果你说的就是这些，那就别谈了，我现在还要上去办手续呢。”

他说着就往门口走，纪佳程在他身后说道：“黄春玲女士是重庆人，在她二十三岁的时候，她来到上海，在羊毛衫厂工作，在那里她认识了来自山东的周天航先生。他们1994年初结了婚，当年生下了一个男孩，取名叫周毛毛。”

周烨君的脚步停住了。

纪佳程继续说道：“夫妻俩的身体都不好，1996年羊毛衫厂倒闭，夫妻两个都下岗了，后来在周逸馨的介绍下，他们进入了笛声商贸。黄女士的工作是销售助理，周先生管库。”

周烨君回头望着纪佳程，眼神冷下来了。纪佳程的目的达到了：一个人在听到别人谈论自己的父母时，是无法安然走开的。

“可惜，这样的好日子非常短暂。”纪佳程说，“徐昕串通沈星文，在老板娘舒琳雯的配合下侵占了丁龙斌的资产，也间接导致了笛声商贸破产倒闭。黄春玲女士和周天航先生在贫困中先后离世，周毛毛目睹了周先生的去世过程，从那以后养成了收集棒冰包装纸的习惯。”

最后一句，是他猜出来的。

周烨君的脸色阴沉下来了：“纪律师，我很尊敬你。可是，我不希望你谈论我的父母。”

“我很抱歉。”纪佳程说，“不过，这样你至少承认你是周天航和黄春玲的儿子了。”

“有意义吗？”

“有啊，”纪佳程说，“是的话，我才好讲下去，因为我就能确定你的动机了。猜出你的身份后，我去查了当年的户籍档案，查到你后来户口迁移到了粤省某市。我去了一趟粤省，从你落户的地方查起，把你的人生轨迹理了一遍。你被你姑妈周振颖收养，在那里改名叫周烨君。你在粤省的羊城上了大学，法学专业，成绩优异，本来你导师推荐你加入一家大的律师事务所，待遇优厚，可是你坚决离开了羊城，到了‘魔都’，直接就去了徐昕的律所求职，而且是不惜降低待遇，不给钱都要给徐昕当徒弟。现在看来，你的目的性很强，可能一开始就是奔着报仇来的。”

周烨君哼了一声，说：“为什么你不觉得我是看中了他们所有发展前景？”

“连沈星文这种流氓都在事务所里有办公室，这样的律所会有前途？”纪佳程笑了，“徐昕这个人我知道，钱给得越少越好，用人却把人往死了用，他给你的工资只有一点点，让你干累活，还让你当司机。这样的待遇你能待好几年，我挺佩服你。”

周烨君把眼睛转向别处。

“咱们开诚布公吧，”纪佳程说，“你苦学法律的目的就是复仇。你之所以哭着喊着要跟随徐昕，不过是为了接近他，找到整倒他的机会。为了获取他的信任，你兢兢业业，任劳任怨，招之即来，挥之即去；为了得到他的信任，你还追求徐婧儿。徐昕相信你死心塌地，也就逐渐把一些重要的案子交给你做。而实际上，你一直在寻找将徐昕彻底打倒的机会，这次的茶类中心系列案件就是这样一个好机会。”

他说到这里时停了一下，看了看周烨君的脸。那个年轻人面无表情，未置可否，却没有离开的意思。

纪佳程之前曾经估计过，当听到别人分析自己苦心经营的计划时，百分之九十的人是会留下来听一听的，因为他们想知道别人是否看破了这一计划，看破了多少，或者想知道别人对这一计划的评价。

“根据我目前从赵朱平和警方那里了解到的消息，综合我自己的分析，”纪佳程说，“徐昕应该是想在茶类中心系列案件中大捞一笔。他组织了几个维权群，里面聚集了一两百名所谓的投资人；然后沈星文出面承诺买断债权给他们托底，条件是以他们的名义起诉。如果打赢了，付了托底的费用，剩下的钱他和沈星文分。当然，如果打输了，他们也将亏得一塌糊涂。

“这个案子标的额巨大，沈星文甚至借钱去付保全程序需要的担保金。为了取得投资人的信任，他还向一部分投资人支付过一定比例的托底费用，为此他连他母亲的房子都抵押了。

“对你来说，这是一个难得的机会，只要把这个案子弄输了，徐昕和沈星文就会陷入巨大的麻烦，甚至破产。事实上你也正是这么做的。”

“纪律师，我的代理思路有不妥吗？”周烨君突然问。

“不，挺好的。”纪佳程说，“这个案子很有迷惑性，坦率地讲，如果不是为此专门研究，我也搞不清期货交易的这些特点。非法期货交易是我一定会选择的方向之一。”

“那我们在法庭上不努力吗？”周烨君嘴角微微翘起。

“这个案子你们输了，是因为法律关系方面的原因，而不是律师不努力，换了我的话，未必能做得比你好。”

“那么你刚才的猜测就是不成立的。”周烨君说。

“要不是收到那份《茶类中心系列案代理思路》，我现在还真的不敢往这方面想。”纪佳程说，“你选的日期不错，在沈星文和赵朱平去闹事的那天给我寄光盘和截图，顺便把一些不相干的材料夹在里面，这些材料里恰好就有那份代理思路！老实说，听说了益度所里发生的冲突后，我一度真的以为你是忙中出错，现在看来，你是故意的。你对我们这边的业务能力不放心，为了保证徐昕这些案子必死，你故意把代理思路寄给了我们。”

周烨君冷笑一声，没说话。

“徐昕的案子输了，投资人果然去事务所里闹事，但是只要徐昕与沈星文切割，至少徐昕本人在法律上是无须担责的，达不到摧毁徐昕的目的，所以你一开始就力图制造徐昕和沈星文的矛盾。我听说，有人给沈星文的母亲打电话，告诉她沈星文把她的房子抵押掉了，结果老太太就进了医院。这事儿和你有关吗？”

“你怎么想到会和我有关？”周烨君问。这句话模棱两可，既没有承认，也没有否认。

“能够知道沈星文家属的电话，还了解沈星文抵押房子，必然是认识沈星文，而且了解案情的，这样的人可不多啊。”纪佳程说，“徐昕自己肯定不会这么做，赵朱平实际上是沈星文一伙的，既然知道你跟他俩有仇，我当然要往你这里想。后来投资人的电话打给沈星文的母亲，以至于老太太心脏病发作死亡，他们又是怎么知道老太太电话的呢？现在我怀疑这也有可能来自你。”

周烨君的脸色凝重下来了。

“但是沈星文不知道你跟他是有仇的。事情发生以后，他会像我一样用排除法，只不过在他的立场上，他会先把你排除掉，因为他认为你只是个小角色；赵朱平也不可能，因为是自己人；这样就只剩下和他矛盾激化的徐昕了。”纪佳程说，“徐昕和沈星文之前已有积怨，第一个电话打给沈老太太，正值你们在法庭上失利，矛盾开始激化；第二个电话打过去时，矛盾已经彻底激化，他本人都被徐昕送进拘留所了。在这样的情况下，沈星文是不可能仔细分析的，他只知道：徐昕和他有仇，而且徐昕想牺牲他，所以害自己的一定是徐昕。在母亲去世了的情况下，沈星文百分之百会去找徐昕拼命。”

“这是你的猜测。”周烨君紧盯着纪佳程说，“而且全无逻辑可言。”

“你错了，烨君，”纪佳程说，“我有证据。”

“什么证据？”周烨君眉毛抬了一下。

“那些投资人和沈星文出现在徐昕的楼下，就是证据。”纪佳程说，“徐昕死的那天，他给我打过电话，约我到他那里聊聊，还说顺便认认门。我当时问他是不是找到新住处了，他告诉我除了他自己、婧儿和你，我是第四个知道的，还让我别告诉别人。烨君，告诉我，如果只有我们四个人知道，那些投资人是怎么知道的？徐昕自己会告诉那些投资人？婧儿会告诉那些投资人？还是我会告诉那些投资人？”

“无稽之谈。”周烨君说了一句。

“徐昕的那些黑材料，也是你给赵朱平的吧？”纪佳程说，“赵朱平从警察那里得到的结果是，那些放到他办公室的材料是用你们所的打印机打印的。还有，赵朱平说他在徐昕被杀的前一天收到一个陌生号码发来的短信，告知他徐昕会在电视台做节目。熟悉徐昕那天下午要去电视台做节目的，也只有徐昕、婧儿和你吧。”

周烨君的脸上挤出嘲讽的笑，但是在纪佳程看来，这笑容已经不太自然了。

“熟悉这个案子的详细情况，了解沈星文和徐昕的矛盾，了解沈星文的家庭状况和联系方式，能够使用益度所的办公设备，熟悉赵朱平和徐昕的矛盾，熟悉赵朱平的性格和为人，了解徐昕的藏身之处，知晓徐昕最后一天的日程，这样的标准组合起来，值得怀疑的人只剩下你了。”纪佳程说，“本来我很疑惑，因为你毕竟是徐婧儿的男朋友，为什么要这么做，但是婧儿的死让我意识到，你对她可能根本没有感情，这样我肯定更加怀疑你了。当我再次找到周逸馨，得知你就是当初的周毛毛后，再结合那些关于笛声商贸公司的材料，一切豁然开朗，一切也都得到了解释。所以我才会去粤省调查你的轨迹，因为我已经肯定是你在幕后策划、操纵着这一切。我，婧儿，甚至赵朱平都不过是你在这场棋局中利用的棋子。说真的，我挺佩服你这个计划的。一个二十多岁的年轻人能布这样的一个连环局。”

周烨君脸色此刻已经铁青了。

“我感慨的是，徐昕的遭遇过于惨了，”纪佳程说，“他的老婆跑了，似乎老天都在帮你，现在他女儿也死了，这算真正的家破人亡，我想问你，你满意吗？”

周烨君没有回答，慢慢开始转身。

“喂，还有婧儿的死，你满意吗？”纪佳程问，“逼死一个爱你的女孩子，你心里满足吗？”

这句话让周烨君停止了身体的转动，他的脸色开始涨红了。他开口问道：“纪律师，你对徐昕这个人怎么评价？对他在笛声商贸那个案件中的所作所为怎么评价？”

纪佳程思考了一下，答道：“败类。”

“丁龙斌就应该那么死吗？”周烨君问，“我母亲就应该那么病死吗？我父亲就应该忍饥挨饿，最后被车撞死吗？我是亲眼看着我爸爸被撞死的！”他的声音逐渐激动起来，“还有那些员工，就应该那么悲惨吗？在我们跌入社会最底层苦苦挣扎的时候，谁来帮助过我们？还有你，你受过这些苦吗？你是谁，你也有资格在这里责问我？”

他用手指点着纪佳程：“你告诉我，当我们被践踏如泥的时候，造成这一切的罪魁祸首却走上人生巅峰，住豪宅，开豪车，当典型，上电视，这公平吗？这公平吗？这公平吗？”

这一连串的问题纪佳程无法回答。事实上，他本来就对徐昕有点厌恶，当他分析出徐昕的发家史后，对徐昕的厌恶变成了鄙夷。但是如果他说“不公平”，又似乎认可了周烨君复仇手段的正当性。

“冤有头，债有主。”纪佳程答道，“你收拾徐昕或许算他罪有应得，可是你没听说过祸不及家人吗？”

“你是说婧儿？”周烨君问。

“不只是她，还有沈星文的老娘。”纪佳程答道，“沈星文不是个好东西，可是他的母亲是个本本分分的人，她害过你的家人吗？她有什么错？徐婧儿对你的感情有多真，你不清楚吗？她伤害过你的家人吗？她又有什么错？”

“当初害我们的时候，他们考虑过我们的家人没有？”周烨君反问，“我们这些‘家人’被祸害了没有？”

纪佳程又被问住了。

“当初他们让我们家破人亡，现在我让他们家破人亡，有问题吗？”周烨君冷笑着说，“纪律师，收起你那套道德说教吧。没错，是我找人给沈星文的老娘打的电话，那又如何？是我发信息通知投资人和沈星文，告诉他们徐昕在哪儿的，有问题吗？我又没有亲自动手杀他！对不对？我还不怕告诉你，我那个师娘为什么会出轨，你知道吗？因为那个情夫是我的朋友！他也是当年的员工后代，明白吗？是我安排他们认识的！”

“啊？”纪佳程愣住了。

“我只不过是让当年他做过的事在他身上重演一遍，”周烨君嘲弄地说，“老婆跑掉，事业全毁，不这样的话，怎么对得起当初我们受的那些苦？现在我那个师娘的钱也全部被卷走了，她已经沦落到在小出租屋里活命了。怎么样，和当年的舒琳雯像不像？这算不算是个报应？不过她的命比舒琳雯好多了，婧儿找到她，实在是心软，还给了她一张卡，那里面好像是徐昕给婧儿积攒的钱，一两百万元是有的。”

这些信息让纪佳程一时不知说什么好，他一直把袁莉的出轨当作徐昕的报应，没想到这居然也是周烨君设计的！而徐婧儿在知道母亲抛夫弃女的情况下，还会把钱给她，怕她生活无着，这份善良和她最后的下场尤其让他心里发酸。

一想到婧儿，纪佳程感觉内心深处又涌出了难以遏制的怒气。

“你还叫她婧儿啊？”纪佳程慢慢地说。

“哦……”周烨君沉默了一下，答道，“叫习惯了。”

“你爱过婧儿没有？”纪佳程问。

周烨君又沉默了。

纪佳程又问道：“你要让徐昕家破人亡，那么你希望婧儿死吗？”

周烨君不说话，纪佳程继续说道：“她没有害过人，对每个人只有善意。她对你是真心真意的，连和你吵架分开后，都要找一个固定的地点‘躲着’，让你能找到她。我一直觉得，在你们的交往中，她表面强势，实际上却很卑微。周烨君，你告诉我，你是不是一开始就想着，最后把她也给弄死？”

随着最后一句话说完，纪佳程用双手揪住周烨君的衣领，用力地将他顶在了墙壁上。周烨君的身体与墙壁之间溅起一股股尘雾，发出了一声闷响。

第三十一章
轮回

两个人在墙边对视，纪佳程的眼里只有怒火，周烨君的眼里则带着愤怒和复杂难言的情绪。他的身体比纪佳程强壮，但是他并没有还手，只是用力把手压在了纪佳程的手上。

“我没有想让她死。”周烨君缓缓地说。

这句话让纪佳程的手稍微松了一下。周烨君的手缓缓下压，纪佳程最后松开了手，他后退了一步。

“我那天把她带到海边，是不想她早点回去，看到投资人和沈星文找到徐昕，看到她爸爸身败名裂。”周烨君缓缓地说，刚才的凶狠似乎不见了，“告诉她当年的真相，是为了和她分手，但是我一点都不想她死。走的时候，我还把车留给她了，叫别人来接我的。”

“后来你让我去海边找她，是担心她？”纪佳程问。

“我没想到她会自杀。”周烨君垂下头。他慢慢蹲下，盯着地面，把脸隐藏住。

“你爱过她吗？”纪佳程又问了一遍。

周烨君没回答。过了半晌，说道："她是个好女孩……如果她不是徐昕的女儿，我真的想和她过一辈子。我也曾经犹豫过，想着是不是应该放弃报仇，可是一想到我父母，我就不再犹豫了。我对她不是完全没感情，可是她的身体里流着徐昕的血呢……我和她不可能，和她在一起，我怎么去面对死去的父母呢？"

这个年轻人身上沾着墙壁上的灰，头埋在臂弯里，微微颤抖着。然而仅仅过了几秒钟，在纪佳程开口前，周烨君就已经跳出了短暂的软弱，抬起头来。

"不过，这一切已经发生了。"他慢慢站起来，"我不后悔。我以后会想她，但是再给我一次机会，我还是会这么做。我和她身上都背负着太多的东西，我有我的仇恨，她有她的原罪，我们注定不可能在一起。"

"原罪？"纪佳程重复道。这个词尤其令他怒火中烧。

周烨君没有回答。

"你把有血缘关系看成原罪？"纪佳程追问，"你给她定了罪了？"

周烨君哼了一声。

"我不跟你争你这混账逻辑，可是如果你所说的'原罪'指的是徐婧儿和徐昕的血缘关系的话，那么你仍然错了。"纪佳程说，"有些事情，你不知道。徐昕有原发性无精子症，他根本就没有生育能力。"

周烨君一怔，问道："你说什么？"

"我告诉你，徐昕没有生育能力，一开始就没有。"纪佳程说，"接下来你自己想想吧。"

周烨君愣了一会儿，突然笑了起来，表情怪异。

"纪律师，玩我啊？"他说，"你想让我有愧疚感，选个合理的理由好不好？他没生育能力，那婧儿是哪儿来的？”

“你父母在笛声商贸公司有一个同事，叫陈橙。”纪佳程说，“你还记得这个人吧。”

周烨君微微皱起眉头：“陈阿姨？”

“她有一个不到两岁的女儿。公司垮掉以后，她把孩子交给邻居阿婆，随后不知所终。”纪佳程说，“阿婆无力抚养，后来街道帮忙把孩子送到了福利院。”

周烨君脸上的笑容慢慢消失了。纪佳程从口袋里掏出一沓文件，举在空中。

“这是沙靓靓跑了民政部门和档案馆，费尽力气调来的资料。那个可怜的孩子进入福利院大约一年被人收养，收养她的人叫——徐昕。”

周烨君愣了愣，一把抢过那些文件，翻阅起来。

“沙靓靓拿着这些资料去找了当年的福利院院长。院长记得很清楚，因为徐昕是从街道那边查找过来，指定要收养这个孩子的，”纪佳程说，“从此，这个孩子改名为徐婧儿。我不知道徐昕为什么这样，是不是有赎罪的想法，但是这个可怜的孩子总算有了一个家。徐昕把她当作自己的亲生女儿，非常爱护。”

周烨君的脸色渐渐白了。

“大概你也注意到，袁莉对徐婧儿没什么感情吧。我以前觉得袁莉自私，现在明白这是没有血缘关系的缘故。即便如此，他们两口子毕竟给了徐婧儿一个家，让这个孩子健康、幸福地成长。”

纪佳程深吸了一口气，问道：“虽然她被徐昕抚养长大，可是从血缘上讲，她是不是当初那些受害者之一？你告诉我，她这一生又有什么‘原罪’？我就不明白了，她身上流不流徐昕的血，有多大关系？她没害过谁，把全部的感情给了你，最终——”

他一字一句地说：“被你伤害，自杀在海边。”

那些纸张掉落在地上。

“你记住，你害死的不仅仅是你的仇人，还有无辜的人。”纪佳程狠狠地说，“你的所作所为，跟当初的徐昕也没什么两样，谁也不比谁高尚一点！说到底，你们俩都是玩弄别人命运的败类，不同的是，徐昕脑子里只想谋财，你一开始就奔着害命去的！你不要以为给自己找一个报仇的理由你就正义了，徐婧儿是你害死的！沈家老太太，是你害死的！那些投资人，被你当了棋子！”

“婧儿真的不是徐昕的亲生女儿？”周烨君喃喃地说。

“你不是上帝，你没有权利决定别人的生死，你没有权利牺牲无辜者的生命和财产，只为了追求你自己的心理满足。”纪佳程说，“你可以揭露真相让徐昕身败名裂，可是你没权利设计他被杀，还有沈老太太和婧儿！周烨君，你已经犯罪了。”

“婧儿真的不是徐昕的亲生女儿？”周烨君喃喃地说。

“你觉得别人抓不到你打电话、发信息的证据，你就安全了？”纪佳程狠狠地说，“用过的陌生电话卡可以扔掉，可是这些事儿能扔掉吗？我可能没法证明你犯罪了，可是我能证明你损害客户利益，违背律师操守，因为是你把代理思路寄给我的！结合你的背景，我会努力证明你有恶意，你是蓄意为之。我不知道你是会被吊销执照，还是只会停几个月，但我至少要在你的档案里留下这一笔，这样不论你将来到哪里执业，这个污点都会跟着你。只要看到这个污点，你就会想起你是怎么害死一个爱你的女孩子的。”

“婧儿真的不是徐昕的亲生女儿？”周烨君喃喃地说。

他突然身体向前，整个身子弓成了虾米一样，抖得像筛糠一样，牙齿咬得咯吱咯吱响。随后他踉跄了一下，靠在墙壁上。

他在那里拼命抑制着，右手紧紧捂着胸口，泪流满面，整张脸都变形了。从他的喉咙里挤出了压抑的声音。

“婧……婧儿……”

纪佳程用冰冷的目光看了他一眼，从地上捡起沙靓靓调取的那些文件，放进了口袋里，转身离去。至于周烨君会怎样，他不再关心，因为当他确定徐婧儿的死与周烨君有关以后，那个人在他的心里已经不算是人了。

走出这个“会议室”，他突然吃了一惊：在会议室外门边，一个人贴着墙根蹲在那里。这个人抬起头来——是赵朱平。

赵朱平赤着脚蹲在门边，身上、脸上都蹭上了白灰。他一定是紧紧贴在墙上，在门边偷听。不知道他是什么时候来的，但是看起来他已经在这里偷听了很久。此刻，他的眼睛里闪着光，不知是因为兴奋还是因为蹲着，整个脸涨得通红。纪佳程的目光向下望去，眼角不由自主地抽动了一下：赵朱平的手中，一支黑色录音笔的蓝灯正在亮着……

“你在录音？”纪佳程脱口而出。

赵朱平紧紧握着录音笔，咧开大嘴，眼睛瞪得大大的，似笑非笑。

“想不到啊，老纪，我和你，居然都被一个毛头小子当枪使了！……不过没关系，我都录下来了！”

既然被发现，他也不再躲藏，便站起来，隔着纪佳程的肩膀看着周烨君。

“你明知道沈星文的老娘有心脏病，故意挑动别人打电话给她，把她吓死！你发信息通知投资人和沈星文，挑动老沈去杀了徐昕！这录音就是证据，知道吗？小兔崽子，你完了！利用我？”

赵朱平的出现出乎纪佳程的意料，赵朱平的录音更是让纪佳程始料未及。短短一瞬间，纪佳程做出了决断。他知道，依照赵朱平阴毒的性格，这个人绝对不会放过周烨君，而这录音则真的可以将周烨君拖入麻烦之中。

不过，纪佳程并不反对这样的结果。

纪佳程看了看赵朱平那张扭曲的脸，从他的身边绕过去，沉默地走了。走出玻璃门，走到楼梯通道口，推开防火门走下去，他能听到在他身后，赵朱平的声音在亢奋地号叫。

他无法看到，周烨君蹲在地上，似乎被骂得抬不起头来，一只手却偷偷伸向了旁边的一根锈迹斑斑的铁管。

他走到一楼大厅，走向大厦门口。阳光透过玻璃门洒进来，在大厅里投射出一片亮色。快到门口时，清凉的空气扑在脸上，他想起了二十年前的那个上午。那一天他揣着借来的钱走出那幢大厦，丁龙斌的身体从天而降，砸在他身后的车上……

一时间，他有些恍惚。当年那个惨案的参与者如今或死去，或入狱，与他们有关的人都遭遇了各种不幸。人没了，仇恨仍在，“一只南美洲亚马孙河流域热带雨林中的蝴蝶，偶尔扇动几下翅膀，可以在两周以后引起美国得克萨斯州的一场龙卷风”，或许在这世间的某个角落，隐藏的仇恨会生根发芽，并且在很多年后掀起新的风暴。

再走几步，他就要走出大厦了。

就在这时，一声惨叫响彻一楼大厅。纪佳程转头望去，只见楼梯间的门大开，赵朱平跌跌撞撞地奔出。他的手上和身上沾着大片鲜血，脸上也有血点。他仍然赤着脚，样子极其狼狈。

在他身后，跌跌撞撞地走出了一个人。这个人的身体几乎被鲜血浸透了。

周烨君一只手捂着肚子上的铁管子，努力不倒下。他颤巍巍地举起另一只手，沾满血污的食指似乎已经无法伸直，微微弯曲着指向赵朱平。

“你……你居然……要杀我……”

随后他倒在地上，身体蜷缩成一团。

赵朱平腿一软，跌坐在地上，他挣扎着想站起来，可是有几个人扑到他身上，将他按倒在地上。大厦的保安和工作人员按住他的手脚，有人在高喊“报警”，有人在喊叫“快拿绳子来”。两名穿着黑西装的安保人员奔跑到周烨君的身边蹲下查看，随后急促地拿起对讲机说着什么。其他的工作人员将围观的人向外疏散着。

赵朱平挣扎着，号叫着：“不是我！我没有！”然而没有人理他，他越挣扎，保安们按得越紧。他像个困兽一样号叫着，就在这时，他发现了站在人群中的纪佳程。

“纪律师！……你跟他们说一下！不是我！……”他嘶吼道，“他自己捅的！……我想去扶他！……他把我的手按在钢管上！……他是故意自残！想冤枉我！……我录下了他的……”

然而他的这一番话，纪佳程根本没有听到，因为他已经被保安向后推，随着旁边的人一起向外退去。他一边后退，一边震惊地望着大厅里的一切。有一瞬间，他怀疑自己是不是眼花，因为他似乎看到周烨君的脸向自己这边微微抬了一下，嘴角露出了一丝笑意。纪佳程眨了下眼，再睁开时，周烨君仍然蜷缩在那里，生死未卜。

随后他就被推出了大厦。他站在大厦外面的人群里，看到远处的警车呼啸而来。纪佳程站在那里，看着这一切，又想起了二十年前那个上午。

一切宛如轮回。

纪佳程转身离开了。这一刻，他什么也不想做，只想回家和赵敏、纪宝宝待在一起。他想对赵敏说：不用等明天了，今晚就去尝一尝她想要打卡的“名为咖啡之物”的“西洋液体料理”。

平淡的幸福，对于有些人来说，是世界上最昂贵的奢侈品。而拥有者却往往不会珍惜。

尾声

这是茶类中心系列案的最后一个案子。一个月来，不断有投资人找到法院，有的吵闹，有的哀求。法院考虑到此事涉及人数众多，在最后一个案子出结果之前，召集双方，试图最后做一次调解的努力。

纪佳程和赵朱平在这种情况下又见面了。一个月不见，赵朱平胖乎乎的脸居然凹陷了进去，脸色蜡黄，人似乎都瘦了一圈。这次调解不出意外地失败了，杨艳辉法官摇着头离开，所有的人都知道最后的结果。

调解结束后，纪佳程和赵朱平在法院门口站了一会儿。纪佳程询问他那天之后发生了什么，赵朱平唉声叹气了一番。

“遭罪哪……莫名其妙地被留置了二十四小时，”他说，“幸好老天保佑哪，周烨君以为那个三楼里面的东西都被拆得七七八八了，可是他没想到监控居然还能用，里面显示确实是他自己捅了自己。你说这有多危险，如果没有监控，我是跳进黄河都洗不清了。——听说你也被询问了？”

“对，问我那天去干什么，为什么和周烨君去聊天，聊了什么。”纪佳程说，“我肯定实话实说。”

“这小子，真狠。”赵朱平咂着嘴，“那么长一根铁管子，一家伙就戳进自己肚子里了，多疼啊……”他摸了摸自己的肚子，“而且还不忘抓住我的手摁在铁管子上，栽赃给我。你猜他还做了什么？”

“什么？”纪佳程问。

“录音笔当时掉在地上，警察去搜索了一下午才在一个地板上的缝里找出来。你知道这意味着什么吗？我往外跑的时候，他一边追一边还不忘一脚把录音笔踢到地板上的缝里。这心思可怕不？那么短的时间，自残、栽赃、藏东西，这小子，牛啊。”

纪佳程点点头，问：“他现在怎么样？”

“还在医院里。”赵朱平说，“说是伤了内脏，铁管子太脏，感染挺厉害的，警察说他的身体估计毁了。就算救过来出院，刑责肯定是跑不了的，毕竟他自己承认徐昕的死是他设计的。”

他叹了口气：“他一个人，无牵无挂的。真正惨的是我，益度所这个烂摊子啊……”

纪佳程没回答，他望着远处，想起了那天自己离开前，似乎看到周烨君笑了一下。他才二十多岁，为了复仇，亲手毁灭了自己的人生。也许他在用铁管子捅自己的时候，就已经做好了死的准备吧。这对他而言或许是一种解脱。

一年后，有校友家中老人去世，去福寿园落葬后顺便去看了看徐昕和徐婧儿的骨灰盒，却发现两个骨灰盒都不见了。

他找到福寿园的管理方，工作人员查询后告知，骨灰存放后不久，来了一个叫袁莉的女人，她以徐昕的妻子、徐婧儿的母亲的身份，将两个骨灰盒取走了。她留下了一个信封，托工作人员转交来询问的人（如果有的话）。

那位校友打开那个压在档案下面快一年的信封，发现里面有一张折成三折的白纸，上面写着：

青石隔绝日月，
黄土分济阴阳，
从此不见来路，
泪落只因断肠。
心，葬于高山，
魂，归诸海洋，
回首，一场大梦，
孤影，几度悲凉。

没人知道她去了哪里，也没人知道她给徐昕和徐婧儿安排了怎样的归宿，但是纪佳程相信，她会安葬他们。在历经风雨之后，她应该会回想起徐昕对她的好，回想起那个曾经完整的家。

沙靓靓从门外进来，把一份答辩状交给纪佳程，说："师父，写好了。"她今天打扮得格外漂亮，似乎还精心化了妆。

"放那儿吧。"纪佳程点点头，把思绪拉回现实中，随后说，"小沙，你今天早点下班吧。"

"哦？"沙靓靓说，"我正想找你说这事儿呢，我晚上想早走一会儿……"

"和程溪一起去吃饭是吧？"纪佳程说，"他比你急，中午就来跟我打招呼了，说那个餐厅特别难订什么的，而且今天他计划要……"

他及时收住嘴巴，改口道："程溪这小伙子不错，将来肯定能成为咱们所刑事团队的'一把刀'。行了，你收拾收拾下班吧。——那个，小沙啊，本师父以过来人的身份免费传授你一个宝贵经验，极其重要，一定要记在心里！”

“师父您说。”沙靓靓伸长脖子。

“女孩子不能比男生早到，明白吗？规矩要从点点滴滴做起。当年你师娘就是这么对付我的。”

“师父我记住了！”沙靓靓点头说，紧接着她反应过来，自己的回答等同于承认了她和程溪约会的事实。她满脸通红，说：“师父，你太坏了！”然后撒腿跑了。

纪佳程哈哈一笑，端起茶杯。他往窗外望去，只见天色已经暗了下来，整个城市显得有些灰暗。但是再过两个小时，街道上将人流如织，这个城市将亮如白昼，璀璨的光芒会照亮浦江。

阴谋和算计永远只能隐藏在黑暗中，灯光下，这个城市依然是美丽的。

（全文完）